作者简介

克努特·汉姆生
（1859——1952）

　　挪威作家，1920 年诺贝尔文学奖获得者。主要作品有《大地的成长》《神秘的人》《饥饿》和《在蔓草丛生中的小径》等。"二战"期间曾在各大报纸上发表赞扬希特勒侵略行为的文章。德国侵略挪威后，仍继续这一行为。1946 年被挪威最高法院判为叛国罪。如今，挪威人已经学会了一分为二地看待汉姆生：批判他的政治观点，纪念他的文学遗产。

Victoria

外国情感小说

维多利亚

**Foreign Classic
Romantic Novels**

〔挪威〕**汉姆生** 著

裴显亚 译

人民文学出版社

图书在版编目 (CIP) 数据

维多利亚／（挪）克努特·汉姆生著；裴显亚译. —北京：
人民文学出版社，2017
（外国情感小说）
ISBN 978-7-02-013330-7

Ⅰ.①维… Ⅱ.①克… ②裴… Ⅲ.①长篇小说—挪威—
现代 Ⅳ.① I533.45

中国版本图书馆 CIP 数据核字 (2017) 第 224270 号

出版统筹　仝保民
责任编辑　陈　黎
策划编辑　张福生
特约策划　李江华
特约编辑　杜婵婵
书籍设计　李思安

出版发行　人民文学出版社
社　　址　北京市朝内大街 166 号
邮政编码　100705
网　　址　http://www.rw-cn.com

印　　刷　三河市祥宏印务有限公司
经　　销　全国新华书店等

字　　数　80 千字
开　　本　787×1092 毫米 1/32
印　　张　4.75
印　　数　1—6000
版　　次　2019 年 2 月北京第 1 版
印　　次　2019 年 2 月北京第 1 次印刷

书　　号　978-7-02-013330-7
定　　价　38.00 元

如有印装质量问题，请与本社图书销售中心调换。电话：010-65233595

Victoria

一

磨坊主的儿子边走边想。他十四岁了，但看上去他的个子可不止那个年纪，再加风吹日晒，皮肤黝黑，显得十分健康，一看就很有抱负。

他想，他长大了要去火柴厂工作。那才危险得好玩儿呢，满手沾着硫黄，没人敢和他握手。因为他那吓人的职业，朋友们都会特别尊重他。

他朝林子那边看去，寻找自己心爱的小鸟。他和这些鸟儿都那么熟，可不是吗？知道它们的窝搭在哪儿，能听懂它们的叫声，还能模仿它们的声音和它们对话。好多回，他都从父亲的磨坊偷米面粉，加点水和成小团儿喂这些小鸟。

小路旁边这些树也全是他的好朋友。春天，他给这些树剪枝放汁；冬天，他像父亲疼爱孩子一样，把压得弯弯的树枝上的积雪全都抖掉，甚至山坡上那个早已不用的花岗岩石场的每一块石头，他也那么熟悉：他在每块石头上都刻了字，画了记号；他把它们都一块块搬过来，摆得像围着神父的一群教徒。这个旧石场发生过各种离奇古怪的事儿。

他又改变了主意，朝磨坊水车的贮水池走去。水车在转动，发出轰隆轰隆的声音。他常常在这儿自言自语地徘徊。这里水花的每一个水珠都有小小的一段生活经历。从水闸流下的水，明亮洁净，像是挂起来的一块浅色布，在那儿晾干。瀑布下的水潭里还有鱼；他常常来这里垂钓。

他想，他长大了要去当个潜水员。对啦，是这样的：从船的甲板上走下去，来到一个奇异的王国，这里那异常的大树林摇曳着枝叶，广阔的草地上是一座珊瑚色的城堡。那位公主从一扇窗子里在向他招手，说：进来！

他听见有人叫他的名字。他父亲站在他身后，大声喊道："约翰内斯！"

"城堡里来人叫你。你得划船把那些年轻人送到岛上去。"

他急忙走了。磨坊主的儿子就要走运了，从未有过的奇运。

这个庄园，看上去像个小城堡，确实是这片绿景中的一座奇妙而偏僻的宫殿。这是一座漆成白色的木质建筑，有好多凸出来的老虎窗和一个圆塔，有人住的时候，上面总飘着旗。这就是人们熟悉的城堡。这座建筑物的一边是海湾，另一边是一大片树林，向远处望去，点缀着几所小型别墅。

约翰内斯在防波堤上遇见了那些年轻人，并把他们接上了船。他已经认识他们了：那些住在城堡的孩子和他们城里的朋友。为了蹚水玩儿，他们几乎都穿着高筒靴子；只有维多利亚，穿着一双轻便的舞鞋。她顶多不过十岁，上了岛以后，不得不让人背上岸去。

"我背你好吗?"约翰内斯问道。

"我来!"奥托抢着说。他是城里的一个阔少爷，十五岁左右，用双手把她抱了起来。

约翰内斯站在一边，看见她被小心地抱过去，一点儿没沾水。他还听见她道谢的声音。然后奥托侧着头鄙视地看了他一眼说："看着船吧——你算干什么的!"

3

"他是约翰内斯，"维多利亚回答，"他会看着船的。"

他被留在那里。其他的孩子全上岛了，提着篮子捡鸟蛋去了。他站在那里思忖片刻；他很想跟他们一道去，他们完全可以把船拖上岸就行了。是船太重吗？其实并不太重。他抓住船，把它往上拖了拖。

他听见那一帮年轻人边走边说笑的声音。行，暂时就再见吧。可是，他们完全应该带着他去。他知道好多的鸟窝，他可以把这些鸟窝都告诉他们，还有不少奇妙的岩石暗洞，那些猛禽头上顶着干草藏在里面。有一次，他甚至还看见过一只黄鼠狼。

他又把船撑开，朝着岛的另一面划去。他已经划了相当一段距离，听见有人在向他大声喊："划回来！你把鸟儿都吓走了。"

"我只是想告诉你们哪儿有黄鼠狼……"他怯生生地答道，停了停。"我们还能用烟把蝰蛇从洞里熏出来……我有火柴。"

没人理他。他掉转船头，又划回到原来靠岸的地方，把船拉出了水面。

他长大后，一定要从苏丹王那里买个小岛，谁也不让上去。他要用炮艇守护它的口岸。阁下，奴隶们将向他报告，不远的地方有一只船触礁了，马上就要沉没，里面的年轻人都会淹死。让他们死吧！他答道。阁下，他们在呼救命呢，咱们要救还来得及，他们当中有一位穿白衣服的小姐。那就救他们吧！他发出雷鸣般的命令。多年以后，他又见到城堡里的那些孩子，维多利亚跪在他面前，感谢他的救命之恩。没什么好谢的，他说，我只不过尽了自己的责任；去吧，我这地方你们去哪儿都行。然后，他命令手下的人把城堡的门全打开，并给这一帮人用金盘子端来丰盛的食物。三百名黑黝黝的女奴为他们歌舞了整整一夜。可是，城堡里的孩子们要走的时候，维多利亚再也忍不住了，悲伤不已，哭得死去活来，因为她爱他。让我待在这儿吧，阁下，收下我吧，只当我是你的一个女奴……

他拔腿向岛上跑去，激动得浑身哆嗦。是的，是的，他要去救救城堡里的那些孩子。天晓得，也许这时候他们在岛上迷路了？也许维多利亚这时正被紧紧地卡在两块大石头中间脱不了身？他只要伸过手去，就能把她拉出来。

可是，等他追上去的时候，这群孩子却发愣地望着他。难道他竟敢把船扔下不管？

"船丢了我找你。"奥托说。

"我告诉你们哪儿有山莓……"约翰内斯支支吾吾地说。大家都静了下来。接着维多利亚帮着他说:"是吗? 哪儿有啊?"

可是城里的那个少爷很快就明白他是什么意思,说道:"我们这会儿才不去采山莓呢。"

约翰内斯说:"我还知道哪儿有贻贝。"

又静下来。

"贝里有珍珠吗?"奥托问。

"要有珍珠该多好啊!"维多利亚说。

约翰内斯说不知道,他也不知道有没有珍珠;可是他知道贻贝在远远的白沙里;要有一只船才去得,还要潜水才能找到。

他们哈哈一笑,把他那个主意给否定了。奥托对着大伙儿说:"没错,我看你像只潜水鸟。"

约翰内斯呼哧呼哧地喘着气。"你们要高兴,我可以爬到那个悬崖上,往海里滚一块大石头。"他说。

"那干吗呀?"

"其实也不干吗——就让你们看看罢了。"

不过他这个想法太令人失望,约翰内斯自己都羞愧得没话可说了。不一会儿,他便去找鸟蛋了,在小岛的另一个方向,离他们远远的。

大家又聚集在船边的时候，约翰内斯的鸟蛋比他们的都多。他小心地把蛋放在自己的帽子里。

　　"你为什么找到这么多?"城里的阔少爷问道。

　　"我知道鸟窝在哪里。"约翰内斯高兴地答道，"咱们俩的放在一块儿，维多利亚。"

　　"慢!"奥托喊道，"你想干什么?"

　　大伙儿都看着他。奥托指着他那顶放鸟蛋的帽子说道："谁敢担保你那顶帽子干净?"

　　约翰内斯无话可说，他一下子觉得扫了兴。于是，他捧着鸟蛋朝岛上走去。

　　"他怎么啦? 他要上哪儿去?"奥托不耐烦地问。

　　"你要上哪儿去呀，约翰内斯?"维多利亚喊着朝他追了过去。

　　他停下来低声答道："我把鸟蛋放回窝里去。"

　　他俩站在原地相互看了一眼。

　　"今天下午，我要到石场去。"他补充道。

　　她什么也没说。

　　"我带你去看山洞。"

　　"可是我害怕,"她回答说，"你说过，里面黑魖魖的。"

　　由于所有那些不痛快的事，他浅浅一笑，大胆地说："没错。那么，你得让我和你一同去了。"

他喜爱在这个老花岗岩石场玩耍。他总是在那里一边刻着雕着，一边不停地对自己说些什么；有时，他装作一位神父，主持一个神秘的礼拜式。

这个地方荒废很多年了，石头上都盖满了苔藓，钻打的痕迹全都看不见了。可是这个磨坊主的儿子却有一个秘密山洞，他把这里清扫得很干净，并用极大的艺术才能装饰了一番，把这儿当成了自己的住所。这里住着一个江洋大盗。

他摇了一下银铃。一个小不点儿的小矮人，帽子上别着宝石饰针，一颠一跳地进来了——这是他的男管家。这个小矮人在他面前一个劲地打躬作揖。维多利亚公主到了的时候，请她进来！约翰内斯大声命令道。那矮管家又深深地鞠了一躬，不见了。约翰内斯在松软的长沙发上非常舒适地伸了伸懒腰，然后沉思默想起来。他准备让她坐在这儿，并用金银大浅盘给她端来各种美味佳肴；一堆熊熊的篝火将照亮山洞；在山洞的最深处，在沉沉的金丝锦缎帘子后面，安放着她的睡椅，她将由十二名侍从守候……

约翰内斯站起来，爬出洞去，四下听着。小路下边传来树枝和树叶的沙沙声。

"维多利亚!"他大声喊道。

"哎!"她在那里应着。

他跑过去迎她。

"我怕。"她说。

他歪一歪肩膀说:"我刚才还在那儿,我就是从那儿来的。"

他们进了洞。他打手势让她坐在一块石头上,说:"这就是那块巨人坐过的石头。"

"啊——别再往下说了,别跟我说那些……你不害怕呀?"

"不怕。"

"啊,可是你跟我说过他只有一只眼;所以他不过是个侏儒,不是巨人。"

约翰内斯细想了一下。"他有两只眼睛,只是瞎了一只。他自个儿说的。"

"他还说什么了?别,你别说啦!"

"他问我愿不愿意替他效劳。"

"你没说愿意,是吗?天哪!"

"咳,我也没说不愿意。说不大准。"

"你一定是疯了!你想被封在山里面?"

"我……也不知道。反正人世间也够可怕的。"

停了片刻。约翰内斯又接着说："自从那些城里的孩子来了之后，你一天到晚都跟他们玩了。"

又静下来。

约翰内斯继续说："要说抱你下船，我比他们谁都棒。我敢担保，我能抱你整整一个小时。你瞧。"

他双手把她抱起来。她搂着他的脖子。

"行，行，快把我放下来，别累坏了。"

他把她放下来。

她说："不过，奥托也挺有力气。他敢和大人打架。"

约翰内斯表示怀疑地问道："大人？"

"真的，不骗你。在城里的时候。"

两人无话。约翰内斯沉思着。"啊，行啦。"他最后说，"不过，他不会再那么厉害了。我知道该怎么办了。"

"那你怎么办呀？"

"我叫巨人去帮我的忙。"

"你一定是疯了，真疯了！"维多利亚叫道。

"我才不怕呢，我就要那么做。"

维多利亚企图想个法子出来。"对了，也许巨人再也不会回来了？"

约翰内斯答道："他会回来的。"

"回这儿来吗？"她很快地问道。

"对。"

维多利亚站起来，退到洞口。

"快，咱们快离开这儿吧。"

"别急。"约翰内斯说，他的脸色也变得苍白，"他今天晚上才会来，半夜的时候。"

维多利亚镇定下来，又准备再坐下。但约翰内斯几乎又被他自己幻想出来的恐怖气氛所压倒。他也有些怕待在山洞里。他说："假若你真想走的话，我带你看看外面那块石头，上面有你的名字。"

他们爬出洞去，找到了那块石头。维多利亚又自豪又高兴，她的表情使约翰内斯很受感动，他都快要哭了。他说："有时我不在你身边，你看到这块石头，就要想到我——就为我祝福吧。"

"我会的，"维多利亚说，"可是，你还会回来的，不是吗？"

"天晓得。不，我觉得我再也回不来了。"

他们开始慢慢向家走去。约翰内斯都快掉泪了。

"再见吧。"维多利亚说。

"我再送你一小段路。"

她这么早就无情地向他告别，这伤了他的心，于是又生气了。

他猛地停住，气愤地说道："可是有一件事我得告诉你，维多利亚：你再找不到一个像我这样疼你的人了。这一点我可以告诉你。"

"奥托对我也挺好。"她反感地说。

"那好，你就跟他好吧。"

两人又默默地走了几步。

"无论如何，我会过得很好的，你用不着操心。你根本不知道我会得到什么样的报偿。"

"不知道，什么样的报偿呢？"

"半壁江山。这仅仅是开头。"

"不信，你真会走那么大的运？"

"我还会得到那位公主。"

维多利亚停住了。"这不会是真的吧？"

"这是巨人说的。"

静了一会儿。维多利亚又接着说："我想知道她长得什么样。"

"天哪，全世界就数她长得最漂亮，谁不知道？"

维多利亚说不过他了。"那你就跟她好？"她问道。

"当然，"他说，"那还用说。"

这时，维多利亚已经很着急了，所以他又补充说："不过，有时我可能还回来——到人间来看看。"

"那你可别带她。"她央求着，"你干吗要和她一道呀？"

"啊，假若我愿意，我当然可以一个人回来。"

"说话得算数？"

"行，我一定。可是你为什么要那么担心呢？我真不知道为什么这事使你那么担心。"

"知道吗，你根本无权说那种话，"维多利亚说，"我敢肯定，她不会像我这样喜欢你。"

他那颗幼小的心在颤抖，由于太高兴，变得灼热。她的话使他又喜又羞，恨不得一下子钻到地底下藏起来。他两眼直呆呆地看着她——那么放肆那么大胆地看着她。他赶快从地上捡起一根细树枝，放到嘴里用牙咬掉它的皮，用它抽打着自己的手。最后，他又想用吹口哨来掩饰自己的窘态。

"好啦，我看我还是回家好。"他说。

"再见。"她说着把手伸给他。

二

　　磨坊主的儿子离开了家。他一走就好多年，去上学求知。他长得又高又壮，上唇已现出一线黑黑的汗毛。进城的路很远，往返的盘费也太贵，会过日子的磨坊主叫儿子在城里专心上学，一直没有让他回来过。

　　现在，他已经是十八九岁的小伙子了。

　　一个春日的午后，他从轮船上走下来。城堡上飘着旗子，那是为乘同一条船回来度假的城堡主人的儿子而升的；码头上有一架四轮马车在等着接他。约翰内斯脱帽向子爵大少爷和夫人以及维多利亚欠身行礼。维多利亚长得好高好大了！她好像没看见他打招呼似的。

　　他第二次脱帽，听见她问她的哥哥："迪莱夫，打招呼的那人是谁呀?"

她哥哥说："那是约翰内斯——约翰内斯·米约勒。"

她又朝他投去一瞥；可是这时他已经很尴尬，不好再次向她打招呼了。

约翰内斯朝家里走去。

真逗，这地方那么小！他得弯下腰才能进门。为了给他接风，吃饭的时候父母还特地拿出了酒。他真有些动感情了：一切都那样感人，那样美好，斑斑白发、心地善良的父母，向他问好，朝他伸过手来，欢迎他回家。

他回来的第一个晚上，就到处转了转。他到磨坊、石场和他常去钓鱼的那个地方。他怀着深深的思乡之情倾听着耳熟的鸟语声，鸟儿们已经在树上做窝了。他还绕道来到林子里的大蚁冢。蚂蚁全搬家了，蚁冢也都没有了。他掮了半天，一只蚂蚁也没见着。他一面走，一面注意到城堡那片林子里有很多树被伐倒了。

"你还认得这地方吗?"父亲开玩笑似的问他，"还找得到你相识的那些鸟儿吗?"

"完全认不出来了，树林子也稀疏了。"

"这是子爵大少爷的林子，"父亲讥笑地说道，"他的树木用不着我们来数。谁都有缺钱的时候，可是子爵大少爷比别人更缺钱。"

岁月流逝。那些和暖的、令人愉快的岁月，那些充满了寂寞的幸福和甜蜜的童年的岁月——那些对大地、天宇、清新空气和碧绿青山再一次召唤的岁月。

他沿着通向城堡的路走着。那天早晨他让马蜂蜇了一下，上嘴唇还未消肿；他要是碰到人的话，准备点点头就赶紧往前走。他谁也没有碰见。在城堡周围的庭园，他看见一位夫人，深深向她鞠了一躬。那是城堡里的子爵大少爷夫人。他路过城堡的时候，总觉得心怦怦跳个不停，他总是这样。他生来对那所大房子就充满了敬意，它有那么多的窗户，还有严厉的、看上去很高贵的子爵大少爷。

他向通往码头的路走去。

他冷不防遇到了迪莱夫和维多利亚。约翰内斯很不自在：他们也许会想，他一直在跟着他们。还有，他的嘴唇还肿着。他把步子放慢了，拿不定主意，是往前走呢，还是停下来。他决定朝前走。他还离他们很远，就点头，脱下了帽子。他一直把帽子拿在手里，从他们身边走过。他们两人慢慢走着，默默地向他还了礼。维多利亚突然看了他一眼；她的表情有点儿变了。

约翰内斯继续朝码头走去；他有点儿不安，走路的样子显得有所顾忌。啊，维多利亚长得多高，都长成一个大姑娘了，比以前更漂亮了。两条弯弯的细眉从鼻梁的尽端优美地分开，长得那样得体。她那双深邃的蓝眼睛比以往更亮了。

回家的时候，他选了一条穿过林子的小路，离城堡的庭园很远。这样就不会有人说，他是在跟踪城堡的孩子了。他来到坡顶上，找了块石头坐下来。鸟儿叽叽喳喳地叫个不停，它们在交尾，在追逐，有的嘴里含着细枝飞回窝来。空气里充满了沃土、小芽破土及枯木朽化的芳香。

他无意中来到了维多利亚经常散步的小路上；说话间她就过来了，从对面径直朝他走过来。

他再怎么生气也没用了，真想一下子跑到千里之外去；这回她一定会认为他是成心跟着她了。还向她点头问候吗？也许他可以把脸转向一边？再说，他被马蜂蜇了的嘴唇还肿着呢。

可是她离得很近了。他又站住，脱下自己的帽子。她点了点头，微笑着。

"晚安。欢迎你回到家乡来。"她说。

她的嘴唇微微有些哆嗦，但她立刻恢复了镇静。

他说："这也真有点儿怪，不过我确实不知道你会在这儿。"

"对，"她答道，"你当然不知道。我突然闪过一个念头，想到这边走走。你这次回家住多久？"

"是回来度假。"

他吃力地答道，发现她突然变得那么疏远。她为什么又要跟他搭话呢？

"迪莱夫对我说你的学习很出色，约翰内斯。听说你考试总是名列前茅。他还告诉我，说你会写诗。是真的？"

他不安地扭动着身子，简单地答道："没什么。这事谁都做得到。"

也许她很快就会离去，因为他没有再说什么。

"你相信吗？我今天被马蜂蜇了一下，"他指着自己的嘴唇说，"所以我就成这个样儿了。"

"一定是你离开得太久，马蜂认不出你了。"

似乎，马蜂把他蜇肿了对她来说是无关紧要的。她站在那里旋转靠肩的一把镶金把的阳伞，好像她关心的只是那把伞。可是，他在怀里不止一次地拥抱过这位小姐啊。

"我认不出那些马蜂了，"他答道，"过去它们都是我的好朋友。"

但是，他这意味深长的暗示对她已不起作用了，她没有回答他。也许是因为太隐晦了？

"这儿什么东西我都认不出了。树也都给伐了。"

她有点退缩。

"也许你在这儿写不出诗吧？"她说道，"你要是哪天给我写首诗该多好。我在说些什么呀？你知道，诗，我懂得太少了。"

他暗自生气地看着地面。他真是个可爱的小傻瓜，她在捉弄他，用这种屈尊的办法和他说话，来试探他。他请她原谅，说他不是把所有的时间都花在写诗上，主要是多读书……

"啊，好啦，我想咱们会再次见面的，今天就暂时谈到这儿吧。"他脱帽告别，没有具体答复就走了。

假若她知道所有他那些诗都是写给她的该多好啊。那些都是写给她的，不是写给别人的，每一首都是，甚至那首《夜》，那首《沼泽之灵》，全是给她的。但这是绝对不能让她知道的。

星期天，迪莱夫找约翰内斯和他一同上岛。所以，我又要当划手了，他想。他去了。码头上有几个人在散步；如若不然，在和暖的阳光下会是多么的安宁！

突然间，从水面上和岛的那边远远地传来乐曲声；一艘邮船推起巨大的弧型波纹向码头靠来，船上有一支乐队。

约翰内斯解开了船，坐到划桨的位置。这么好的天气，他却无精打采，踌躇不安，船上的音乐在他眼前编织成了鲜花和金粒的薄绢。

迪莱夫为什么没有来？他站在一处较干的地方，凝视着远处的人们和邮船，好像不想再往前划了。约翰内斯想：我不划了，下船去。他开始拨转船头。

突然，一个白色的东西闪过他的视线，随之传来溅水的声音；船上和岸上响起了一片混乱和绝望的叫声，人们有用手指的，有用眼看的，一下子把注意力都集中到了刚才那白色东西落水的地方。与此同时，船上的乐曲也停了下来。

约翰内斯立刻就跑了过去。他完全是本能的行动，没有作任何有意识的思考和决定。他根本没有听见甲板上那位母亲的哭喊声："我的小女儿！我的小女儿！"他根本没看见人们那些惊恐的面孔。他丝毫没有一点耽搁，从船上跳下去，潜入了水底。

他半天没有露出水面——有一分钟；人们看见他跳下去的那个地方翻腾着浪花，知道他向周围游去。

船上继续传来悲痛的喊声。

接着，他从远处冒出来，离开出事地点已很远了。喊的喊，指的指，人们在帮他寻找着："不是那儿；是这儿，是这儿！"

他又潜下水去。

又过了半天，真是急死人。船上一个女人在不停地恸哭，一个男人急得直搓手。又有一个人甩下帽子，脱掉鞋子，从船上跳下去。这是船上的水手。他找到了那孩子掉下去的地方，这时大家的希望又都寄托在这个人身上。

约翰内斯的头又出现在水面，更远了，比刚才更远了。他的帽子不见了；阳光下，他的头发亮闪闪的，好似一头海豹。很明显，他在用力奋争，游得很吃力，一只胳膊抬不起来。过一小会儿，他嘴里咬住了一件东西，用牙紧紧地咬着一个大包袱；这就是那个孩子。岸上和水上响起一片惊喜的叫喊声。甚至那条船上的水手都听见了这喊声，他把头冒出水面，四下里看了半天。

他的船有点漂开了，但他最后还是游到了它跟前。他把孩子搁好，自己也爬上了船。在整个抢救过程中，他没有一点儿拖泥带水的动作。人们看见他弯下腰去，把那女孩儿的衣服一下子从背下撕开；紧接着，他抓起桨疯了似的向邮船划去。船上的人抓住小女孩，把她拽上去，四周响起了喜悦的喝彩声。

"你怎么会想到要游那么远才摸得到呢？"有人问。

"我熟悉这里的水情。我知道，这里有一股急流。"

一个男人向船边上挤过来，他的脸色像死人一样惨白。他带着一种难以言状的笑容，惊喜的泪水把睫毛都浸湿了。"您上来一下吧！"他朝下喊道，"我想谢谢您。我们真不知怎样感谢您啊。您上来一小会儿就行。"

那男人从栏边退了回去，脸还那么惨白。

舷门打开了，约翰内斯爬了上来。

他只待了一小会儿。他留下了姓名和地址，身上还直往下滴水，一位妇人便上前拥抱他。那个脸色惨白、精神失去常态的男人把自己的手表硬塞在他手里。他走进一间船舱，里面有两个人正弯腰看护着那个淹得半死的女孩子，他们说，"她醒过来了，脉还在跳！"约翰内斯看了一眼那女孩子，她是个金发小姑娘，身穿后背撕破的短衣。有人在他头上戴了顶帽子，把他领去了。

他把船向岸靠去，手都有点儿不知怎么摆弄了。他把船拖出了水面。那只邮船又要开走的时候，他听见更大的欢呼声和节日般的乐曲。他觉得一种异常欢快的感觉，既滋润又惬意，从他的头顶一直穿流到脚底；他微笑着，嘴唇激动得一张一合的。

"今天咱们的远足算是吹了。"迪莱夫说道。看上去，他有些着急了。

维多利亚也在那里，她向前迈了一步赶忙说："你疯了？他得先回家换换衣服呀！"

在他十九岁的这一年，竟发生了这么惊人的事情！

约翰内斯朝家走去。乐曲和欢呼声仍在他耳边缭绕，好像有一种强大的力量在推着他朝前走。他走到了家门口，但又向一条通向树林的小路拐去，上石场去了。他四下张望，找到一个太阳照得着的地方坐下来。他身上的衣服在冒热气。满心的高兴使他又情不自禁地站起来，在附近踱来踱去。他心头充满了快乐。他跪在地上，满含热泪地感谢上帝赐给他这一天。她竟然也在那里，也听见了人们的欢呼声。回家去换件干衣服吧，这是她亲口说的。

他又坐下来，笑了一阵又一阵，真是欣喜若狂了。是的，她看见了今天的事，这勇敢的一幕！她一直用自豪的目光看他把淹得半死的小姑娘救出来。维多利亚，维多利亚！她是否知道他是完全属于她的，他生命的每一秒钟都是属于她的！他将是她的奴仆，他将要用自己的双手为她扫净她眼前的小路。他将亲吻她那精致的小靴子；他愿当牛做马，为她出门拉车；他愿冬日为她用木柴生炉子，用沾了金液的木柴，啊，维多利亚！

他朝周围看了看。谁也没有听见，那里只有他一个人。他把那块珍贵的手表放在手里，它正滴答滴答地走呢。

谢谢你呀，谢谢你给了我这幸福的一天！他轻轻地拍弄着岩石上的苔藓和地上的细枝。维多利亚没有向他微笑，肯定没有；可是她不是用那种方式表示爱慕的。她只是站在码头上，脸上微微闪着红光。他当时要把这块手表给她，也许她会喜欢的。

太阳落下去了，凉风飕飕。这时他才意识到身上的衣服还是湿的。他像小鸟儿似的，飞回家去了。

城堡里又住进了夏天的游客，是些城里人，他们在那里又是跳舞，又是放音乐。整整一周，圆塔上的旗子日夜飘扬着。

草料还没有收完，可是城里来的那些寻欢作乐的人要骑马，只好把干草扔在地里。大片大片的草地还没有割，可是劳工们却不得不去给那些城里人赶车、划船，肥壮的草料被放在那里眼看着给糟蹋掉。

乐曲仍旧回响在那所黄屋里……

这些日子，老磨坊主停掉了他的水磨，并锁上门。他已经有了教训；早些年，那一帮玩得高兴的城里人，有时成群地到他这里来，拿他已装进袋子的玉米磨着玩。因为这里的夜又暖和又明亮，他们的想象力也就特别丰富。有那么一位有钱的宫廷官员，是位大臣，他年轻的时候，就有一次亲自端了一木盆蚂蚁冢放进磨里去磨着玩。好多年以后，这个宫廷大臣长大了，不干那种恶作剧了，可是他的儿子奥托却仍然常到城堡来住，并变着法儿胡闹。关于他的事儿真是太多了……

树林那边传来马蹄声和人群的嘈杂声。是那些年轻人骑马出去玩；城堡里养的马匹膘肥体壮，昂首嘶叫。马背上的人一直把马驱至磨坊主的家门口，用鞭子不断地敲门，要骑着马一直走进去。这门矮一大截，可是他们非要骑进去不可。

"晚安，晚安，"他们叫道，"我们看你来了。"

磨坊主顺从地笑着说这样进不来。

于是，他们翻身下来，拴好马，走过去把水磨打开了。

"漏斗是空的！"磨坊主叫道，"磨会坏的。"可是一阵喧闹声将他的话盖住了。"约翰内斯！"磨坊主用尽平生的力气向石场喊着。

约翰内斯跑来了。

"他们要把我的磨盘磨坏了。"他父亲指着正转的磨盘喊道。约翰内斯一步一步地向他们逼近。他的脸色白得可怕，太阳穴的青筋暴得老高。他认出原来是奥托，是宫廷大臣的儿子，他穿着一身军校见习军官制服，后面还跟着两个人。其中一个向他赔笑打着招呼，希望缓和下来。

约翰内斯没说话，没有任何表情，只管向前迈着步子，朝奥托走过去。正在这时，两个姑娘骑着马从林子里赶来；一个是维多利亚。她穿一身绿色的女式骑装，骑一匹城堡的白骒马。她停在马背上，用疑惑的目光看着眼前发生的一切。

约翰内斯朝一边走去，登上堤坝，打开了闸门；水磨渐渐静下来，停住了。

奥托喊道："不行，让它转！你要干什么？让磨转起来，你听见了吗？"

"是你把磨打开的吗？"维多利亚问。

"没错，"他笑着答道，"干吗要让磨停下来？为什么不能让它转？"

"因为它里面是空的。"约翰内斯气喘吁吁地说，冷冰冰地盯着他。"明白吗？磨是空的。"

"磨是空的，你瞧。"维多利亚也说。

"我哪里知道这些？"奥托笑着说，"我想知道，它为什么是空的。里面没谷子吗？"

"上马吧！"那两人中的一个打断了他，想让这事就此了结。他们上了马。其中一个人在离去以前向约翰内斯表示道歉。

维多利亚最后才走。她走了一小段路，又拨转马头走回来。

"请你父亲原谅这件事吧。"她说。

"还是让那个见习军官来说这话更合适一些。"约翰内斯反驳说。

"当然，当然是这样。可是……他又那么任性……我有好长时间没见你了，约翰内斯。"

他抬头看了她一眼，都不相信自己的耳朵了。难道她忘记上个礼拜天的事了，他那不寻常的一天？

他答道："我上礼拜天在码头看见你了。"

"当然没错，"她急匆匆地说，"你真走运，帮船上的水手把她拽上来。我相信，一定是你找到那姑娘的。"

他觉得这话深深地伤了他的心，于是简短地答道："是的。我们两人找到她的。"

"或许，"她接着说下去，好像脑子里又出现一个想法，"或许是你一个人……这倒不是什么真正要紧的事。啊，好啦，我希望你能向你父亲提一下刚才的那件事。晚安。"

她点点头，笑了笑，抓住缰绳，纵马离去。

等维多利亚的马跑得看不见了，约翰内斯跟在她后面漫步走到树林里，心里觉得又烦又躁。他看见她独自站在一棵树旁。她倚着树干，伤心地哭着。

她摔跤了？是摔痛了吗？

他走上前去问："没出什么事儿吧？"

她朝他走了一步，把手伸过去，快活地看他一眼。接着，她停住了，放下手说："没，没什么事儿；我自己下马，让白骒马先回去了……约翰内斯，你别这样看我。你站在贮水池边那样看着我。你想要什么？"

他结结巴巴地说："我想要什么？我不懂……"

"啊哟，你这儿多宽啊。"她说，出乎意料地把自己的手放在他的手上。"你这儿真大，手腕子这儿。

28

你都晒黑了，就跟熟透的浆果一样……"

他做了个要握她手的动作。可是她提起自己的女式骑服，说道："不，我没有怎么样。我只是想走回家去。晚安。"

三

约翰内斯回到了城里。日复一日，年复一年，漫长而又激动人心，他的生活过得很充实。他又是上课，又是写诗，充满梦想。他干得挺不错：他写了一首犹太姑娘埃丝特成为波斯王后的诗，发表后得到了稿酬。另一首通过修道士维德特之口写出的诗《爱的迷宫》，使得他名声大噪。

那么，什么是爱呢？是玫瑰花间窃窃私语的微风——不，是生来就有的黄色磷光现象。是死亡的舞蹈，连那最衰竭的老者，最虚弱的病人都会参加进来。它就像一朵雏菊，黑夜来临的时候便随之怒放；又像一朵银莲花，瞬间就会枯败，一碰就会死去。

这就是爱情。

它能让一个人堕落下去，再使他振作起来，然后使他面貌一新。它就是这样的变幻无常，今天落在我身上，明天落在你身上，明天晚上又会落在一个陌生人身上。可是，它又是那样的经久不变，就像神圣的誓约，永不熄灭地闪耀着，直到生命的最后一刻。然而，什么是爱情的本性呢？

啊，爱情是天空缀满星星和地上溢满芳香的夏夜。但是它为何能把年轻人引到偏僻的小道，让老年人在他寂寞的卧房踮起了脚尖？唉，正是爱情，把人们的心田变成了滋长真菌的沃土，变成了一块茂密的和猥亵的园地，在那里长满了各式各样神秘的乱七八糟的毒菌。

它难道不会引得僧侣半夜爬过高墙在窗前偷看那些睡觉的男女？它难道不会使修女被那种傻事所缠迷并削弱公主对她的同情心？即便是国王，他若有淫荡的想法，并要说出来的时候，都觉得不是件十分光彩的事。

这就是爱情的本性。

不对，不对，根本就不是这么回事，世界上就没这种事。它常常是在春天的晚上来到人间的。那当儿，一个年轻人正看着另外两只眼睛，两只动人的眼睛。

他看着，目不转睛地看着。他亲吻她，觉得心中有两道光源碰在一起了，犹如一轮太阳照着一颗星星。他偎依在她的怀里，对他来说，整个世界都变得寂静了，消失了。

爱情是上帝说的第一句话，是他脑子里闪过的第一个想法，他说，让光明来到吧，这时也就产生了爱情。他所创造的一切都是美好的，他所希望的一切就再没毁灭过。爱情是创造的源泉，创造的准尺；但是所有爱情的道路都撒满了花朵和鲜血，花朵和鲜血。

九月的一天。

他常在这条僻静的街道散步，他在这里逍遥自在，就像在自己的房里一样；因为他在这里从未遇到过任何人，两边都有公园，树上缀满了红色的、黄色的叶子。

维多利亚在做什么，她怎么在这里走来走去？是什么风把她刮到这儿来的？他没搞错，这真是她；也许昨天晚上在那里走的就是她，他往窗外看的时候，有个人在那里。

他的心在激烈地跳动。他听说维多利亚在城里。不过，她只是在那个把磨坊主儿子排斥在外的圈子里活动。他也没看见过迪莱夫。

他振作一下精神，向那位小姐走过去。难道她没认出他来？她朝前走着，神态显得严肃而又忧郁，挺着秀丽的脖颈，头昂得高高的。

他向她问候。

"晚安。"她低声答道。

她没有要停下来的样子。他也默默地走了过去，他的腿竟骤然一抽。走到小路的尽头，他习惯地转过身来，低头看着旁边的人行道，他想着，头也不往起抬。他低头又向前走了几十步，这才抬起头来。

她在一个窗前停下来。

他是不是要趁她不注意时拐进另一条街呢？她为什么要站在那里呢？这是一个简陋的小橱窗，里面摆着几条肥皂，一个玻璃罐里装着磨得很粗的大麦，还有几张用过的邮票。也许，他可以再向前走几十步，然后再折回来。

接着，她看了他一眼，突然第二次朝他走过来。她急匆匆地走着，好像鼓足了勇气。她说话的时候，声音有点哽咽。她不自然地笑了一下。

"晚安。见到你真高兴。"

天哪，他心里的斗争多激烈啊；他的心不是在跳动，而是在颤抖了。他想说什么，嘴唇动了动，可是又没说出什么来。从她那件黄色罩衫底下，也许是从她的气息里，她身上散发一股清香。在那一刻，他对她的面容没有什么特殊的印象；可是他一下子就认出了她那优美的肩膀，看见了她那握着阳伞把的又细又长的手。那是她的右手，上面戴着一个戒指。

开始的那一刹，他没想到什么，没觉出这是什么祸患。她的手长得多匀称啊！

"我在城里已待了整整一个礼拜了，"她继续说着，"可是，在哪儿都找不到你。慢着，我看见过你一次，在街上；有人说是你。你长得真高！"

他喃喃地说："我知道你在城里。准备多住一段时间吗？"

"就几天。住不长。我还得回家去。"

"谢谢你，能让我有机会见到你。"他说。

一阵沉默。

"你知道，我好像是迷路了，"她最后说道，"我住在那个宫廷大臣的家里。是哪个方向？"

"如果可以的话，我来送你。"

他们一起去了。

"奥托在家吗？"他像聊天一样问道。

"在家。"她简短地答道。

几个人抬着一架钢琴从一个门里走出来，把他们的路挡住了。维多利亚向旁边走去。这么一躲，她的左臂和左腿碰了他一下。约翰内斯看了她一眼。

"对不起。"她说。

被她一碰，他觉得浑身舒服；他脸上立刻觉出她呼出的热气。

"我看见你还戴着戒指。"他说。他笑了笑，显出冷淡的样子。"也许我应该祝贺你？"

她会怎么说呢？他屏住气，避开她的目光。

"你呢？"她答道，"你不是也有戒指吗？没有？我敢肯定，有人告诉过我……这些天，我们听说了你很多事，我是说，从报纸上。"

"我写了几首诗，"他答道，"不过，我想你没有读过。"

"不是有一整本吗？我好像……"

"是的，还有本小册子。"

他们来到一个公共广场上。尽管她在往宫廷大臣家走，却不慌不忙。她在一张长凳上坐下来。他站在她跟前。

她猛地把手伸给他，说道："你也坐下。"

等他坐下，她才松开了他的手。

现在不说，还等何时！他想。他又要用一种幽默而冷淡的口气来说。他微笑着，凝视着天空。好，就这样。

"好啊，好啊，你订婚了，都不告诉我一声。我，可是你们家的老邻居呀！"

她细想了一下。"今天我不想和你谈这件事。"她说。

他立刻变得认真起来，低声说道："当然，我心里一直明白，我……也没用。我是说，我可不配……我只是个磨坊主的儿子，而你……当然，事情只能这样了。我自己都不知道，我怎么会有勇气坐在这里，并说出这种事来。因为我只配站在你面前，或是跪下。只有这样才对。可是不知怎么……然而，离开你的这些年月给我带来了点儿什么。我好像勇气大了点。这不，你瞧，我知道自己再不是小孩子了；我懂得，即使你想那样，也不可能把我送去坐牢。所以，我就有勇气说起这些。可是，你千万别生我的气，要不，我就什么也不说了。"

"我不生你的气，请说下去。把心里要说的话全倒出来。"

"行吗？我心里的话都能说，我敢肯定，有些话，你手上的戒指不让我说。"

"不会的，"她小声答道，"它对你没有任何约束。"

"什么？这都是真的吗？啊，天哪，我的维多利亚，我一定是听错了吧?"他一跃而起，探过身子，看着她的脸。"就是说，这戒指没有任何意义?"

"坐下。"

他坐下来。"啊，你知道我是怎样想念你啊；天哪，我心里除了你哪里还有别的什么啊？在世界上我所见到的人中间，我只想着你啊！我总是这样想：维多利亚是招人喜欢的好姑娘——我了解她！维多利亚小姐——我就是这样看你的。请注意，我非常清楚，我离你比谁都离得远；可是你却时刻在我心里——对我来说，这可是非同小可——你就在我心里，我能觉出你那轻轻的气息，也许你有时会想起我的。当然，你不曾想过我；可是，好多个夜晚我都坐在我的椅子上想，也许你有时会想起我的。可是，你知道，维多利亚小姐，我像突然开了窍似的，就给你写起诗来。我把得来的稿酬全用来给你买花，把花儿带回家全插在花瓶里。我的诗全是写给你的，仅仅有几首不是，那几首没有发表。不过，即使那些发表过的，我想你也没有读过。现在我又着手写一部较大的作品。上帝，我多感谢你啊——你使我感情洋溢，你是我幸福的唯一源泉。日日夜夜，每时每刻，我所听见的或看见的，都使我想起你。我把你的名字写在天花板上，躺在那里向上看着；可是，帮我收拾房间的那个小姑娘却什么也看不见，我的字写得很小，只有我自己才看得见。那个名字永远给我快乐。"

她转过身去，解开她的紧身围腰，从里面取出一张报纸。

"瞧！"她说道，深深地吸了口气。"我剪下来的，一直留着。你也要明白，我晚上才能读它。是爸爸第一个拿给我看的。我一直拿着报纸走到窗户那边才读。'在哪儿呀？我找不着。'我把报纸一翻，说道。可是我早就找到，并读完了。我心里多高兴啊。"

那张报纸带来了她怀里的香气；她把它打开，拿给他看。那是他早期的一首诗，向她，那位骑着白骡马的小姐求爱的四句短诗。那是一种单纯的炽热的感情倾泻，那是一种抑制不住的呼喊，从夜空星星般的字行里发出的呼喊。

"是的，"他说，"是我写的。是我很久以前写的，那是在一个夜晚，我窗外白杨树的沙沙声渐渐消失的时候。可别，你真的要保存它？谢谢你！你至今还留着它，啊！"他欣喜若狂地感叹道，接着声音又低下来，

"想想看，你坐得离我这么近。我都觉出你的胳膊贴着我，并感到你身体的温暖。好多次了，当我独自一人在想你的时候，我激动得颤抖；而此刻我感到无限的温暖。上次我回家的时候，你就那么招人喜爱；你现在更可爱了。你的眼睛和双眉，你的笑容——不，我也说不好，一切，你的一切都那么迷人。"

她微笑着，那笑眯眯的眼睛看着他。她长睫毛下那双明亮的蓝眼睛是那么好看，她是那么容光焕发。她有点儿高兴得不知如何是好了，一只手下意识地向他伸了过去。

"谢谢你，别夸我了！"她说。

"不，维多利亚，别谢我。"他答道。他那颗心全给她了，他想尽量再多说一些；他仿佛陶醉了，说出来的话都有些颠三倒四。"是的，不过，维多利亚，假若你能为我着想一点……我不知道你是否愿意，即使你不愿意，也应为我着想。我求求你！啊，我向你保证，我一定会成名，非常出名，独一无二。你不知道，我都有些什么能耐；有时当我静下来细想的时候，我总觉得自己好像有一大堆等着去做的工作。我常常觉得感情从我内心倾泻出来，夜间我充满了想象力，在屋里踱来踱去。我隔壁住的那个人被搅得睡不着，就

39

在他那边敲墙。天一亮，他就生着气来找我。那没什么关系，他说什么我根本就不在乎；那时候，我心里早就只有你了，好像你已经和我在一起了似的。我走到窗前唱起来，天开始发亮了，窗外的白杨在沙沙作响。'再见!'在新的一天开始的时候，我这样说。我这是对你说的。现在她睡了，我想，再见吧，上帝为她祝福! 于是我也睡了。每天都是这样。可是，我从没想到你会像现在这样可爱。就是咱们分手了，我也会记住你这个样子——你现在这个样子。我会清清楚楚地记得的……"

"你不打算回家吗?"

"不，我还没准备好。不过，我是要回去的。我这就回去。我没做好准备，但是，也没什么。你在家时还常去花园散步吗? 晚上你还常出去吗? 也许我能看得到你，也许我能向你道声晚安，也只能是这样了。不过,你若喜欢我的话，你若能容忍我的话，那就……让我得到那种幸福吧……知道吗，有一种树一生才开一次花，尽管它一生能活七十年——那种叶子像棕榈一样的铁树。它就开一次花呀，我现在开花了。是的，我挣些钱就回家。我把我所有的作品全都卖给出版商；你知道，我在写一部大的作品，我这就把它拿到出版社去，明天就去，把写好的部分全拿去。他们会付给我不少钱的。你愿意让我回去吗？"

"愿意。"

"谢谢你，谢谢你！假若我过于奢望，过于相信自己的话，请你能原谅我，能这样盲目地相信自己一次也是令人愉快的。这是我一生中最高兴的一天……"

他脱下帽子，放在自己身边。

维多利亚向四周看了看。一位女士朝街这边走过来，远处，还有个挎篮子的妇女。她有点儿不好意思起来，看了看手上的表。

"你现在就走吗？"他问道，"在你离开我之前就说说吧，让我能听听你的……我爱你，你现在明白。所以，我是否……全看你的回答了，我的一切只有看你的了。你会怎样回答我呢？"

一阵沉默。

他低下头去。

"不，你别说了！"他哀求道。

"在这儿我不说，"她答道，"咱们到了那儿我就告诉你。"

他们开始往前走。

"我听说你要娶那位你救过的小姑娘——她叫什

么名字?"

"你说的是卡米拉?"

"卡米拉·西爱尔。我听说你要娶她。"

"真的? 你听说过? 她还是个孩子。我到过她家里，很漂亮的一所大房子——好像你们家那一座城堡；我常到那儿去。哎呀，她还是个孩子。"

"她十五岁了。我见过她，我们在一块儿玩过。我真被她吸引住了。她确实长得迷人。"

"我才不会娶她呢。"他说。

"真的?"

他看看她。他脸上闪过一丝愁容。

"你为什么要提这事? 想转移我的注意力?"

她走得很快，一句话不说。他们来到了宫廷大臣的大门外。她拉着他的手，把他领进大门，走上台阶。

"我不进去了。"他有点儿吃惊地说。

她按了门铃，然后转向他，她的胸脯一起一伏。

"我爱你，"她说，"你明白吗? 我爱的是你。"

她突然敏捷地把他往后拉了三四步，用两只胳膊搂住他，亲吻他。她那紧靠他的身子有点儿颤抖。

"我爱的是你。"她说。

前门打开了。她挣脱开身子，飞快地跳上台阶。

四

快到早晨了；天就要破晓，一个蓝色的、树叶摇曳的九月天。

花园里的白杨在低语。一扇窗子推开了，有人从里面探出身子，哼起歌来。他上身没穿衣服，伸头朝窗外看。他好像穿了一半衣服的疯子，在那里高兴地自斟自饮了一夜，现在有点儿晕头转向。

他蓦地从窗户掉过头来，眼睛直盯着门。有人敲了好几声。他喊道："进来！"一个人推门进来了。

"早安！"他对来者说。

这是个上了岁数的人；他气得脸色发白，手上还提着一盏灯。因为天仍然很黑。

"我打算再问您一次，米约勒先生，约翰内斯·米约勒先生，你觉得干这种事情像话吗？"那人气得说话都结巴了。

"不像话，"约翰内斯说，"你说得正确。我一直在写作，思路很顺畅，你瞧，我写了这么多，今天晚上真走运。不过，现在我已写完了。所以，我打开窗户唱了几句。"

"你是像牛一样吼叫，"那人说，"我可从来没听过有人用那么大的嗓门唱歌，你听到过吗？现在还是半夜呢。"

约翰内斯伸过手去，在桌上拿起一大堆大大小小的稿纸。

"你瞧！"他大声说道，"不瞒你说，我还从来没有这样顺当过。就像一道长长的闪电，有一回我在电线上看见过闪电，上帝，看上去就像一片火海。嘿，今天晚上我想写的内容就是那样流出来的。可不就是这样吗？我不信把这些事儿全告诉你，你还生气。我坐在那里一个劲地写，你不相信？我一动不动——我知道你住在隔壁，于是一动不动。然而，也有忘了的时候，我不得不发泄一下感情，偶尔我也起来散散步。我太高兴了。"

"今天晚上我倒没听见多大的声音，"那人说，"可是这么早你就把窗户打开，那样的叫喊是不可原谅的。"

"对，对，你说得对，是不可原谅的。可是，我已向你解释了。你知道，我从来没有过这样的夜晚。昨天我有好事。我在街上碰见了我的欢乐，我的幸福，请注意，我碰到了我的星星，我的幸福。后来你猜怎么样？她吻了我。她的嘴唇那么红，我真爱她。她吻了我，使我陶醉了。你有过那种时刻吗？嘴都哆嗦得不能说话了。我都不能说话了，我的心使得我浑身颤抖。我跑回家一头倒下就睡着了，坐在这把椅子上睡着了。晚上我又醒来。由于过分激动，我抑制不住内心的感情，于是又动笔写起来。我写了些什么呢？给你！我被一种奇特和爽快的思路所支配，脑子一开窍，我感情的深处便成了一个暖和的夏日，便成了神仙捧出的一坛美酒，我饮起来——又浓又香，我大碗大碗地喝着。我哪里还能听见钟响？我哪里还知道灯灭？上帝，你要能够理解我的心该多好！我重温了一下事情的全过程，于是好像又和我的心上人在那条街上散步了，人们都回过头来看她。我们走进花园，碰上了国王，我高兴得深深地向他鞠躬行礼，国王回头看她一眼，看了我心爱的人一眼，因为她那样修长，太漂亮了。我们又来到城里，学校的孩子们都站着看她，因为她穿一件浅色衣服，那样年轻。然后我们来到一座红砖房子。我跟着她上了楼，要在她膝前跪下，可她一下子搂住我吻起来。所有这些就发生在昨天晚上，就是昨晚上的事呀。假若你要问我写了些什么，可以告诉你：我写了一首长长的颂歌，歌颂欢乐、歌颂幸福的歌。幸福就在我眼前，睁眼可见，伸手可得。"

"请注意，我实在不想再继续这种谈话了，"那人失望而生气地说，"我最后一次向你警告了。"

约翰内斯在门口又挡住了他。

"你先等等。啊，你脸上应该有点笑容才好。你转过身去的时候，我看见了一点，不过这是你手上的灯光，把你额头照亮了。你不那么生气了，我看得出来。我打开窗户，我知道，唱得声音太大了。我是天下最幸福的人。有时候确定是那样，你会失去自制力。我应该记得你还在睡觉……"

"全城都在睡觉。"

"没错，天还早。我想送你一样礼品，这个你要吗？是银的，别人给我的，一个我救过的小姑娘送给我的。给你！能装二十支烟。你不要？明白了，你不抽烟，可你应该学。我明天去向你道歉行吗？我一定做点什么来求得你对我的宽恕……"

"再见。"

"再见。我现在就去睡觉。我向你保证，你将再听不到我的声音。从现在起我一定更加小心。"

那人走了。

约翰内斯又突然拉开门，说道："想起来了，我就要走了。我不会再打搅你了，我明天就走。忘了跟你说。"

但是，他没有走。好几件事把他拖住了：要料理杂事，要买东西，要付几笔账。一天过去了，又是一天。他像疯了似的，到处奔走。

最后，他来到宫廷大臣的门前。维多利亚在吗？

维多利亚出去买东西了。

他解释说，他们是老乡，他和维多利亚小姐是一个地方的人，他只是来向她表示敬意，冒昧地拜访她一下。他当初要是请她往家里捎个信就好了。其实也没什么。

然后，他又进城了。他说不定能碰见她，能看见她，说不定她正好坐在车里。他在街头一直转悠到天黑。在剧场外面，他看见了她，向她点头、微笑、再点头，她也向他回礼。他和她仅仅几步之隔，他刚刚要向她走过去——但他立即发现，她不是一个人，宫廷大臣的儿子奥托陪着她。他穿一身中尉军衔的制服。

约翰内斯想：也许她就要向我做手势了，也许用她的眼睛做点小的示意？她快步走进剧院，脸羞得绯红，恨不得把头藏起来。

也许在剧院里他能看见她？他也买了票，走了进去。

他知道，宫廷大臣有一个包厢；自然，像他这样的富人，是会有包厢的。她坐在里面得意地向周围观望。她看他了吗？才不呢！

在一幕快结束的时候，他在门厅等她。他又向她鞠躬；她多少有点吃惊地看了他一眼，点了点头。

"你可以去那边喝口水。"奥托指着那边说。

他们走了过去。

约翰内斯的目光随他们转过去，他的视线被一股突然袭来的奇雾遮住了。他惹得过往的人都很生气，在他们通过的时候，都用胳膊肘推他；他机械地道着歉，但还是痴呆地站在原地。她看不见了。

等她从那边回来，他深深地向她鞠了一躬，说道："对不起，小姐……"

她介绍说："这是约翰内斯。你还认得他吗？"

奥托眯着眼睛看他，低声答了一句。

"我想你是要知道一下家里人的情况吧。"她说着，脸色那样镇静，那样好看。"我真的不大清楚；不过，他们一定都很健康，身体都很好。我回到家一定去看看他们。"

"谢谢你。你很快就回去吗，维多利亚小姐？"

"就这几天。行，我一定去看看他们。"

她点了点头，走开了。

约翰内斯看着她走了。随后他就离开了剧场。为了消磨时间，他开始没完没了地徘徊起来，在街道上沉闷无趣地漫步兜着圈子。到十点钟的时候，他来到宫廷大臣家门口，站在那里等着。很快就会散场，她要不了多久就会回来。也许他会给她打开车门，向她脱帽；也许他会给她打开车门，给她深深地鞠躬。

最后，过了半个小时，她回来了。他是否就站在门口，让她再次知道他在这儿呢？他头也不回，赶忙向街那边跑去。他听见宫廷大臣家的门打开了，车赶了进去，门又关上了。然后他转过身来。

他又在这个大门前面来回踱了一小时。他再没有人可等了，也没有什么事可做了。突然大门开了，维多利亚走出来。她没戴帽子，只在肩上披了块大披巾。

她对他半是羞怯半是为难地笑了笑，并且像找话题似的说道："你还在这儿沉思散步呀？"

"什么？"他答道，"沉思？没有，我只是在这儿走走。"

"我看见你在这里来回走，我想……我是从窗户里看见你的。我马上就得进去。"

"你能出来，我很感激，维多利亚。刚才我还那么绝望，这会儿早就把绝望甩到脑后去了。请原谅我到剧院去找你；还有，我到宫廷大臣家找你也不好，不过，是因为我想见到你，问问你是什么意思——你心里是怎么想的。"

"哎呀，你肯定都知道啦，"她说，"那天我说得够多的了，绝对不会引起误解的。"

"但我对所有这些都还那么糊涂。"

"咱们再别谈这件事了。我说得够多的了，我的话实在说得过多了，所以，我伤你的心了。我爱你——那一天我没骗你，现在我也不骗你，但是有许多事情把我们分开了。我很喜欢你，我爱和你聊天，比和任何人都谈得来，可是……我不敢在这儿待得过久，他们从窗户会看见咱们。约翰内斯，有好多事儿你都不明白；你别老问我是什么意思了。我白天黑夜都在想；

我说的全是心里话。但那些又都是不可能的事。"

"什么不可能?"

"全都不可能。所有一切。约翰内斯,拿出你的勇气来——别都靠着我。"

"真的,我可不行!可是,我开始在想,那天你是骗我了。你在街上碰巧看见了我,你心里高兴,于是就……"

她转过脸去,做出要走的样子。

"我做错什么事了吗?"他问道。他的脸刷白,都快叫人认不出来了。"我是说,我怎么了,竟失去了你的……在过去的这两个昼夜中,我做错什么事了吗?"

"没有。不是因为这个。只是我又仔细考虑了一下——你考虑过吗?你知道吗,这事儿一直就不行。我喜欢你,敬重你……"

"做事可得谨慎小心些。"

她看他一眼,她发现他的笑是侮辱性的,但还是温和地说道:"天哪,难道你不知道?我爸爸就不答应。你为什么一定要逼我说出来呢?这情况你也清楚。这样有什么好处呢?我说得不对吗?"

一阵沉默。

“对。”他说。

“还有，”她继续说，“还有很多原因……不，你可别再跟我到剧场去了，你真吓了我一跳。你可不能那样做了。”

“不再那样了。”他说。

她拉住他的手。

“你不能回家待一段时间吗？我非常期待着这一天。你的手真暖和，我的手冰凉。不行，我得走了。晚安。”

“晚安。”他说。

市区的街道又冷清又暗淡，像一片沙土地带，像一段走不到尽头的路。他遇到一个卖玫瑰花的小男孩，那花早已枯萎了。他叫住他，拿了朵玫瑰，慷慨地给了他一个五克朗的小金币，又继续向前走自己的路。走了一会儿，他看见一群孩子，在离一个门道不远的地方玩。有个十来岁的小男孩一句话不说，坐在那里看着他们。他那双看他们玩耍的蓝眼睛显得十分老成，他双颊深陷，方下巴，头上戴顶布帽子。或者更确切地说，是一顶衬帽，这孩子戴着假发，他是因为长癞痢头变成秃子的。说不定他的灵魂也同样畏缩了。

这些都是约翰内斯所看见的，他不知道自己在城市的哪个地方，也不知道自己要往哪里去。天开始下雨了，他好像没有意识到下雨，尽管他的伞在手里拿了一天，但他却不知道把它撑开。

最后，他来到一个有长椅的广场，于是坐了下来。雨越下越大，他下意识地打开伞，但仍还呆呆地坐着。过了一会儿，他实在觉得想睡，脑子变得模模糊糊，于是闭上眼打起盹来。

也不知过了多久，他被一个大声说话的过路人吵醒了。他站起来，又继续往前走。他脑子清醒了一些，记得都发生过什么事情，每一件事情他都记得，甚至他花了五个克朗去买玫瑰的那个小男孩他都记得。他想象着那个小家伙的高兴劲儿。当他在那堆零钱中发现这枚奇妙的硬币，并且知道那不是个普通的二十五欧尔，而是个五克朗金币的时候，他会是多么的高兴啊。见鬼去吧！

也许因为下雨，那些孩子们又换地方玩去了，也许他们在哪个门洞底下跳房子或玩弹子，而那个十岁的假发小老头儿却坐在那里看他们玩。或者，谁知道？也许他独自坐在哪儿玩着什么呢，也许在他的小破屋里也会有跳娃娃和转得很快的陀螺之类的玩具。也许他还没有完全丧失生活的信心，也许他畏缩的灵魂还有一点希望之火。

　　不知从哪儿出现一个举止优美的苗条女郎，转眼间站在他面前。他突然停下来。不，他不认识她呀！她是从旁边一条巷子里走出来的，匆匆忙忙朝前赶着，尽管雨下得很大，但手里却没有伞。他紧走几步赶上去，在他往前超她的时候，他看了她一眼。她多年轻多漂亮啊！她被浇透了，她会感冒的——但他又不敢靠近，用伞去给她遮着点儿。他只是把伞收起来，这样她就不至于一人挨淋了。他回到家时，半夜都过了。

　　他桌子上放着一封信，里面还有一张请帖。西爱尔一家希望他明天晚上到家里做客，并说在那里他会遇到他的熟人，包括——他哪里猜得着？——维多利亚，那位城堡里的小姐。最后是祝好。

　　他在椅子上睡着了。过了几个小时，他醒了，觉得很冷。他昏昏沉沉，浑身上下都在哆嗦。整整一天的倒霉事儿，使得他筋疲力尽。他坐在桌前，想如何答复这次邀请。他倾向于不去。

　　他写好信，正准备送到信箱去。突然，他想到维多利亚也被邀请了。好吧，好吧，她没向他说起这件事，她怕他去，她不想在那里见到他，不想在一群生人中间见到他。

他把写好的信撕了，又重新写了一封：谢谢，他会来的。他强压着心中的愤慨，气得发抖，一种莫名的怒火燃烧起来。他为什么不去？他干吗要躲躲闪闪？这可是张王牌。

他实在控制不住内心的激动。他把墙上的日历撕去几页，使自己比时间走快一个礼拜。他决心一意孤行了。他一定要看看那会是什么局面，要点燃他的烟斗，坐在椅子上，好好地品尝这个滋味。烟斗点不着，他又徒然地寻找小刀，一把刮刀——他猛地从角钟上抽出一根指针，用它来通他的烟斗。他对自己的这一恶作剧想法很得意，不由得暗自笑起来。他还打算用别的法子来制造更大的混乱。

时间在推移。最后，他和着湿衣服倒在床上睡着了。

他醒过来的时候，天已经大亮。还在下着雨，满街湿漉漉的。他脑子乱糟糟的，梦里那些乱七八糟的事和昨天的事儿混在一起；他没有发烧——正好相反，他的体温倒有些降低了。他冷静地面对眼下的情况，就像一个人在沉闷的森林闲逛了整整一夜，然后走到了一个凉爽的湖泊前面。

有人敲门，邮递员送来一封信。他把信打开，读完它，觉得有些不大好理解。信是维多利亚写来的，一张便条,就半张纸:她忘记了提她今晚要去西爱尔家;她希望在那里能见到他,她将把事情解释得更清楚一些,请他忘记她,请他能勇敢地接受这个现实。请原谅这封可怜的信吧。祝好。

他进了城,在那里吃完饭,又回到家里,最后坐下来给西爱尔一家写信表示歉意。说他今天晚上去不了,他将期待另一个机会见到他们,比如明天晚上。

他立即请人把这封信送到西爱尔府上。

五

    秋天，维多利亚回到家里，这条僻静的小街依然如旧，两边的小屋和安宁的气氛还是老样子。约翰内斯的屋里，夜夜亮着灯光。那灯火总是从黄昏星星满天时就点燃，直到黎明时分第一道曙光射出来才熄灭。他在写作，他在奋斗，写自己真正的著作。

    时间一周又一周、一月又一月地过去了；他既不与人来往，也不走亲访友。他再也不去西爱尔家了。他脑子里那些胡思乱想的事儿好像专门和他捣乱一样，不知不觉地都写进了他的书稿里，而这些东西事后又不得不整段地画掉。这使得他的进展速度大大放慢了。宁静夜幕下突然的一点声音，或是街上马车轧过的辚辚声，都会打断他的思路，或是再次使他离题：

"车来啦，让开！你当心点儿！"

可是，这又为什么呢？一辆马车有什么可小心的？这不，它也过去了；这时候，车已到了拐弯的地方。也许有个人站在那里，没穿大衣，没戴帽子；他探身朝前站，正面迎着那辆车；眼看就要轧着他，会伤到他的致命点，他会被轧死的。那人是想死，是自己找死。打那以后，他再也不扣衬衫，早晨也不系鞋带，就那样邋里邋遢地到处走着；他袒露的胸脯凹陷了；他快死了……一个已经踏上死亡边缘的人，他给一个朋友写了一张小条，一个小小的请求。这个人要死了，留下了这张小条。这张小条署了日期，签了名字，尽管作家快要死了，这张条上的话还写得清清楚楚。非常奇怪。他甚至还是用他那惯用的手写花体签的字。一个小时之后，他死了……又出现了另一个人。他躺在一间镶木板条并漆成蓝色的小房子里。还有什么呢？再没什么了。在这偌大的世界就他必须去死。他什么也不想了；他又绞尽脑汁地想起来。他知道已是晚上了，墙上的钟指向八点，但他不懂，那钟为什么不响。那钟还是不响。八点已过了几分，它在走，但就是不响。可怜的人儿，他的脑子已经快麻木了；钟响过了，可是他没有听见。然后，他又去撕墙上母亲的画像——

他都要死了，那画像对他还有什么用？还留着做什么？他困乏的眼睛看见了桌上的花盆，他慢慢地、成心地把手伸出去，把那大花盆拉倒在地下，摔得粉碎。干吗它要待在那里，还不让人碰？接着，他把自己的琥珀烟嘴也从窗户扔了出去。这种东西现在对他还有什么用呢？很明显，留着它没什么用处。一周之内这人就要死了……

约翰内斯站起来，又踱来踱去。隔壁的邻居醒了，他停止了呼噜，叹着气，苦恼地呻吟着。约翰内斯踮着脚走到桌前又坐下来。窗外，凉飕飕的风从白杨林中徐徐而来，使他打了个寒噤。老白杨树上叶子全都落光了，看上去像个在大自然里不痛快的怪物；带疖疤的树枝，刮擦着墙面，发出烦人的声音。那声音像一台木制机器，一台破裂的永不停止的木制捣矿机。

他的眼睛转向稿纸，往下读着。唉，他脑子里那些杂念又把他引上了歧途。他和死，和过路的马车根本毫不相干。他正在写一个花园，一个离他家不远的绿色的美丽花园，就是城堡的那个花园。那才是他要写的东西呢。此刻，它深深地埋在雪下，死气沉沉的，但他还是在写它，不是写它的严冬和积雪，而是写它的盎盎春意和微微和风。时已黄昏，花园下边的水面显得又深又静，像一片深深的海域；那一排一排的紫丁香含苞欲放，枝叶碧绿，散发出阵阵芳香，夜是那样的宁静，海湾那边黑琴鸡的咕咕声清晰可闻。维多利亚站在花园里一条小径深处；她独自一人，身着一件白衣，二十岁了。她站在那里，比周围最高的蔷薇花丛还高；她凝视着脚下的水面，又把目光移向树林和远处困倦的群山——她犹如花园深处的一尊白色女神。下面一条小路上有脚步声，她朝前走了几步，来到一个隐蔽的亭子里，她双肘倚着墙，朝下面看去。小路上的那人脱帽，向她深深地鞠躬打招呼。她向他点头。那人四下里看了看，见这条路周围没有暗中监视的人，便朝墙根走了几步。然后，她突然往后退缩，大声喊着，不，不！并用手打他。维多利亚，他说，有一次你说过的话是永恒的真理：我不应该自己欺骗自己，因为那是不可能的。是的，她回答说：那你还需要什么呢？他已经离她很近了，说话的时候和她只隔着一堵墙了；我需要什么？啊，我只想在这儿待一分钟；这是最后一次了。我想离你尽量近一些；现在我就离得不那么远了！她无话可答。一分钟已到了，晚安。他说。并再一次深深地行礼。晚安。她答道。他头也没回，离去了……

他与死有什么关系呢？他把那些涂改得乱七八糟的稿纸揉皱，扔到炉边，那里已经有不少这样揉皱的稿纸在等着烧呢。这纯粹是些由于想象力过于丰富而产生的转瞬即逝的怪念头。他的笔又回到下面路旁的那个人，那个打过招呼、时候到了就要告别的彷徨者。他身后的花园里，站着一个二十岁的姑娘，身穿白衣服。她不和他相好了，事情就是那样。但是他一直站在她家的墙后。就这一次，他能离她那么近。

时间一周周一月月地过去了，已是春回大地的时节。积雪消融了；大片的水面解冻了，隐约的呼啸声给人一种铺天盖地的幻觉。燕子归来了，城外的林子里，群兽欢跃，百鸟齐鸣，大自然一下子变得特别富有生机。大地送来一阵清新的香气。

他写了整整一个冬天。日夜在墙上摩擦的干白杨树枝曾为他奏过一支乐曲。现在，春天来到了，暴风雪结束了，那个破捣矿机的刺耳声音也停下来了。

他打开窗户，向外看去：虽然还不到半夜，街上已经很静了，晴朗的夜空，群星眨着眼睛，一切都预示着第二天的好天气。他听着城市的隆隆声，还有远处永不停息的呼啸声。突然，一列火车尖啸而过。这是晚班车，听上去像是划破宁静夜空的一声鸡鸣。现在该是工作的时间了，整整一个冬天，这列火车的鸣笛成了他的号令。

他关上窗户，又坐在桌旁。他把正在读的书推到一边，打开稿纸。他拿起钢笔。

那部伟大的著作就要完成，只差结尾的一章了，那是来自一封即将启航的船上的告别信，他脑子里已经有这样的图景了：

一位绅士坐在路边的一个小酒馆里，回顾着他过去的那些漫长的岁月。他须发灰白，已经上岁数了，不过他看上去仍然挺壮实，不像那么老。他租的马车停在外面，拉车的马歇下了，车夫既高兴又满足，因为他从这个陌生的客人那里得到了喝的和吃的。当这位绅士在记录簿上签了自己的名时，这里的店主认出了他，对他点头哈腰，毕恭毕敬。现在谁住着城堡？绅士问道。上尉，店主答道，他很有钱，女主人对谁都那么客气。她对谁都那么客气，绅士莫名其妙地微笑着对自己说，对我也这样吗？然后他坐下写起来，写好后把自己写的东西念了一遍；那是一首诗，一首沮丧、平静而充满怨言的诗。但是他把纸撕了，又坐在那里，把纸撕成小碎片。有人敲门，一个穿黄衣服的女人走进来。她揭起面纱，这是城堡里的女主人——

十分尊严的维多利亚夫人。绅士突然站起来，他的阴郁的心灵好像立刻被灯火照亮了一样。您对所有的人都那么好，他痛苦地说，甚至连我这样的人都来看看。她不答话，只是站在那里看着他，她的脸变得绯红。您想做什么？他像以前那样痛苦地问道——您是来唤起我对往事的回忆吗？假若是这样的话，这是最后一次了，仁慈的夫人，因为现在我就要永别于这个人世。年轻的城堡女主人还是不说话，但她的嘴在哆嗦。他说：我干了蠢事，承认一次错还不够？那您听着，我就再承认一次错：我心里是有您的，但是我不配——这您满意了吧？他继续更动感情地说：您拒绝了我，嫁给了另一个人。我不过是个庄稼人、乡下佬、没有教养的人，小时候误入了你们那个贵族的圈子！接着，绅士颓然倒在椅子上，哭着求道：啊，您走开吧！请原谅我，您走开吧！城堡的夫人一下子变得面无血色。她开口了,话说得很慢很清楚：我爱你；别再错怪我了，我爱的是你，永别了！年轻的城堡女主人说道，然后她用手捂着脸，赶紧离去了……

他放下笔，向椅子靠背仰去。好啦，句号，完了。书稿在那里放着，就这样一页一页地写，他苦苦地写了九个月。现在手头的著作完成了，他觉得浑身轻快。他坐在那里看到窗外第一道亮光的时候，头还在嗡嗡地响，心还在怦怦地跳，脑子还在紧张地工作。他太激动了，头脑里好像现出一个荒芜的、无人管理的花园，地上冒起一股股雾气。

他自己不知道怎么就来到了一个没有人烟的深谷，这里找不到任何生命的存在。远处，有一架风琴自己在演奏，声音是那样孤单，那样冷清。他走近来，仔细地看了看，那风琴在流血，在它自奏的同时，血从一边不住地往外流。再往前走了一段路，他来到一个集市。那儿一切都那么荒凉，一棵树都看不见，一点儿声音都听不到，只有一个孤零零的集市。但是，沙土里留下了许多脚印，空中好像还能听见刚才有人说话留下的余音，人们刚刚从这地方离去。一种奇怪的感觉支配着他，集市上空仍在缭绕的那种声音变得越来越近，使他害怕起来，并且变得怒不可遏。他用手把那些声音赶开，可是它们紧跟着又回来了。那不是人的说话声，而是些老头儿，是些跳舞的老头儿。这时，他便能看见他们了。他们为何要跳舞？并且跳舞时又那么悲哀？一阵冷风从老头儿那边刮过来，他们看不见他，他们都是些瞎子。他叫他们，他们也听不见，他们都是些聋子。他向东逛去，朝着太阳走，来到一座山前。有人在说话：你是在山跟前吗？是的，他答道，我是站在山跟前。接着，这声音又说：离你不远的那座山是我的脚，我被捆着躺在很远很远的地方，快来松开我！于是，他又向那很远很远的地方走去。在一座桥上，他被一个专门收容幽灵的人拦路抢劫了，那人纯粹是用麝香做成的。看见这个要收容他幽灵的人，他吓得浑身冰凉。他向他吐唾沫，又握紧拳头吓唬他，可是那人站在那里一动不动，等着他走过去。转回头去！他身后有一个声音喊道。他转过头去，看见一颗人头沿路滚着，给他领路。那是颗人头，不时地发出无声的、不愉快的笑。他跟着它。那头日日夜夜地向前滚去，他也日日夜夜跟着。到了海边，那头滚下路不见了。他向大海　去，潜入海底。他突然发现自己站在一个很大的门道前面，那里守护着一条会叫的鱼。鱼背上长着鬃毛，像狗一样冲他吼叫。维多利亚就站在这条鱼的后面。他向她伸过手去，她身上没穿衣服，冲他笑着，一阵大风吹过她的头发。接着，他便向她呼喊起来，他听见了自己的喊声——醒了过来。

　　约翰内斯坐起来，朝窗户走去。天快亮了，从窗槛上的小镜子里，他看见自己两个太阳穴都红了。他灭了灯，借窗外射进的灰白色日光，把书稿的最后一页又读了一遍。然后，上床睡觉了。

同一天下午，约翰内斯付过房租，寄走自己的书稿，离开了这座小城。他出国去了，谁也不知道他去哪儿。

六

一部名著问世了，这是一个感情的王国，感情的世界，一种待发而又不发的感情，一种吐露和幻想。人们买它、读它，把它放在自己的书架上。几个月过去了，秋天，约翰内斯又匆匆完成了另一本书。还有什么你料想不到的事呢？他的名字立刻家喻户晓。他的成功，使他躲起来，躲得远远的，躲到他写那本书的地方。那本书真像一杯浓郁的酒啊！

高贵的读者，这是迪居克和伊斯林的故事。它是在一个美好的季节写成的，是在那些不算太痛苦、一切都还可以忍受的日子里写成的。它充满了这个世间所有对迪居克的良好祝愿。迪居克，这个上帝用爱情折磨的人。

约翰内斯在国外，谁也不知道他在哪里。一年多过去了，谁也没有听到他一点音信。

"门外像是有人。"一天晚上老磨坊主说。

他和妻子静静地坐在那里仔细倾听。

"没有，外面什么人也没有，"听了一会儿，她说，"十点钟了，快到睡觉的时候了。"

又过了好几分钟。

一阵响亮而果敢的敲门声，像是敲门人事先鼓足了勇气似的。磨坊主打开了门。城堡的小姐站在外面。

"别怕，是我。"她腼腆地笑着说。她走进屋里，椅子已经给她搬了过来，但她仍然站着。她头上只戴一块围巾，脚下只穿了双单鞋，尽管还不到春天，路上还不那么干。

"我就是想来告诉你们，那个中尉今年春天要来，"她说，"那个中尉，我的未婚夫。他很可能到这边来打山鹬。我只是想提前给你们打个招呼，免得给吓着。"

磨坊主和妻子吃惊地看着城堡小姐。这还是第一回，城堡里的客人到林子或田野打猎有人来向他们报信。

他们恭顺地感谢她：她想得多周到啊！

维多利亚走上门来了。

"我就是为这个来的，"她说，"我总是想：你们岁数大了，让你们事先有个思想准备没什么坏处。"

磨坊主说："真想不到小姐想得这么周到！瞧瞧，小姐的脚都给打湿了。"

"没关系，路还算干，"她简短地说了一句，"反正我也要到这边来走走。晚安。"

她打开门，出去了。走到门道，她又回转头来。"顺便问问：约翰内斯，有消息吗？"

"没有，一点儿音信都没有，衷心地感谢您。他一句话都没有带回来。"

"他很快就会回来的。我还以为你们有他的消息呢。"

"没有，从去年春天就没消息了。约翰内斯在外国，人们都那么说。"

"哦，是的，是在外国。他过得不错。他在他的一本书中说，他生活在那些还不算太痛苦的日子里。所以，他一定还过得不错。"

"啊，天知道。我们在盼着他呢，可是他不给我们写信，也不给别人写信。我们天天在盼他啊。"

"既然他还不算太痛苦，也许他在那里会过得更好一些。唉，行啦，那是他自己的事。我只是想知道他今年春天是不是回家。晚安。"

"晚安。"

磨坊主和妻子送她到门口，望着她朝城堡走去。她头昂得高高的，轻盈地迈过湿淋淋的小路上的一个个小水坑。

几天以后，约翰内斯来了一封信。从现在算起，他再有个把月的时间就要回家来了，那时，他新写的一本书也就脱稿了。这一段时间，他干什么都很顺利，另一部书稿又快完了，他的思绪非常活跃……

磨坊主朝城堡走去。在路上，他捡到一块绣有维多利亚名字的手绢；这一定是那天晚上她丢落的。

城堡小姐在楼上，但是，一个侍女愿意去传话：你有什么事？磨坊主不想说。他宁可多等一会儿。

最后，小姐出来了。

"你有话对我说？"她一面说，一面打开一间屋子的门。

磨坊主走进屋去，递上手绢说道："我们接到了约翰内斯的一封信。"

瞬息间，她脸上闪现出快乐的光芒。"谢谢你。是的，这手绢是我的。"

"他要回家了。"磨坊主继续说着，嗓音小得几乎都听不见了。

她的表情僵住了。"大声点儿，磨坊主，谁要回来?"她说。

"约翰内斯。"

"约翰内斯。可是，那又怎样呢?"

"啊，因为……我们觉得我应该来告诉您。我们商量过，我妻子和我，她也觉得应该告诉您。那天您问到今年春天他是不是回家。好啦，他就要回来了。"

"肯定你会很高兴的，"城堡小姐说道，"他什么时候回来?"

"再过一个多月。"

"我明白了。噢，还有什么别的事儿吗?"

"没有。我们只是想，既然您问……没了，没什么事了。就是我对您说的那些。"

磨坊主的声音又中断了。

她送他出去。在走廊里，他们碰到了她父亲，在他们从他身边走过的时候，她满不在乎地大声对父亲说："磨坊主对我说，约翰内斯要回家了。您记得约翰内斯吗?"

磨坊主从城堡的大门走出去，发誓再也不做傻事了，再也不愿听妻子的话，对什么事都那样寻根问底了。他回家后要把这事儿对她说说。

七

　　磨坊贮水池边的细细的花楸，过去在他眼里不过像钓竿那么细；现在，过了许多年后，比他的手腕都粗了。他惊奇地看了一眼，又朝前走去。

　　沿河岸，密密麻麻的欧洲蕨灌木丛长得非常茂盛，这是一个真正的莽丛，只有放牧牲口踏出的小径，各种植物纵横交错，在林间到处形成弓状地带。他像小时候那样，用手拨开树枝，用脚探索着在丛林中吃力地向前行走。这个大个子所到之处，各种飞蛾昆虫早已纷纷避了开。

　　在花岗岩石场上面，他发现有黑刺李、银莲花、紫罗兰。他摘了些，那适人的芳香，唤起了他对昔日的回忆。远处，邻近教区的小山带着蓝色，海湾那边，杜鹃鸟在一声声地啼叫。

他坐下来，不一会儿，他便哼起歌儿来。接着，他听见小路底下传来了脚步声。

已是黄昏时刻，太阳落山了，但大地仍保留着它的温暖。树林、山丘、海湾，都那么静。一位姑娘朝石场这边走来，是维多利亚，她手上还挎着一个篮子。

约翰内斯站起来，问了好，做出要走的样子。

"我不是想打扰你，"她说，"我是来这里摘些花儿。"

他没有回答什么。他也根本没有去想：她家的花园里什么样的花儿都有。

"我还带了个花篮，"她继续说，"不过，也许我什么也找不到。我们办宴会要往桌上摆。我们要举办一个宴会。"

"在这儿，您会找到银莲花和紫罗兰，"他说，"再往高处，就是蛇麻草。不过也许季节未到，早了一些。"

"你的脸色可没我上次见你时好，"她说道，"那是两年前了。听说，你一直不在国内。我读了你的书。"

他没做回答。他想，也许自己可以说声，"啊，您好，维多利亚小姐"然后就离去。从他站的地方到下面一块石头仅仅一步之隔，从那块石头到她脚下又是一步之隔，他只要走上两步，就可以很自然地离去了。她正好挡住他的去路。她穿着一件黄衣服，戴着红帽子，又神秘，又漂亮；她的脖颈裸露着。

"我挡您的路了。"他嗫嚅道，并且朝下走了一步。他尽量不让自己的感情表露出来。

这时，他们两人只隔一步了。她没有想要挪动的意思，只管站在那里。他们互相直愣愣地瞧着。突然，她的脸变得绯红，目光低垂下去，站在了一边。她脸上的表情有些为难，可是她微笑了。

他绕过她去，又停住了。她悲哀的笑脸使他极为不安，他的心已飞向她去，于是他随便找了个话题说起来："喂，我想从上次以后，您一定又进过好多次城吧？从那一次……现在我还记得，过去在那些地方有花，在离你们家旗杆不远的小山上。"

她掉转头看着他。他吃惊地发现，她绷紧的脸显得那样苍白。

"到那天晚上你愿来吗？"她说，"你来参加我们的宴会吗？我们准备举办一个宴会。"她继续说着，她的脸色开始好起来。"有城里来的人。快了——我还会告诉你些详细情况。你愿意来吗？"

他没有说话。那可不是他能参加的宴会，在城堡里，他是没资格的。

"你一定不能拒绝。一定不会让你烦恼的，我已经想到了这点，我安排了一件你意想不到的事。"

一阵沉默。

"您再不会有什么使我意想不到的事了。"他说。

她紧咬嘴唇，脸上掠过一丝失望的微笑。

"你要我怎样呢?"她语气呆板地说。

"我不希望你做任何事情，维多利亚小姐。我本来只是想在这里的石头上坐坐——您如果不愿意的话，我这就走开。"

"瞧，我一天都在家待着，后来我才来到这里。我完全可以沿河走走，或者到别的地方去，我本来无须来的……"

"我亲爱的小姐，这地方是你们家的，不是我的。"

"我以前伤过你的心，约翰内斯，我要弥补自己的过错，要公正才是。我真的有件我认为是你意想不到的事情……就是说，我希望你会高兴。我不能再多说了。但这次我确实是想请你去。"

"假若能使你愉快的话，我就去。"

"是吗?"

"是的，谢谢您的好意。"

他一直走到树林子，还掉过头来往回瞧瞧。她还坐在那里，身旁放着那个盛花的篮子。他没有回家，只是百感交集，一个劲地在路上踱来踱去。叫人意想不到的事？她刚刚说过，不一会儿前刚刚说过，她的嗓音都在哆嗦。他内心升起一种令人激动的高兴，他的心跳得很厉害，觉得自己有点腾云驾雾似的。今天她穿一件黄衣服难道仅仅是一种巧合吗？他特地留神她曾戴过戒指的那只手——现在戒指没有了。

过了一小时。他周围弥漫着树林和草地的香气，这迷人的香气实在有些沁人心脾。他坐下来，又枕着双手躺倒，久久地听着海湾那边长笛般的杜鹃的鸣声。一阵接一阵的鸟语在空中回荡不止。

于是，刚才的事再一次出现在他眼前！她在采石场向他走过来的时候，像一只在石间飞来飞去的蝴蝶，想在他面前停留一下。"我不是想打扰你。"她说，还是带着微笑说的。她的微笑十分迷人，脸上明亮亮的，周身闪着金光。她脖颈上现出细细的、清晰的脉络，眼睛下面的几点雀斑给她的面颊增添了几分多情的色彩。她二十岁了。

一件让人意想不到的事？她打算做什么呢？也许她给他看看他写的书？把那两三卷全拿出来讨他的喜

欢？因为她把他写的书全买下了并且还挑着读了读？请接受这一点点关怀，这个可怜的安慰奖！请别看不起我这微薄的礼物！

他猛地站起来。这时，维多利亚正要回家去，她的花篮子还是空的。

"您没找到什么花儿?"他心不在焉地问。

"是的，我不找了。或者还不如说，我根本就没有找——我只是在那里坐了坐。"

他说："对了，想起来了——您大可不必再去想您伤了我的心。您没什么过错，不必用任何一种安慰奖来弥补。"

"没有吗?"她说道，有点儿吃惊。她又想了想，看着他沉思起来。"没有？我觉得上回……我不愿让你因为过去的事记恨我。"

"可以，我不会记恨您的。"

她又仔细想了一下。突然，她直了直身子。"那就行了，"她说，"我也许明白了。那件事原来没有给你留下很深的印象。好啦，我们别再提它了。"

"行，确实我们不应该再提了。我的印象对于你来说是无关紧要的，从来就是如此。"

"再见，"她说，"暂时再见吧，啊。"

“再见。”他答道。

他们各走各的了。他站住又掉过头来。她走了！他伸手向前，轻轻地对自己说着温柔的话：我不记恨您，啊，不记恨，我还爱着您，爱您……

“维多利亚！”他叫出了声。

她听见他的声音，惊了一下，转过头来看了看，但又朝前走去。

过了好几天。约翰内斯内心充满了不安，无法写作，无法睡觉，几乎把所有的时间都消磨在树林里了。他爬上满是松树的山丘，城堡的旗杆就立在那里，旗子在飘动，城堡圆塔顶的旗子在飘动。

一种莫名其妙的紧张攫住他的心。城堡的客人们就要到了，庆祝活动在进行中。是一个温和宁静的午后。河流从灼热景色中穿过，像一支脉络。一艘轮船悄悄地驶进港来，在海湾那边留下白色条纹的余波。这时，有四辆马车从城堡大院里赶出来，来到了码头边。船停好了，女士们和先生们上了岸，坐进马车。城堡里枪声齐鸣来欢迎他们。有两个人在圆塔里举着运动步枪，按上子弹，放了，按上，再放。他们就这样放了二十一响，几辆马车从城堡的大门进来了，枪声也停止了。

是的，城堡里的庆祝活动正在进行，又是挂旗，又是鸣枪，欢迎着客人。车里坐的都是穿军装的军官；也许，奥托中尉就在里面。

约翰内斯下了山丘向家走去。一个城堡的人追过来叫住他。这人帽子里塞着封信，他是维多利亚小姐派来的，并等着要回音。

约翰内斯怀着激动的心情读了来信。维多利亚毕竟还是邀请了他，信写得很亲切，央求他一定出席。这就是她上次说过的那个宴会。并说需要送信人带回答复。

他确实有些喜出望外，他顿时觉得热血涌上心头，告诉那人他将出席，出席，谢谢你，就说他马上到。

"这是给你的。"他奇怪地给了差人不少小费，跑回家换衣服去了。

八

　　他有生以来第一次踏进了城堡的大门，并沿着楼梯上到二层。里面传来说话的声音，他的心怦怦直跳，他敲了敲门，走进去。

　　看上去仍然年轻的子爵大少爷的夫人走上前来，握了他的手，热情地欢迎他。说很高兴见到他，她记得他当年才那么点高，可现在已是位不同凡响的人了。……看上去她还想说点儿什么，久久地握着他的手，用搜寻的目光看着他。

　　完了，子爵大少爷又走上前来，把手递给了他。子爵大少爷跟夫人一样，说他是位不同凡响的人，不过有点双关的意思。他说他是一位名人。他很高兴……

　　他被介绍给先生们，女士们，介绍给戴勋章的宫廷大臣，介绍给大臣的夫人，介绍给一个邻近的乡绅，还有奥托中尉。只是没维多利亚，连她的影子也没见到。

又过了一会儿，维多利亚进来了，她脸色发白，甚至有些羞怯。她用手拉着一个小姑娘。她们在屋里转了一圈儿，和所有客人都握了手，和每个人都寒暄了几句。最后停在约翰内斯前面。维多利亚笑着说："你瞧，给你卡米拉——这还不是你意想不到的事吗？你们彼此都认识。"

她站在那里看了他们片刻，然后离开了这间屋子。

起初好一阵子，约翰内斯都站在那里发愣，一动不动，呆若木鸡。难道这不是意想不到的事吗：维多利亚心肠太好了，专门找了一个替身。瞧你们俩，去痛痛快快玩儿吧！室外正是大好春光，太阳在外面放肆地炫耀着，你要喜欢，就把窗推开，花园里充满了芳香，甚至那些欧椋鸟儿都在白桦树端谈爱了。你们为什么不彼此说说话儿呢？快，笑一个！

"是的，我们彼此认识，"卡米拉天真地说，"上回你就是从这儿把我捞上来的。"

她很年轻，又美丽，又快活，穿一身粉红衣服，还不到十七岁。约翰内斯努力控制自己，笑着，讲着笑话。他慢慢地开始发现，她的快活话题真是有些令人耳目一新。他们谈了很长时间，他的心也慢慢平静下来。她还有小时候那个招人喜欢的习惯，他说话的时候，她总是竖起耳朵把眼睛瞪得老大地听着。他对她还记得很清楚，她本人倒没什么可以让他出其不意的。

维多利亚又进来了，拉着中尉的胳膊，把他领到了约翰内斯跟前，说道："你认识奥托——我的未婚夫吗？我想你还会记得他的。"

这二位彼此还都记得。他们说了几句在这种场合必不可少的客气话，互相行了这种场合应有的礼节，然后分手了。这时就剩下约翰内斯一个人和维多利亚了。他说："这就是你所说的意想不到的事情？"

"是的，"她用一种痛心而又急躁的语调说，"我尽了自己最大的力量，我真不知道我还能怎么样。事到如今，你就别要求太高了——应该谢谢我才对；我看得出来，你刚才是挺高兴的。"

"那就谢谢您吧。是的，我是挺高兴的。"

心中一股绝望的感觉向他袭来；他的脸变得如白纸一般。如果她真伤过他的心，他现在也完全得到了补偿和安慰。他从心底里感激她。

"我看见您今天又戴戒指了，"他用一种虚假的声音补充道，"可别再摘了。"

一阵沉默。

"不会，我现在当然不会再摘下来。"她说。

他们的目光碰在一起了。他的嘴角有些颤抖，冲着中尉那个方向猛地把头一摆，用粗哑的声音说道："您的审美观很好，维多利亚小姐。他是个美男子。他的肩章给他垫起了一副好肩膀。"

她不动声色地反驳道："不，他长得并不俊。不过，他出身名门。这倒是值得一提的。"

"这点使我受益匪浅，谢谢您！"他哈哈大笑，失礼地说道，"他衣兜里也有钱，这当然更值得一提　。"

她立刻走开了。

他灰溜溜地在角落里走来走去。卡米拉在跟他说话，可是她问的什么他根本没有听见，也没有回答什么。她又说了点儿别的，她甚至碰了碰他的胳膊，又问了一遍，结果他还是什么也没有听见。

"瞧，他在思考！"她笑着惊叫道，"他在思考！他在思考！"

维多利亚听见她喊，便过来说："他想一个人待一会儿。他也不让我打扰他。"接着，她突然向他走过去，大声说："你肯定是在想道歉的事儿。关于这点，你用不着担心。相反,我给你发出的邀请太晚,我应向你道歉。我太不细心了。直到最后我才想起了你,我几乎把你忘得一干二净。不过,我希望你能原谅我,因为我要考虑的事情太多了。"

他直呆呆地看着她,一句话也不说。卡米拉吃惊地看看这个,看看那个。维多利亚站在他们面前,冰冷、刷白的脸上流露出满意的神情。她报复了他。

"你看,这就是咱们年轻的骑士,"她对卡米拉说,"咱们绝不要对他们这样的人寄予过大的希望。那边,你可以看见我的未婚夫,坐在那儿大谈猎麋,这边,我们又有诗人,站在这里思考着……说说吧,诗人!"

他再也忍不住了,他太阳穴的青筋涨得老粗。

"好啊。您想让我说说? 好啊。"

"啊,可别太挖空心思了。"

她正准备离开。

"直说吧,"尽管他嗓音有些颤抖,但还是慢慢地笑着说,"我也用不着旁敲侧击了:最近您谈爱了吗,维多利亚小姐?"

好一阵子,他们都一声不吭。三个人都能听见自己的心在跳。卡米拉迫不及待地插了进来:"维多利亚当然和她的未婚夫谈爱了。她刚刚订婚——你不知道呀?"

正在这时，通往餐厅的几个门同时都打开了。

约翰内斯找到了自己的座位，站在椅子后面。整个餐桌在他眼前摇晃起来。他看见眼前一片人影，听见耳边一片喧哗。

"是的，那是你的位子，请坐吧，"子爵大少爷夫人客气地说，"大家都坐下来就好了。"

"对不起!"维多利亚突然在他身后说道。

他往旁边站了一点。

她把写着他名字的桌卡向后挪了好几个位子，靠后了七个座，让他挨着一个老头儿坐下来，这老头儿曾是城堡里孩子们的老师，素有酒鬼之称。他在这个座位上换了另一张桌卡，回去坐下了。

他站在那里，从头到尾地看见了她这个举动。子爵大少爷夫人十分为难，只好装着忙桌子那边的事，不去看他的眼睛。

他气得直发抖，从来没有这样难堪地朝新安排的座位走去。原来那个座位被城里一位迪莱夫的朋友坐了，那个年轻人的衬衫前胸别着宝石饰纽。他的左边是维多利亚，右边是卡米拉。

接着，晚宴便开始了。

老教师还记得孩童时的约翰内斯，他们之间开始了谈话。老教师说，年轻的时候，他也曾练习写诗。他至今还保留着手稿——也许约翰内斯闲下来的时候会读一读的。今天这个大家族为维多利亚举行订婚典礼，他被请来，是在这个特殊日子里分享一份欢乐。子爵大少爷和夫人不忘旧交情才为他安排了这个他自己也没有想到的机会。

"我没有读过你的作品，"他说，"我想读点儿什么的时候，总是读自己的东西。我保存了满满一抽屉诗稿和文章。这些东西都是等我死了以后才会出版的。无论如何，我得让读者知道我是谁。哎呀，搞我们这一行的老一辈人，他们不像现在这些人，总是急于把所有东西都发表出去。为你的健康干杯!"

宴会在继续。子爵大少爷敲敲自己的酒杯站了起来。他那张瘦削的贵族式的脸庞十分激动，流露出十分满意的表情。约翰内斯低低地埋下头去。他的酒杯空了，可是没人为他斟酒，他自己把杯子斟得满满的，又低下头去。来吧!

这个过长但却善于措辞的讲话引起一片欢呼，他宣布女儿订婚了。接着而来的，便是来自餐桌各个方向对城堡小姐和大臣之子的良好祝愿。

约翰内斯又把自己的酒杯一饮而尽。

过了一会儿，他那受了严重刺激的神经才稍稍恢复过来，慢慢定下心来，香槟酒在他血管里的热劲儿并不那么大了。他能听见宫廷大臣致答词了，接着便是更多的喝彩声和碰杯声。他向维多利亚那个方向看了一眼；她脸色惨白，看去极为痛苦，头也不抬。但卡米拉还向他点点头，不时地笑一笑。他也对她点点头，作为回答。

老教师在他身边喋喋不休地说着。"两人对上眼了可是件好事情，好事情。可我从来不曾有过这样的福气。我曾经是个很有前途的青年学生，很有天赋。我父亲的名声也很好，房宅也很大，很有钱，船也很多。甚至可以说，我确实是前程无量。她也很年轻，也受过良好的教育。唉，我到她跟前，把心掏给了她。'不。'她答道。你能理解她吗？不，她不愿嫁给我，她说。唉，我尽了最大的努力，去好好工作，勇敢地对待生活。后来我父亲的日子不好过了，船只失事，负债累累——一句话，他破产了。那么，我又怎么办呢？再次勇敢地对待生活吧。而这时她反倒离不开我了，就是我说的那个女孩子。她跑回来，又在城里找到了我。

你一定会问，她找我有什么用呢？这时，我已经穷了，只是个微不足道的教师而已，我的前途全完了，我的诗稿也都塞进了抽屉——而这时，她却跑回来答应了。真的答应了！"

老教师看着约翰内斯问："你能理解吗？"

"最后你不要她了？"

"我怎么做得出那种事呢？我不过是个一贫如洗的穷教师，只有星期天才舍得抽几口烟——你怎么想呢？我可不能那样伤她的心。我要问的是：你能理解她吗？"

"她后来怎么样了？"

"天哪，你所答非所问！她嫁给一个上尉了。那是一年以后的事。嫁给了一个炮兵上尉。为了你的健康！"

约翰内斯说："我听说过有这样的女人，总是好寻求同情的目标。当一个男子一切顺利的时候，她们就恨他，觉得同情是多余的。当他倒霉抬不起头的时候，她们便得意扬扬地说：'我来了。'"

"可是，她为什么不在我走运的时候接受我的求爱呢？那时我真是个阔少爷。"

"因为她想等你入土之后再说。天知道。"

"可是我从没死过呀。从没死过。我有自尊心，我把她撵走了。你觉得我这样做如何？"

约翰内斯什么也没说。

"不过，也许你是对的，"老教师说，"老天爷做证，"他突然大声喊道，"你说的有道理。最后，她决定嫁给一个老大不小的上尉；她伺候他，取得他的欢心，成了主妇。她竟嫁给了一个炮兵上尉。"

约翰内斯抬起头来。维多利亚手举着酒杯坐在那里，朝他那个方向看。她把酒杯举得高高的。他气得浑身哆嗦，也朝她举起了杯。他举杯的手颤抖着。

她笑着叫了一声他的邻座，她叫的是老教师的名字。

约翰内斯放下酒杯，无的放矢地强作笑容。他在众人面前露了丑。

来自学生的友善关心使得这位教师老泪纵横。他一仰脖子又干了一杯。

"这不，现在我老了，"他继续说，"我孤孤单单默默无闻地走过这个尘世。这就是我的命运。谁也不知道我内心的痛苦，可是谁也从未听我抱怨过什么。你知道，关于斑鸠的谚语是怎么说的吗？难道那人人皆知的伤感的斑鸠不是在每次饮水前都把清凉的泉水搅浑吗？"

"这我可真不知道。"

"你真的不知道？我敢担保真是这样的。这情况就跟我差不多。我没有得到我应该得到的那一位，但正因为这样，我也就不缺少生活的乐趣了。我只是把它们一下子搅乱了。我总是把它们搅得一塌糊涂。这样，以后的失望就不至于把我摧垮……你看看维多利亚，她刚才不是还为我的健康干杯吗？我过去是她的老师，现在她快结婚了，这确实让我高兴，我真为她高兴，她就像我自己的女儿一样。现在看来，也许我还会当她的孩子的老师。是的，生活中还是有不少乐趣的。不过，你刚才说的同情、女人和抬不起头等问题——我越想越觉得你是对的。天知道，你是……对不起，我去一下。"

他站起来，拿着酒杯朝维多利亚走过去。他的腿已经有些摇摇晃晃了，背驼得很厉害。

又有几位站起来讲话的。中尉讲话了，邻近的乡绅便举杯为小姐们干杯，自然也就提到城堡小姐。突然，那个前胸别着宝石饰纽的年轻人站起来提到了约翰内斯的名字。他是事先获得允许才这么做的：他愿代表年轻人向这位年轻的作家致敬。他是用最友好的措辞说这段话的——出于他那种年龄人的善意的感谢。

讲话中充满了对他的赏识和钦佩。

约翰内斯几乎都不相信自己的耳朵了。他轻声地对老教师说："他是在说我吗？"

老教师答道："是的。他抢在我前面了。本来是我想说的，维多利亚今天下午还问过我说不说。"

"你说谁问过？"

老教师愣神儿看着他。"谁也没有问。"他说。

在这个年轻人的讲话过程中，人们都瞧着约翰内斯；甚至城堡的子爵大少爷都在向他点头，宫廷大臣的夫人也扶了扶夹鼻镜看着他。讲话结束的时候，大家都为他干杯。

"你也应该讲几句谢谢他，"老教师说，"他事实上是站在那里为向你表示敬意才说这番话的。其实，像我这样的同行前辈才有资格说这席话。总之我是完全不同意他的，完全不同意。"

约翰内斯顺着桌子朝维多利亚看过去。正是她让别宝石饰纽的那个年轻人这样说的，为什么？开始时，她还为这事儿找过别人，这证明今天的这些事儿她是早有安排的，为什么呢？这时，她正坐在那里看着桌前，真不可理解。

一种深深的强烈的感情使他两眼顿时湿润了，他完全可以跪在她脚下，千百次地感谢她。他以后会这样做的，宴会结束后就去感谢她。

卡米拉坐在那里，和这个邻座说几句，和那个邻座说几句，脸上放射出异彩。她很满意。十七年来，她无忧无虑，总是这样高高兴兴。她一个劲地向约翰内斯点头，示意让他站起来。

他站起来了。

他简单地说了几句，嗓音很低沉，充满了感情：城堡庆祝喜事，举办这样的盛宴，并且他这个微贱的完完全全的局外人也被邀请了。他要感谢这个宽厚的建议的发起者和说他很多好话的讲话人。他当然也不能不对大家表示感谢，感谢诸位费神来听对他——这个局外人——的赞扬。他在这个场合能够出席的唯一原因，是他是住在林子里的城堡邻居的儿子……

"听啊，听啊！"维多利亚叫道，两眼闪耀着光辉。

大家把脸都转向她，她满脸通红，胸部上下起伏着。约翰内斯突然停止了讲话。接着便是痛苦的沉静。

"维多利亚！"她父亲惊讶地喊道。

"说下去！"她大声说道，"这就是你能出席的唯一权利；你说下去呀！"她目中的怒气突然消失了，无可奈何地苦笑了一下，摇摇头。接着她转向父亲说道：

"我不过是想把事情夸大一点儿。他自己就言过其实嘛。对不起，我不是成心要打扰大家……"

约翰内斯听了这样的解释，心中立刻有了主意。他都能听得见自己心跳的声音。他注意到，维多利亚的母亲在看她的时候，极力克制着眼里的泪水。

是的，他说，他是有些言过其实了。维多利亚小姐说得很对。承蒙她提醒，他不仅仅是城堡邻居的儿子，而且也是城堡里孩子们的伙伴，并且就是因为这样，他今天才会在这里出现。他感谢她——她所说的全是真话。他应该是属于这里的，城堡的树林曾一度是他的全部世界，尽管那段时间有隐隐的忧郁、冒失和一些预测不到的事情。但在那些日子里，他总还可以经常得到迪莱夫和维多利亚的信儿，邀他和他们一道去远足和游玩——这些便是他童年最美好的时刻了。后来，每当他想起那些事儿，他认为都是十分有意义的，但却没有人能理解这点。假若他的创作果真就像刚才说的那样——常常闪现火花，那么，这是由于他对那段时光的回忆，才点燃了他的创作之火，也反映了两个童年伙伴给他的幸福。就此而言，他的这些成就大半应归功于他们。在这个订婚典礼上，除了一般客套的良好祝愿之外，他希望加一句感谢这两位城堡孩子的话,感谢那些愉快的、时间和空间都隔不开的童年岁月,感谢那些愉快的、但又太短暂的夏日……

他做了一篇讲演——一个得体的讲演。这不是一篇妙语横生的讲演,但倒也不算太坏。席上的人喝着,吃着,又重新说起来。迪莱夫对母亲发表着简短的评论:"真的,我从来不知道是因为我写出了他的书,您说呢?"

但是她母亲并没笑。她和孩子们一边喝着一边说:"谢谢他,确实该谢谢他。这是很可以理解的,他小时候太孤单……你要做什么,维多利亚?"

"我想让侍女给他送一小枝丁香表示感谢,行吗?"

"不行。"中尉答道。

晚宴后,人们散去了,到别的屋里,到大阳台上,甚至有的还到花园里去了。约翰内斯漫步走到一楼,走到摆满鲜花绿草的大厅。那里已经有别人了:乡绅和另一个人正抽着烟小声谈论着他们主人的财源。他的房地产管理不当,又大,篱笆倒了,树木也都大批地砍伐了。听别人说,他对支付这所房子和里面不动产的突然上涨的保险金都有些困难了。

"一共投保了多少钱?"

乡绅说了个数目,给人的印象很深。

更糟的是，城堡里的人都不节省，费用太大。今天这顿晚宴的开销，就是一个例子！现在看来好像保险柜都快空了，甚至夫人那远近知名的宝石首饰盒也空了，所以他们需要女婿的钱来支撑往日的门面。

"你猜他有多少钱？"

"嘿！数都数不清。"

约翰内斯站起来，又走到了花园。丁香盛开，山间迎春花、水仙花、茉莉花及百合花的香气一阵阵向他袭来。他在墙角找了块石头坐下来，整个身子都藏在灌木丛后面。由于刚才的情绪激动，他疲劳不堪，有些厌烦，他的聪明才智一下子变得黯淡了。他想起身回家，可是却坐在那里呆若木鸡，无精打采。接着，他听见沙砾小路上传来轻轻的说话声，有人正在往这边走，他听出是维多利亚的声音。他屏住气，在那里等了一小会儿，但是，他透过树叶看见中尉的军服在亮处闪了一下。这对订婚新人正在一起散步。

"我真不明白你是什么意思，"他正在对她说，"你坐在那里一本正经地听，生怕听不见他那些装腔作势的鬼话，后来你又叫了起来。这究竟是怎么回事？"

她站住，挺了挺身子。

"你想知道吗？"她问道。

“对。”

她没有说话。

“假若没有别的意思，我倒没什么，”他又说，“要是那样，你就用不着跟我说什么了。”

她又气馁了。

“没有，没什么意思。”她说。

他们又往前走。中尉有力地耸了耸肩章，大声说道：“他最好当心点儿，不然，我这个军官的手掌会给他一记耳光的。”

他们朝通向小亭子的一条僻径走去。

约翰内斯还是呆呆地坐在那块石头上，心情仍是那样的沉闷痛苦。什么都不能再引起他的兴趣了。中尉起了疑心，他的未婚妻马上辩解起来。她说了她该说的话，稳住了这个军官的心，又继续和他朝前走去。这时，树枝上的欧椋鸟也啁啾起来。但愿它们与天长存……他在宴席上为她讲了话，心都碎了。她傲慢地打断了他的讲话，他做了很大的努力才算把这件事情掩饰过去，但她甚至连谢都没谢他。她只管举起酒杯喝她的酒。为你的健康干杯，看我喝得多美吧……看一个女人喝酒的侧面像太叫人难以忍受了，管她用酒杯、茶碗，或是别的什么东西喝呢，可是看她喝酒的侧面像真是令人无法忍受。她那个动作实在太可怕了。她把嘴噘起来，只蘸着杯中表面的一点点酒，假若这个时候有人注视她的手，就知道她是多么的绝望。事实上，千万别去看一个女人的手。她是不能容忍的，但最后又总会让步。她会立即把手抽开，再去摆一个更为优美的姿势——去隐藏手指上有皱纹的地方，去隐藏一个有缺陷的手指或是一个修得不很精美的指甲。最后，她再也忍不住了，生气地问：你在看什么？……她曾亲吻过他，很久以前，是在一个夏日。这是很久以前的事了，天晓得，那可是真的。当时究竟是怎么回事呢？他们是坐在一条长凳上吗？他们在一起已谈了很久，当他们要告别的时候，他靠得那么近，都碰到了她的胳膊。是在一个大门前，她吻了他。我爱你！她这样说过……现在，她却和别人走过去了，也许他们已在亭子里坐下来。中尉将要给他一个耳光，他确是这么说的。他清清楚楚听他这么说的，他没有麻木，但他没有站起来朝前走。一只军官的手，他是这么说的。噢，噢，这只是不把他放在眼里罢了……

他从石块上站起来，跟着他们走到小亭。里面没人。卡米拉靠房子的阳台站着，在那里叫他：快进来，花厅里有咖啡。他跟随她去了。那对订婚新人正和一些人坐在花厅里。他要了杯咖啡，找个地方坐下来。

卡米拉和他谈起来。她容光焕发，他确实无法抗拒她那无辜的目光。他和她谈起来，回答着她的问题，笑着。她问他刚才上哪儿去了，是去花园了吧？根本没有。她在花园里找过他，可是没找到。瞎说一气，他当然没去过花园。

"他刚才是在花园里吗，维多利亚？"她问道。

"没有，"维多利亚说，"我没有看见他。"

中尉生气地看了未婚妻一眼，并用警告的语气和完全没有必要的那种大嗓门对那个乡绅说："我相信，你邀请过我到你们那里打山鹬，是吧？"

"当然啦，"乡绅答道，"欢迎您的光临。"

中尉看了看维多利亚。她什么也没说，还是老样子坐在那里，并没打算劝他不要和乡绅一道去打猎。他的脸色越来越难看，使劲地捋着他的小胡子。

卡米拉问了维多利亚另外一个问题。

就在这当儿，中尉蓦地站起来对那个乡绅说："好，那我今天晚上就跟你去，立即行动。"

说完这句话他就离开了屋子。

乡绅和其他几个人跟他出去了。

又静了一阵。

门一下子开了，中尉非常激动地走了进来。

"你忘了什么东西吗？"维多利亚说着站了起来。

他在门边摇摇晃晃地走进来，像是站不稳似的，然后，他朝约翰内斯走过去，摇晃地走着，用拳头打了他一下。打完，他很快退到门边，又继续摇摇晃晃地走起来。

"小心点儿，老兄，你可碰着我的眼睛了。"约翰内斯苦笑着说。

"你弄错了，"中尉答道，"我明明是给了你一记耳光。你明白吗？明白吗？"

约翰内斯掏出手绢，擦了擦眼睛说："不是这样吧。你很清楚，我完全可以把你折成两截，收拾了你。"说着，他便站起来。

中尉很快打开门，跳了出去。"你等着瞧吧！"他回头喊道，"你等着瞧吧，傻瓜！"说着，使劲一摔，关上了门。

约翰内斯又坐下来。

维多利亚仍然站在离屋子中间不远的地方。她望着他，脸色惨白。

"他打着了你吗？"卡米拉十分惊愕地问道。

"叫他碰上了，眼上碰了一下。你看。"

"天哪，全红了，都充血了！别，别擦它，我用水给你洗洗吧。你的手绢太粗了，瞧，你还是拿开吧，用我的手绢来擦。你还不相信，正好打在眼上！"

维多利亚也取出自己的手帕。她什么也没说。然后，她非常缓慢地走到玻璃门前，背朝里，向外面眺望。她把自己的手帕撕成了碎片。过了好几分钟，她推开门，一句话没说，悄悄地离开了屋子。

九

　　卡米拉朝磨坊走来，是那样高兴，那样单纯。她是一个人来的。她一直走进小屋，微笑着说："请原谅我没敲门。流水的声音那么大，我敲也没用。"她朝四周看了看，抬高嗓门说道："这地方真好玩！真好玩！约翰内斯哪儿去了？我是约翰内斯的朋友。他的眼睛好些么？"

　　她找了把椅子坐下来。

　　把约翰内斯从磨坊找来了。他的眼睛又红又肿。

　　"我是自己要来的。"一见面，卡米拉就说。"我想来看看你。你一定要用冷水洗眼睛啊！"

　　"用不着，"他答道，"哎呀，你到这里来做什么呀？你是想看看磨坊吧？你来得正好。"他搂住母亲的腰，把她领到卡米拉跟前。"这是我母亲。"

他们来到磨坊。老磨坊主脱帽，低头行了个礼，嘴里说了句什么，卡米拉听不见他说什么，只是笑了笑。随便说道："谢谢，谢谢。是的，我很想看看。"

她有点儿害怕这轰隆轰隆的声音。她抓住约翰内斯的手，不时地瞧一瞧那两个瞪大眼睛盯着她的人，生怕他们会说她什么。她看上去好像被水磨震得什么也听不见了。水磨大大小小的齿轮令她惊奇：她开心地笑着，兴奋地揪住约翰内斯的手指，指指这儿，点点那儿，各处都问到了。为了让她看个够，水磨停了又开，开了又停。

离开磨坊都好半天了，卡米拉还傻乎乎地大声说着话，好像那磨坊的轰隆声还在耳边回响。

约翰内斯送她回城堡。

"没想到他竟敢碰你？"她说，"不过当时他很快就溜走了，他和乡绅打猎去了。但这种事确实够吓人的。维多利亚一晚上都没有睡着，这是她对我说的。"

"她今天晚上会睡得很香的，"他说，"你想什么时候回家？"

"明天。你什么时候到城里来？"

"秋天。今天下午我可以去看看你吗？"

"当然可以!"她高兴地说,"你跟我说过你有个山洞,让我看看去吧。"

"我去找你。"他说。

在回家的路上,他在一块石头上坐了良久,陷入了沉思。他心中产生一个令人兴奋而愉快的想法。

下午,他来到城堡,他站在大门外,请人报信要见卡米拉。在那里等候的时候,他在二层楼的一个窗口看见维多利亚的身影闪过。她往下偷偷地看他,后来,又转过脸去,走进一间屋子。

卡米拉走了出来,他把她带到了采石场的那个石洞。他的心境很少有过这样的平静和愉快。他发现这小姑娘挺逗:说话总那么快活,那么天真,她那动听的嗓音犹如声声祝福。今天,兴高采烈的事就在眼前……

"我还记得,卡米拉,你给过我一把短剑。那短剑的鞘还是银的。我把它和别的东西放在一个盒子里搁起来了,因为实在是没有用得着的时候。"

"是的,是没有什么用场,现在还有吗?"

"唉,你瞧,我把它丢失了。"

"你真够倒霉的。不过,也许我能从什么地方再给你找一把同样的。我一定试试。"

他们走在回家的路上。

"你还记得那次你给我的那个大纪念章吗？是金的，又厚又沉，形状也挺特别。你还在上面写了两句赠言。"

"是的，我还记得。"

"去年我在国外的时候，我把这个纪念章送人了，卡米拉。"

"你不会吧？你说你把它送人了，是吗？干吗呀？"

"我把它送给一个朋友作纪念了。是个俄国朋友。他非常感激，都拜倒在地了。"

"他真的那么高兴呀？天哪，他一定高兴得发狂了，都跪下了！我一定再找一个那样的大纪念章给你。"

他们走到从磨坊通向城堡的路上。

约翰内斯站住说："就在这片灌木丛边，我曾遇到一件事情。一天晚上我出来散步，我常常晚上出来散步。那是个很好的夏夜，我躺在灌木丛后面沉思。这时，有两个人沿着小路轻轻地走过来。女的站住了，她的伴儿问道：'你站住干什么？'但她没有回答他的话，于是他又问道：'怎么啦？''没事儿，'她说道，'不准你那样看我。''我就是要看。'他说。'知道，'她说道，

'我知道你喜欢我，当然啦，可是爸爸不让，你瞧，这是办不到的事情。'他抱怨地说，'你说得对，我想也是办不到的事。'然后她说，'你那儿真宽，我指的是手；你的手腕真粗！'说着，她抓住了他的手腕。"

话停住了。

"听着呢，后来又怎么样呢？"卡米拉问。

"我也不知道，"约翰内斯说，"她为什么要说他的手腕呢？"

"也许他的手腕好看。当然，手腕的上面是白衬衫袖口——啊，对了，我明白了。也许她同时也喜欢他这个人。"

"卡米拉！"他说，"假若我特别喜欢你，假若我等你几年，我只是问问……总之，我不配你——不过，你觉得有一天你会是我的吗？假若我明年或过两年问你的话？"

一阵沉默。

卡米拉由于心里慌乱，面孔突然变得绯红，她来回扭动她的匀称的手指，然后又交叉着紧握起来。他用胳膊搂住她又问道："你说有一天你会是我的吗？会是我的吗？"

"会。"她说着，投进他的怀里。

第二天，他陪她来到码头。他亲了亲她那双总是带有孩子般天真动作的小手，心里充满了感激和幸福。

　　维多利亚没来送她。

　　"怎么就你自己？"

　　卡米拉带着恐惧神色对他说，城堡里这几天惨极了。那天早晨收到一份电报，城堡里的子爵大少爷的脸变得惨白，宫廷大臣和夫人绝望地叫着：奥托在前一天晚上出去打猎时丧命了。

　　约翰内斯一把抓住卡米拉的胳膊。"死啦？那中尉？"

　　"是的。他们正在往这里运尸体呢，真吓人。"

　　他们朝前走着，沉思着。只有码头上和船上的人及他们发号施令的声音才不时地唤醒他们。

　　卡米拉害羞地把手伸给他，他亲了亲她的手说道："咳，我不配你，卡米拉，无论如何我是不配的。不过，假若你是我的，我要尽自己的最大力量使你幸福。"

　　"我一定会属于你的。我一直就希望这样，一直。"

　　"再过几天，我也要进城去，"他说，"一个礼拜之内，我又能见到你了。"

　　她登上船。他向她招手，一直到她看不见时才停下来。当他掉过头来正要回家时，发现维多利亚站在他后面，她也拿着手帕向卡米拉挥动，告别。

"我稍稍晚了一点。"她说。

他没有说话。他能说什么呢？她的未婚夫死了，安慰她一番？表示祝贺？或是紧紧地握住她的手？她说话的声音完全是平板单调的，脸上露出绝望的神情，完全是一种巨大痛苦留下的痕迹。

人们都从码头上走开了。

"你的眼睛还红着呢。"她说着，准备离去。她扭头向后面看了看。

他还痴呆呆地站在原地。

她突然掉转身，向他走来。"奥托死了。"她声音严厉地说，目光有点儿发怒。"你一句话都不说，也真够傲的。他比你要强千万倍，听见了吗？你知道他怎么死的吗？给枪打死的，整个头都给打碎了，打了个稀巴烂。他比你强千万倍……"

她失声痛哭起来，大步地、绝望地向家里跑去。

那天晚上很晚了，有人敲响了磨坊主的门。约翰内斯打开门朝外看去，维多利亚站在外面，向他点头。他跟了出去。她急匆匆拉着他的手，一直把他拉到大路上。她的手冰凉。

"你最好坐一坐，"他说，"先坐下来歇一会儿，你太着急了。"

他们坐下来。

她嘟嘟囔囔地说："你一定会认为我——好像一刻都不让你安宁！"

"你心里一定很不痛快，"他答道，"你现在一定得听我的话，冷静一下，维多利亚。有什么事要我帮忙吗？"

"看在上帝的分儿上，你一定得原谅我今天说的话！"她恳求道，"你说对了，我心里是不痛快，我已经有好多年不痛快了。我说了他比你强千万倍——请原谅我；他死了，我又和他订了婚，就这些。你觉得我是自愿的吗？约翰内斯，你看见这个了吗？这是我的订婚戒指，我已经保存了很长时间，很长很长，现在我要扔掉它——这就扔掉它！"说着，她把戒指向林子那边扔去，他们俩都听见了它落下去的声音。"是爸爸要它的。爸爸可怜，他什么都没有了，而奥托将来要继承一笔财产。'你一定得和他订婚。'爸爸告诉我。'我就不。'我说。'替父母想想吧，'他说，'想想这个城堡、家族的名声、我的尊严。''好吧，依您了，'我说，'给我三年时间，我就照您的办。'爸爸谢了我，便等着，奥托也等着，他们都等着。但他们马上把戒指给了我。过了一段时间，我看实在没什么办法了。'还等什么？去把我丈夫叫来吧。'我对爸爸说。'愿上帝保佑你。'他说道，并为我就要去做的事再次感谢我。于是奥托来了。我没有到码头去接他，我站在我的窗前，看他乘马车进来。然后，我跑到妈妈那里，跪在她跟前。'怎么啦，孩子？'她问道。'我不能，'我说，'我不能嫁给他，他来了，就等在楼下，你们可以把我的命交给他，我跳海跳瀑布都行，这样我倒好一些。'妈妈脸色变得惨白，为了我而哭泣。爸爸来了。'好啦，好啦，维多利亚，我亲爱的，'他说，'你一定得下去欢迎他。''我不行，我不行。'我答道，重复着我说过的话，他应该可怜可怜我，把我的命拿去。爸爸一句话不说，坐在椅子上哆嗦着，想办法。我看见他那个样子说道：'去把我丈夫接来吧，我嫁给他。'"

维多利亚突然停住了哭声。她浑身颤抖着。约翰内斯握住她的另一只手，想给她焐暖和一点。

"谢谢你，"她说，"约翰内斯，请把我的手攥紧点儿！紧点儿！天哪，你多温暖！我真感激你。你可要原谅我在码头上讲的话。"

"啊，我早就忘了。我去给你拿块披巾来好吗？"

"不用，不用，谢谢。我也不知道为什么，我的头发热，身上直哆嗦。约翰内斯，好多事我都要请你宽恕……"

"别，别，别那么说。好，现在你冷静点儿了。坐着不要动。"

"你是看在我的分儿上讲的那番话，你是为我作的那个讲演。从你站起来到又坐下去这段时间，我都不知道自己在做什么。我听见的只是你的声音。你的声音就像琴声，它的魅力使我激动得发狂。爸爸问我为什么要喊你，打断你的讲话，他对这点挺不高兴。但妈妈没问，她明白一切。我把什么都对她说了，好多年前我就对她说了，两年前我从城里回来又对她说过。就是上回我碰到你的那次。"

"咱们别说这事儿了。"

"好，不谈。不过你要原谅我，听见了吗？你要宽恕我！我还能做点什么呢？爸爸现在整天待在家里，在他的书房里踱来踱去，真够他难受的。明天是礼拜天，他决定让佣人们休息一天。他在家待了一整天就做出这么个决定。他脸色阴郁，一句话也不说，女婿的死使他太悲伤了。我告诉了妈妈我来找你。'明天你和我得和宫廷大臣及夫人进城去。'她说道。'我要去看看约翰内斯。'我重复道。'三个人都去，爸爸负担不起，他准备自己留在家里。'说完，她又不停地说了不少别的事。然后，我朝门口走去。妈妈一直送我到门口。'我去看他了。'我最后又说了一遍。妈妈跟了过来，吻吻我，说：'啊，好吧，但愿上帝保佑你们俩！'"

约翰内斯松开她的手，说："好啦，这会儿暖和了。"

"谢谢你，是的，现在我暖和多了……'愿上帝保佑你们俩。'她说。我什么都和妈妈说了，她一直什么都明白。'哎呀！你是和谁谈爱吧，孩子?'她问道。'您真的还用问吗?'我说，'我爱的是约翰内斯，他是我长这么大唯一所爱的人，唯一所爱的……'"

他身子动了动。"挺晚了，他们在家里不会替你担心吧?"

"不会的，"她说，"你知道，我爱的是你,约翰内斯,你难道没看出来? 这些年来，任何人都没有像你那样让我渴望，因为我想只有你最了解我。我常常沿着这条路边走边想：不，我应该从这条路边的树林子走过去，因为他最喜欢这样走。于是，我也就从那里走了。我听说你回到家的那一天,我穿了件浅色衣服,浅黄色,我又是不安，又是思念，走进来，走出去，走遍了每一个门。'看你今天高兴的!'妈妈说道。我不住地对自己说：'他又回家来了! 真棒，又回来了——他就是棒!'第二天，我实在忍不住了，就穿上我那身浅色衣服上采石场会你来了。你还记得吗？我还真见到你了，可是我并不是像我假装的那样去摘花——我不是去采花的。你已经不想再见到我了，但不管怎样，我还是见到你了。那是两年多以前的事了。你手上拿着根细树条，我走过去的时候，你坐在那里用手轻轻地抽打着，你走开了，我捡起那细树条藏起来，带回家来……"

"是的，不过，维多利亚，"他声音颤抖地说道，"你别和我谈这些事了。"

"行。"她焦急地答道，同时抓住了他的手。"行，我不谈。不过，我看你不喜欢这种事。"她开始忐忑不安地轻轻拍着手，"不，我不能指望你喜欢。还有，我有好多事都伤了你的心。你觉得有一天你会原谅我吗？"

"当然，会彻底原谅的。不过不是因为那些。"

"那是什么原因呢？"

一阵沉默。

"我已和别人好了。"他说道。

　　第二天——礼拜天——城堡的子爵大少爷亲自来到磨坊主门前，请他吃过午饭就把奥托中尉的尸体运上船。磨坊主不解地看着他。子爵大少爷简单地解释说，他那里所有的人都放假上教堂去了，家里一个人也没有。

　　子爵大少爷显然一夜未眠，他像死人一般，脸也没刮。他还像往日那样拄着手杖，好歹支撑着他的身子。

　　磨坊主穿上自己最好的衣服去了。他把马套上车，子爵大少爷亲自帮他把尸体抬上车。他们从头到尾没说一句话，好像偷偷摸摸不愿让人看见似的，其实根本也没人在旁边看。

　　磨坊主赶车去码头。跟在车后面的是宫廷大臣夫妇、子爵大少爷夫人和维多利亚。他们都是步行。城堡已落在后面,子爵大少爷一人站在台阶上,招手告别,微风吹乱了他的白发。

尸体运上了船,送葬者在后面跟着。子爵大少爷夫人从船的栏杆处喊着磨坊主,让他替她向子爵大少爷告别,维多利亚也站在那里请他向爸爸告别。

接着,船就开走了。磨坊主久久地站在那里,目送那船远去。码头刮起一阵劲风,海湾突然变得不平静了,一直过了十五分钟,那船才消失在远处的小岛后面。之后,磨坊主把车又赶回了城堡。

他把马拴在马厩里,添上草料,然后,便去给子爵大少爷送他带回来的口信。厨房门反锁着。他绕着屋子走了一圈,想从正门进去,但前门也锁着。这正是吃饭的时候,子爵大少爷在睡午觉呢,他想着。但是,磨坊主是个说到做到的谨小慎微的人,他又走到佣人们待的大屋里,想在那里找个人传他捎回的口信。他在那里一个人影也没见到。他又走出去,在外面转悠着,还到女工的屋里看了一趟。那儿也没有人。整个屋子都是空的。

他刚准备离去,看见城堡的地下室里有一道亮光。他在原地站住了。透过那些上了闩的小窗户,他清楚地看见一个人一手举着蜡烛，一手搬着红绸子面的椅子走进了地下室。那人是子爵大少爷。他的脸刮得很干净，穿得十分讲究，像是要出席一个隆重的聚会。也许我可以去敲敲窗户，把他夫人捎的口信告诉他，磨坊主想到；但他还是站在原地没动。

子爵大少爷四下里看了看，把蜡烛举高，又向四周看去。他找出一个像是装着干草或麦秆的麻袋，把它拖至门口。然后，他用一个壶往上面浇了一些液体样的东西。接着，他又取来一些包装箱、稻草和一个旧花架，都堆在门口，又挨个儿往上浇了一遍。磨坊主注意到，他特别小心不让自己的手指和衣服沾上那液体。他把那点儿蜡烛头放在麻袋上面，又在周围小心地放了点儿干稻草，然后在椅子上坐下来。

磨坊主越来越惊讶地看着这些准备工作。他的眼睛盯着地下室的窗户，心里隐隐约约地怀疑起来。子爵大少爷一动不动地坐在椅子上，看蜡烛一点一点地燃下去，他抄着双手坐在那里。磨坊主看见他弹了弹燕尾服袖口上的灰尘，又抄起手坐在那里。

正在这时，老磨坊主吓得叫了一声。

城堡的子爵大少爷掉过头来，向窗外看去。他猛地跳起来，朝窗口走去，他站在那里向外看。从他的脸上，可以看见人生的全部痛苦。他的嘴有些变形了，像演可怕的哑剧动作一样，对着窗口挥舞紧攥的拳头。最后，他只用一只手做着这种吓人的动作，并向地下室里面退去。他摇摇晃晃往椅子上坐的时候，蜡烛给打翻了。一片火焰立刻燃起来。

磨坊主大叫一声跑开了。他在院里不知所措地绝望地跳了一阵。他又跑向地下室的窗户，踢碎玻璃，朝里喊着，然后，他弯腰用手抓住铁栅栏，用力拉，把栅栏拉弯，最后都快拉开了。

接着，他听见地下室传来一个声音，一个呼喊的声音，像是一个埋在地底下的死人的呻吟。磨坊主更是吓了一跳，他赶快离开窗口，跑过院子，向路那边跑去，一口气跑回了家。他连头都没敢回。

过了一阵，他和约翰内斯跑回来的时候，整个城堡——这座庞大的木结构的老房子已是一片可怕的火海了。从码头上跑来一两个人，但他们无能为力。一切都毁了。

磨坊主站在那里一句话也说不出。

十一

　　假若要问，什么是爱情？有些人会回答：它只是在玫瑰丛中窃窃私语而又逐渐消逝的一阵微风。但它往往是一种终生恪守、至死不渝的神圣誓约。上帝把这种誓约塑造成各式各样的，并看着它持续存在或枯萎消失。

　　两个母亲沿一条路边走边谈。一个穿的是喜气洋洋的蓝色衣裳，因为她丈夫从远方回来了。另一个则穿着丧服。她有三个女儿，两个长得比较黑，一个长得很白，这个白的死了。那是十年前的事，整整十年了，母亲还在哀悼她。

　　"今天天气多好！"穿蓝衣服的母亲惊呼道。她高兴得手舞足蹈，"我陶醉于温暖，我陶醉于爱情，我觉得真幸福。我可以在这路边脱光衣服仰着躺在这里让他亲吻。"

但穿丧服的母亲闭口不言，也没笑，也不回答。

"你还为你的小女儿哀悼吗?"穿蓝衣服的未加思考地问道，"她不是已经死了十年了吗?"

穿黑丧服的答道："是的，要不，她该十五岁了。"

然后，穿蓝衣服的安慰她说："不过，你总还有两个女儿活着，你还有两个呢。"

穿黑丧服的母亲哭了："是的，但她们两个都不白。死的那个可真白。"

然后，两个母亲分道扬镳了，心里都藏着自己的爱……

但是，就是这两个长得不白的女儿都有了自己的情人，并且她们爱的是同一个男人。

这个男人走到姐姐那儿，说："我想听听你的意见，因为我喜欢你妹妹。昨天我对她不忠，她撞见了我在走廊上吻你们家的侍女，她尖叫一声，呜咽起来，然后走过去了。我现在该怎么办呢? 我喜欢你妹妹，你跟她去说说，看在上帝的分儿上，帮帮我的忙吧!"

姐姐的脸色变得惨白，用手按住胸口。可是她像祈祷似的微笑着答道："我一定帮你的忙。"

第二天，他到妹妹那里，跪在她跟前，向她表白自己的爱。

她上下打量他一番，答道："假若你下跪是要钱的话，恐怕我最多只能给你十克朗。不过你可以找我姐姐去，她钱多。"

说完，她把头一甩走了。

但是，她回到自己房子里，便扑倒在地，由于爱情的折磨而拧着手指。

这是冬天，屋外又是雾，又是灰尘，又是风，很冷。约翰内斯回到城里，还住在他原来那间屋子里。就是这间屋子，白杨树枝擦着这座屋子的木墙，在这个屋子的窗口，他不止一次地迎来了黎明。这时，太阳已经落了。

他完全沉浸在自己的作品中了：冬天过去了，他写满字的大张大张的稿纸，一天比一天厚起来。那是一个来自他想象的系列神话，是发生在一个漫长的太阳照得通红的夜晚的故事。

但他每天的心境不一样，一时好，一时坏。有时，当往日的一个想法，一双眼睛，一句话语触动了他，打断了他的灵感,他只好重新振作起来再往下写。这时，他便起身，在屋里踱来踱去；这种情况经常发生，地板上都磨出了一道白印，并且这道白印越磨越白……

今天，由于我写不下去，无法思考，无法从回忆中获得平静，我将试着把一天晚上我这里发生的事情记载下来。高贵的读者，今天这一天，完完全全是沉闷的一天。屋外下着雪，街上几乎没有一个行人，一切都那么黯淡，我的心有说不出的凄凉。我已经在街上、在屋里走了好几个小时，想使自己的心静一点儿。现在已是下午了，但我的心情丝毫不见好转。我本来是很兴奋的，但现在却又冰冷又孤独，没有一点热情。高贵的读者，我将要试着在这种状态下描写一个迷人的令人激动的夜。因为我的作品迫使我静下来，也许再过几个小时，我会再次高兴起来的……

有人敲门，进来的是岁数不大、暂时还保密的他的未婚妻卡米拉·西爱尔。他放下笔站起来。他们相视而笑，接了吻。

"你还没问我舞会的情况呢。"她紧搂着说，说完躺在一个椅子上。"我每一场都没轮空，舞会一直进行到凌晨三点。我和理查蒙德跳舞来着。"

"谢谢你来看我，卡米拉。我正心情不好呢，看你多高兴；这对我会有帮助的——你来，在舞会上你穿的什么衣服？"

"自然是红的。天哪，我都记不得了，不过我一定在那里又说又笑。简直是美极了。对了，我穿的是红的，没袖子，一点儿袖子都没有。理查蒙德住在伦敦的大使馆里。"

"噢。"

"他父母是英国人，不过他是在这儿生的。你的眼睛怎么啦？红了。你哭了吗？"

"没有。"他笑着答道，"我是在看我写的神话，里面充满了令我感到温暖的人物。卡米拉，你若是个好姑娘的话，就别再撕那张纸了，你已经撕得够多了。"

"老天爷，我都在想什么来着？对不起，约翰内斯。"

"没关系，只不过是张草稿。不过，你得告诉我：你头上好像有过一朵玫瑰花，是吗？"

"是，当然有过——一朵红玫瑰，红得都发黑了。我告诉你什么呢，约翰内斯？我们可以到伦敦去度蜜月。其实不怎么像人们说的那样可怕，说那里怎么多雾都是骗人的。"

"是谁跟你说的？"

"理查蒙德。他昨天晚上说的，这些事儿他全知道。你认识理查蒙德，是吗？"

"不，我不认识他。有一次他曾为我讲过一次话，他胸前别着个宝石饰纽。关于他我就记得这些。"

"他确实长得好看。真没想到，他竟向我走过来鞠躬说：'也许西爱尔小姐记不起我了……'知道吗？我把玫瑰花给他了。"

"真的？什么玫瑰花？"

"我头上戴的那朵。我给他了。"

"看来你对理查蒙德很感兴趣。"

她一下子脸红了，赶快为自己辩护。"才不是呢，一点都不感兴趣。当然，你可以喜欢一个人，对他有好感，不一定非要……真的，约翰内斯，你一定是疯啦！我绝不再提他的名字了。"

"哎呀，我的天哪！卡米拉，我不是说……你可别那么想……相反，我倒愿感谢他使你那么高兴。"

"真的，你不应该那么想——你敢！至于我，只要活一天，就不和他说一句话。"

都没出声。

"好啦，好啦，咱们不说这个了，"他说，"你这就走吗？"

"对，我不能再待了。你的新作又写了多少了？妈妈又问起过。你说巧不巧，我好几个礼拜都没见维多利亚，可刚才碰见她了。"

"刚才？"

"就是我来这儿的时候。她还对我笑了笑。可是天哪，她眼睛里一点儿神都没了！怎么着，不久就来看我们吗？"

"对，不久就去。"他答道，一下子跳了起来。他脸上掠过一阵喜悦。"也许就过几天。我得先写点儿东西，我刚想到的，也就是我这个系列神话的结尾。我要写出点儿东西，不瞒你说！在我想象中，从上往下看大地就像一件华丽而珍贵的罗马教皇法衣。在它的褶层里，有好多人在那里散步。他们都是成双成对的，那是晚上，很宁静，正是谈爱的时辰。我称这为上帝之家。我想这样写一定会不错的。我脑子里常常有这样的幻象，每次出现这幻象，我的心都好像要跳出来了，我好像就能拥抱整个世界。世界上有人、有兽、有鸟，他们都在度过自己的爱的时辰，卡米拉。幸福的高潮就要到来，目光变得十分动情，胸脯开始一起一伏。接着，一道柔和的红光从大地升起，那是一颗颗赤裸裸的心放出的羞怯的红光，使夜呈现出玫瑰红的色彩。但远处是雄伟而静寂的群山；人们什么也看不见，听不见。早晨，上帝让温暖的阳光照射着万物。我就称它为‘上帝之家’。"

"噢。"

"没错。等我写完了，我就去。卡米拉，很感谢你来看我。我刚才说的话你可别多想。我可没有什么恶意。"

"我根本不再想它了。不过，我将不再提他的名字。我肯定不会再提他了。"

第二天一早，卡米拉又来了。她脸色惨白，显得异常的焦虑。

"出什么事了？"他问道。

"出事了？什么事也没出，"她性急地说，"我喜欢的是你。真不许你瞎想，一会儿又出什么事了，一会儿我又不喜欢你了。根本没那事儿。我告诉你我是怎么想的吧：咱们别去伦敦了。咱们干吗非得去那儿？我看咱们根本不知道他都说些什么，那家伙不说实话，那里的雾比他说的可多多了。你老看着我，你干吗老看着我？我可没提他的名字。他真是个骗子！他对我撒了不少谎。咱们别去伦敦了。"

他仔细地看着她。

"行，咱们不去伦敦。"他若有所思地说。

"你同意了？好，那咱们就不去了。关于那个家庭什么的你写好了吗？天哪，我真想听那个故事！你真的要赶快写完才行，赶快来看我们，约翰内斯。爱的时辰，对吗？像一件带褶层的华丽而珍贵的罗马教皇法衣，在一个玫瑰红的夜里——天哪，你对我说的这些我记得多清楚啊！最近我不常来。不过从现在起我每天都要来，看看你是不是写完了。"

"我很快就会写完的。"他说着，还是那样看着她。

"今天，我把你的书搬来摆在我的屋里。我要把它们都重读一遍。我一点儿也不觉得累，我希望早点儿开始。你瞧，约翰内斯，但愿你能乖乖地送我回家，我担心走这么远的路回家是不是安全，真有点儿担心。也许外面有人在等着我，在门口踱来踱去地等着，也许。我都觉得有点……"她突然掉泪了，结结巴巴地说："我刚才说他是骗子，并不是我的真心话。一想到我那么说他，我心里就难受。他没跟我撒过谎，其实正好相反，他……我们礼拜二请客，可是他不来，而你可得来，我对你说吧。保证？不过，我可没想说他什么坏话。我不知道你对我会怎么想……"

他说："我开始理解你了。"

她突然用双手搂住他的脖子，把头埋在他怀里，身子哆嗦着，心里感到特别的乱。

"是的，不过我也喜欢你呀。"她突然喊道。"你别以为我不喜欢你。我爱的不仅仅是他，情况还不是那么糟。去年你问我的时候，我心里还挺高兴，可是现在又来了个他。我真是不懂。我太不像话了吧，约翰内斯？也许，我爱他比爱你更多那么一点点，我实在没办法，这事儿确实是沾上我了。天哪，自从我见到他以后，我好多个夜晚都没睡好，我越来越爱他了。我该怎么办呢？你可得告诉我，你比我大得多。他跟我一道来了，他就站在外面，等着送我回家呢，这时他也许觉得冷了。你看不起我吧，约翰内斯？我还没有吻过他，我真的还没有，你可得相信我，我只是把那朵玫瑰花给他了。你干吗不搭理我，约翰内斯？你一定得告诉我怎么办，因为我实在受不了啦。"

约翰内斯安静地坐在那儿听她说着。他说："我没有什么可说的。"

"谢谢你，谢谢你，亲爱的约翰内斯，你真好，没有生我的气。"她说着，擦了擦眼泪。"就这样，不准你认为我不喜欢你。天哪，我要更经常地来看你，尽我最大的努力让你高兴。主要是因为我太喜欢他，我并不希望事情是这样的。这可不怪我。"

他站起来，戴上帽子说："咱们这就走吗?"

他们走下台阶。

在外面找到了理查蒙德。他是个黑头发小伙子，褐色的眼睛充满青春活力。他的双颊被冻得红红的。

"你冷吗?"卡米拉问，并向他扑去。她的嗓音都激动得有点儿颤抖了。

她突然又跑回约翰内斯身边，挽住他的胳膊说："请原谅我没问你冷不冷。你没有穿大衣，我去给你拿来好吗? 不用? 那好，你至少得把衣服扣好。"

他扣好了衣服。

约翰内斯向理查蒙德伸过手去。他有一种难以理解的茫然情绪，好像眼前发生的事情和他毫不相干似的。而他只是不知所措地笑了笑，嘟囔道："高兴再次见到你。"

理查蒙德没有表现出丝毫的恶意和伪装。他握住约翰内斯的手并脱下自己的帽子时，他的表情是快乐的。

"我刚在伦敦的一家书店橱窗里看见你的一本书，"他说，"是翻译本。在那儿能看见你的书真痛快，有点像是来自家乡的问候的感觉。"

卡米拉在他们两人中间走着，抬头看看这个，又看看那个。最后她说："这么说来，礼拜二你来，约翰内斯——你可得原谅我只顾谈我自己的事了。"她笑着补充道。但是，紧接着她就悔恨地转向理查蒙德，也向他发出邀请。她说，那些人他都认识，请了维多利亚和她母亲。还有十一二个别的人，再没有了。

约翰内斯突然站住说："好啦，我该回去了，真的。"

"礼拜二见。"卡米拉答道。

理查蒙德带着真挚的友谊握了握他的手。

这两个年轻人各自走自己的路，都显得高高兴兴。

十二

　　穿蓝衣服的母亲陷入了十分可怕的忧虑之中：她每时每刻都在期待从花园里传来信号，但进楼来的这条路还并不那么通畅，只要她丈夫不离开这屋子，谁也甭想从那里过来。呸！那老头子，那个四十岁的秃顶老头子！不知是脑子里又有了什么鬼主意，他今天晚上脸色惨白、冷淡无情地坐在椅子里一动不动地看着手上的报纸。

　　她一刻都不安静；时钟已响过十一点。她的孩子们早已睡了。但她丈夫却一动不动。要是那信号响了，那把小钥匙把门打开——这两个男人面对面、眼对眼地碰上了该怎么办呢？她都不敢再往下想了。

　　她走到屋子最暗的角落里，拧着自己的手指，最后鼓起勇气说道："都已十一点了。你还要去俱乐部的话，现在该走了。"

他立刻站起来，脸色更白，离开屋子走了出去。

他走到花园，站住听了听：那边有口哨的声音，一个小信号。砾石路上传来了脚步声，还能听见钥匙插进门锁转动的声音……还有，不一会儿，两个影子就出现在客厅的窗帘上。

从以往发生过的情况，他明白这个暗号，明白这脚步声和窗帘上的这两个影子，这些东西他都已经很熟悉了。

他去俱乐部了。俱乐部还开着，从窗户看去还有灯光，但他没有进去。他在街上和他家的花园外面转了半小时，那半个小时好像特别的长。让我再等上一刻钟，他想，他又等了一刻钟。最后，他走进花园，走上楼去，按响了自己家的门铃。

侍女出来打开门，头探过墙角说："夫人早已……"等她一看见是谁，立刻又停住了。

"没错，睡了，"他说，"请你告诉女主人，她丈夫回家来了！"

侍女去了。她敲了敲女主人的房门，从紧闭的门缝间把话传了进去。"我是说主人回家来了。"

女主人从里面问道："你说什么——主人回家来了？谁告诉你这么说的？"

"主人自己。他在外面站着。"

女主人房间里传来一阵可悲的慌乱声、热切的耳语和里面的门开开关关的声音。接着一切又静下来。

主人进来了。妻子在门口迎接，心里怕得要死。

"俱乐部关门了。"他说道，立刻变得遗憾和怜悯起来。"我给你送个信，免得你受惊。"

她瘫在了椅子上，松了口气，心里的一块石头落了地，好像得了救似的。因为高兴，她善良的心底充满了对丈夫身体的关心。"你脸色那么难看。没毛病吧，亲爱的？"

"我还没死呢。"他答道。

"你怎么了？脸一下子变成这个样子。"

"没有，我是在笑，"他说，"我以后笑就是这个样子。我要让这个怪样子成为我的特点。"

她听了这些没头没脑嗓音嘶哑的话，没有领会是什么意思，一句话也没懂。他这些话是什么意思呢？

他突然张开双臂搂住她，像铁钳那样有力地夹住她。并在她耳边低声说："你说怎么样，咱们让他出出洋相……让那个已经离去的小伙子……咱们让他出出洋相好吗?"

她尖叫一声,叫出了侍女。他嘴张得老大,但却不出声地笑了笑,把她松开了,双手拍打着大腿。

早晨,他妻子的善良又占了上风,又对她丈夫说:"昨天晚上你的病够怪的,现在过去了,但今天你的脸色还不好。"

"是的,"他答道,"这种情况对我这样年纪的人倒也有趣。我看这是治不好了。"

描写了许多种爱情之后,弗里亚·范德特还讲述了另一种爱,他说:

那种特殊的爱是多么的销魂啊!

少爷和他的妻子刚刚回家来。他们度完长长的蜜月,开始安定下来。

一颗流星划过他们的屋顶。

夏天,这对年轻夫妇一道去散步,他们向来形影不离。他们去采花,黄的、红的,还有蓝的,采到手后,你送我一朵,我送你一朵。他们看着小草在微风中轻轻摆动,听着小鸟在林中娓娓而唱;他们的每句话都充满了爱。冬天,他们赶着带铃的马儿奔驰,天空蓝蓝的,他们头上的群星沿着永恒的轨道疾转。

就这样，年复一年地过去了。这对年轻夫妇生了三个孩子，但他们还像初婚时那样亲热，还像初吻时那样甜蜜。

可是，后来得意的少爷病了，并且一病就久卧不起，这对他妻子是个无情的考验。一天，他能从病床上起来了，但自己都不认识自己了；病魔毁损了他的容貌，他的头发脱光了。他非常痛苦，对这件事情想了又想。一天早晨他说："现在，我看你不会爱我了。"

他妻子的脸一下子变得通红，搂住他的脖子，像他们年轻时那样动情地吻着他，并说："啊，我爱你——永远爱你。我将永远不会忘记，你当初选中的是我，而不是别人，并且使我无比的幸福。"

她回到里屋，把自己的满头金发也一剃而光，好让自己也和亲爱的丈夫一样。

又过了好多年，这对年轻夫妇老了，他们的孩子也长大了。他俩还像往常那样有福同享。夏天，他们仍然去田野散步，看小草摇曳。冬天，他们穿着皮外套，在布满星星的天空下策马奔驰。他们的心又温暖又喜悦，犹如陶醉在美酒之中。

后来，妻子瘫痪了。因为不能走路了，她很多时间都是在轮椅上度过的，而这轮椅老是由她丈夫推着。

但是，她对自己的不幸有说不出的痛苦，她脸上布满了深深的不幸的皱纹。

一天，她说："现在我不如死了好。我又瘸又难看，你的脸还是那样好看，你再也不会像往日那样吻我和爱我了。"

但是，丈夫拥抱她，脸激动得通红，并说："啊，我更爱你了，你比我的生命更宝贵，我最亲爱的——我就像咱们初次见面，你送我玫瑰时那样爱你。你还记得吗？你把那朵玫瑰送给我，用你那动人的眼睛看着我，那玫瑰散发出像你身上那样的芳香，你又像玫瑰那样的鲜艳。我全被陶醉了。可是，我现在甚至更爱你了，你比你年轻的时候更漂亮了。我感谢你，感谢你和我在一起的这些年华，我从心底为你祝愿。"

丈夫走进他的屋子，把硫酸泼在脸上，毁了自己的面容。然后，他对妻子说："我不幸把硫酸溅在了脸上，我的脸全烧伤了；现在，我想你不会再爱我了。"

"啊，我的新郎，我亲爱的!"这个老太太声音颤抖地说，吻着他的双手。"你比世界上任何一个男人都好看，你的声音至今照亮着我的心儿，我爱你直到我的身心灭亡。"

十三

约翰内斯在街上碰到了卡米拉，她正和她爸爸、妈妈以及理查蒙德在一起。他们把马车停下来，友善地和他搭起话来。

卡米拉紧紧握住他的手说："你到底没去参加我们的晚宴。我们玩得可高兴呢，知道吗？我们一直等到你最后，可是你到底还是没来。"

"没能去得了。"他答道。

"请原谅我一直没去看你，"她继续说，"最近我会抽空去的，肯定，理查蒙德一走我就去。我们玩得真痛快！维多利亚病了，用车子送回家了——你听说过吗？最近我要去看她。我一直在想她——说不定她全好了呢。我给理查蒙德一个大纪念章，几乎跟你的一样。

听着，约翰内斯，你一定得答应我，要多照看好你的炉子。你一动笔就什么也忘了，屋子里冰凉。要是炉子不暖了，一定得叫那女仆。"

"行，我一定叫她。"他说。

西爱尔夫人也对他说了几句，问了问他的写作情况，问了问那本上帝之家；它的进展情况如何，她急着要读他的新作。约翰内斯作了恰如其分的回答，向她深深地行礼，目送马车离去。这些对他都是多么的无关紧要啊，这辆马车，这几个人，这些唠唠叨叨的谈话！在回家的路上，一种冷酷的空虚感一直留在他心里。在他的门外，一个人踱来踱去：是一个老相识，城堡的那位前任老教师。

约翰内斯向他打了招呼。

他穿一件又长又暖和的大衣，一看就知道是精心刷洗过的。他的举止既轻快又果断。

"你瞧瞧你的这位朋友和同事，"他说，"把你的手伸过来，年轻人。自从上次咱们见面以来，上帝让我走了好运：我结了婚，有了家，还有个小花园，一个妻子。奇迹还会发生。你对我上次说的那些话有何评论？"

约翰内斯迷惑不解地看他一眼。

"而且，事情是同时进行的。没错，你瞧，我那时正辅导她的男孩。她有一个儿子，是前夫留下来的，一个有出息的小伙子。她从前结过婚，当然她是个寡妇。总而言之，我娶了个寡妇。你也许会反对，说我白白生在一个富贵人家；但是就那么回事儿，我娶了个寡妇。她已经有一个又年轻又有出息的孩子。我要到她那儿去，你瞧，去看看那花园，那窗户，还要好好地想想这一切。然而，我突然有了答案，我对自己说：行啦，如果我不是出生在富贵人家又怎么样呢，不就是诸如此类的事吗？我还是决定那么做，我准备冒险尝试尝试，因为命运之书就很可能这么写的。你瞧，事情的经过就是这样。"

"祝贺您！"约翰内斯说。

"你算了吧！别说了！我知道你要说什么。她怎么样了？你要问，第一个女人怎么样了？你会说，难道你忘掉了你年轻时那永恒的爱？这些就是你要说的。然而，该我问你了，我最尊贵的朋友，我的第一个爱人、唯一的永恒的爱怎样了呢？嫁给了一个炮兵上尉，是吗？此外，我再问你另外一个小问题：在你的生活中，你知道有哪一个男人得到过他应该得到的女人？反正我没见过。倒是有这么个传说：有一个男人的祈祷获得了上帝的同意，于是他得到了他的第一个和唯一的爱。但这也不过是他从中得到的所有的乐趣了。哎呀，你还要问，你别急，我这就告诉你：原因很简单，她很快就死了——很快，你听见了吗，哈——哈——哈，很快就死了。总是这些老生常谈。自然，一个人是得不到他应该得到的那个女人的。如果由于某种该死的不正常的原因他得到过，那么，她当然很快就会死去。这里面总是有两重性的。所以，这个男人必须另寻其爱，不管什么样的都行，并且他也无须为这种改变而伤身。我对你说，人体的本能巧妙地安排了这些，使得他能应付得很出色。看看我就行了。"

约翰内斯说："我看得出，您已经应付得很不错了。"

"我应付得妙极了。你摸摸这大衣！你看看，你听听！苦海把我吞没了吗？我有衣服，有鞋子、房子和家，还有孩子——那个有出息的小伙子，不管怎么说，这些我都有。我还要说什么来着？啊，对了，至于我的诗——我就答复你这个问题。我亲爱的小同行，我比你要大，也许我天生就能力比你大。我有满满一抽屉的诗，我死后它们就会出版。就这点说，你肯定不会满意，并会反对的。你又错了：在我死之前找所以要把它们留在家里，是要给这个家庭带来快乐。晚上，屋里亮起灯的时候，我就打开抽屉，把我的诗稿取出来，给我妻子和那个有出息的小伙子朗诵。一个四十岁，一个十二岁——两人都被吸引住了。假若一天晚上，你顺便进来看望我们，我们就好歹会给你弄点儿吃的和喝的。这是我对你发出的一个邀请。上帝会让你活到那一天的。"

他把手伸向约翰内斯。他突然问道："你听说过维多利亚的事吗？"

"维多利亚？没有。更确切地说，几分钟前我刚听说一点……"

"你没看见她身体越来越差，眼圈一天比一天发青了？"

"自从我春天离家后就再没有见到她。她还不怎么好？"

他做了个可笑的样子，使劲儿跺一下脚，答道："不好哇！"

"我刚听说她病了……不，我当然不知道她身体不行了，我根本就没见到她。她病得很重？"

"很重，说不定现在已经死了，知道吗？"

约翰内斯惊讶地看他一眼，同时看了看自己的门，拿不准是进去还是待在外面。他又看了老教师一眼，看看他那件长大衣和帽子，发狂地痛苦地笑了，一种发自一个失去一切的痛苦者的笑声。

老教师继续恐吓着："这又是一个例子——难道还有什么例外吗？她也没有得到她应得到的那一位，她童年的情人——一个杰出的年轻中尉。一天晚上他去打猎，一粒子弹从他两眼中间穿了进去，把头分成了两半。他死了，成了上帝为他保存的两重性的牺牲品。他的新娘子维多利亚病倒了，她忧心如焚，身体衰弱得不成样子；她的朋友们都看到了。几天前，她去参加一个叫西爱尔的家庭晚宴。她还顺便对我说起过，你本来也应该去的，但最后没见到你。她说了好几遍。在晚宴后的舞会上，虽说那天过于疲劳，但对情人的怀念涌上心头，她反倒一下子精力充沛起来，她跳啊跳啊，跳了一夜，都跳疯了。后来，她晕倒了，在她倒下的地板上吐了一口血，人们把她扶起来，抬上车送回家。从那以后，她就没活多久。"

老教师向约翰内斯靠近一步，刺耳地说："维多利亚死了。"

约翰内斯顿时觉得两眼昏黑，好像就要倒下去。

"死了？什么时候？你是说维多利亚死了吗？"

"她死了，"老教师答道，"她今天早晨死的，今天早晨。"他把手伸进口袋里，掏出厚厚的一封信来。"她还托我把这封信交给你。给你。'等我死后再给他。'她说。她死了，我把信交给你。我的使命完成了。"

老教师没再多说一句话，也没有任何告别的礼节，急忙掉转头去，向街的一头摇摇摆摆走去，消失在远处。

约翰内斯手握着信，还痴痴地站在那里。维多利亚死了。他一次又一次地用一种没有感情的，几乎是麻木的声音念着她的名字。他低头看了看手上的信，认出了她的字迹；信写得工工整整，而人却死了！

然后，他进了门，上了楼，摸出那把钥匙，走到自己屋子里。他这间屋子又冷又暗。他拉一把椅子靠窗坐下，借着黄昏的余晖，读起维多利亚的信来。

亲爱的约翰内斯：

你读这封信的时候，我已不在人世了。这会儿，一切都好像那么奇怪。我不再觉得给你写信羞愧了，我现在给你写着，好像从来就没有什么妨碍过我一样。从前，我身体还好的时候，我宁愿日夜忍受痛苦，也不愿给你写，可是，我现在快死了，我就不再那么想了。路人都见过我咯血，大夫给我做过检查，说我的肺只剩下一点儿了，所以，我还有什么难为情的呢？

我躺在床上想过我最后一次对你说过的那些话。那是一天晚上在那个树林子里。我可从来没有想到，那些便是我最后的话了，要不，我一定会当时向你告别，并感谢你的。现在我再也见不到你了，所以我很遗憾，没能跪在你身前，吻你的靴子，吻你当时踩踏的那块土地，以表达我对你的远不能用语言形容的爱。昨天和今天我都躺在这里想，要是我能好一点该多好，能起来再回趟家，到咱们那个树林子走走，找到你握着我的双手坐过的地方该多好啊！因为，这样我就能躺在那里，看看我能不能找到你的足迹，并且亲吻周围的小草。但是我要是再没有好转，就回不了家了。妈妈说我会好起来的。

亲爱的约翰内斯，想起来也怪，上帝安排我来到人间，并爱上了你，现在又要让我离去。你想一想多怪吧，躺在这里，硬是等着末日到来。我在慢慢地离开这个世界，离开街上的行人和马车的辘辘声。我想我再也见不着春光了，我长眠以后，这些房子、街道及公园的树木都还留在这儿。今天，我能在床上稍微坐起来了，能向窗外看看了。

在拐角的地方，我看见有两个人见了面，彼此掀了掀帽子，握握手，笑他们谈论的事儿；可是想起来又奇怪，靠在这儿看他们的我却要死去。我开始想：那外面的两个人，不知道我躺在这里等待自己即将离开人世的时刻，不过，即使他们知道，他们也会照旧握手聊天的。昨天天黑的时候，我想我的时限到了，我的心也不跳了，在远处，我好像已经听见死神在匆匆朝我走来。但是，紧接着，我就像从漫长的旅途回来一样，又开始呼吸了。我真是说不出我的那种感觉。可是妈妈说，我可能是听见家乡河里的流水和山上瀑布的声音了。

我亲爱的上帝——你要是知道我多么爱你就好了，约翰内斯。我从来不打算对你流露，因为障碍太多了，而这里最大的障碍又是我自己的禀性。爸爸自己害了自己，我是他的女儿，也是那样。可是，既然现在我快要离开你了，我给你写这些也就太晚了。我自问，既然对你来说已没有多大的意义，我为什么还要这样做呢？何况我已不能在人间久留，但是，在我剩下的这点时间里，我太想和你亲近了，这样，至少我不会像往常那样觉得太孤独。你读这封信的时候，我好像看到了你的双肩和大手，好像看到了你读这封信时的一举一动。这样，你也就离我近了，我自己这样想。我不能请你前来，我没有这样的权利。妈妈两天前就要派人去请你，可是我却宁可给你写信。我希望你最好能记得我生病前的那个样子。我记得你……（这儿她漏了几个字）……我的眼睛和眉毛，它们不再是原来那个样子了。这是我不想让你来的另外一个原因。我还想求你，就是我躺进了棺木，你也不要来看我。我想我会和我生前的模样差不多的，只是可能稍白一点，并且我一定会穿着我那身黄衣服，但尽管如此，你来看我是会觉得遗憾的。

这封信，我断断续续给你写了好多次，尽管这样，我要对你说的连千分之一都没有写出。想到我非死不可，我就害怕，我不想死，我心里还在向上帝祈祷，也许我会好一点的，哪怕要等到春天呢。那时，天就明亮了，树上也有叶子了。假若我现在能康复的话，我也绝不会再让你讨厌我了，约翰内斯。你知道我为了这个流过多少泪啊！想过多少回啊！啊，上帝，我要走出去，摸摸铺在路上的每一块卵石，停下来，谢谢我走过的那一级级台阶，表现出我对所有人的友善。只要能让我活下去，我忍受多大的痛苦都没有关系。我将再也不会抱怨什么了，是的，我将对任何一个打击和中伤我的人都微笑，我将感谢和赞美上帝，只要能让我活下去。我实在是没有活够，我还没有帮助过任何一个人，这无用的一生就要结束了。假若你知道我是多么不愿去死，也许你会帮忙的，会竭尽你的全力去做一切的。当然，我知道你是无能为力的。不过我觉得，假若你和别人都来为我祈祷，都不让我走的话，那么上帝是会让我活下来的。啊，那我会多么感激啊！我再也不对谁刻薄，不管自己的命运如何，我只会向他微笑，只要能让我活下去。

妈妈坐在我身边掉眼泪。她整夜都陪我坐在这里，为我悲叹。这样对我倒好点儿，能缓和一下我离别时的辛酸。今天我想：假若有一天我穿着最好看的衣服在街上向你走过去，也不说什么话来伤害你，只是送给你一朵我事先买好的玫瑰花，你会怎么样呢？可是，我立刻想到，我再不能想什么就做什么了，因为我知道，我注定要死了，不会再好起来。我痛哭流涕，我一动不动地躺在这里，止不住地哭着，无法控制自己的感情，我只要不大声抽噎，胸部还不至于疼痛。约翰内斯，我亲爱的，亲爱的朋友，在这个世界上我唯一爱的人，快来看看我吧，在一切即将变成黑暗之前，来和我在一起待一会儿吧！那我就不再哭了，而是要尽可能地笑，因为你的到来而高兴得笑。

不，我的自尊和勇气哪里去了！我再不能像我父亲那样了，但现在我实在是没有力气了。我已痛苦了很长时间，约翰内斯，在最后这些日子到来之前，我早就饱尝痛苦了。你在国外的时候，我就忍受着，后来，我春天进了城，也是终日痛苦。过去我不知道那黑夜是多么漫长啊！我在街上见过你两回。一次，你从我身边走过的时候，嘴里还哼着歌，可是你没看见我。我曾希望能在西爱尔家里见到你。可是你却没有来。即使你来了，我也不会上去和你说话的，能在远处看看你也就谢天谢地了。但你到底还是没来。后来我想，你也许是因为我没有来。到了晚上十一点，我开始跳舞了，因为我受不了，再也不能等待了。是的，约翰内斯，我爱你，我一生只爱过你。维多利亚这样写着，而上帝却在一旁偷看。

现在我必须和你永别了，这时天快黑了，我看不见了。再见吧，约翰内斯，谢谢你，让我又活了这么多天。当我从这个世界升天的时候，一直到最后的时刻来临我都感谢你，我一路都将念着你的名字。祝你幸福，一辈子幸福，请原谅我冤屈了你，请原谅我没有为这些冤屈而跪在你脚下求得你的饶恕。我现在愿从心底里求得你的谅解。祝你幸福，约翰内斯，永别了。再次感谢你给了我力量，让我活了这每一天和每一个小时。我再也不行了。

你的维多利亚

现在我又点着了灯，这就亮多了。我在昏睡中躺了一阵，又远离了人间。谢天谢地，这次没觉得有什么不舒服，我甚至还能听见音乐，首先是不觉得怎么黑了。我太感激了。可是现在我没有力气再写下去了。再见，我亲爱的……

内米洛夫斯基作品集

伊莎
贝尔

〔法〕伊莱娜·内米洛夫斯基 著   一

徐晓雁 译   Jézabel

人民文学出版社
PEOPLE'S LITERATURE PUBLISHING HOUSE

图书在版编目(CIP)数据

伊莎贝尔/(法)伊莱娜·内米洛夫斯基著;徐晓雁译.
—北京:人民文学出版社,2018

(内米洛夫斯基作品集)
ISBN 978-7-02-014144-9

Ⅰ.①伊… Ⅱ.①伊… ②徐… Ⅲ.①长篇小说-法
国-现代 Ⅳ.①I565.45

中国版本图书馆CIP数据核字(2018)第086220号

责任编辑 卜艳冰 何炜宏 郁梦非
装帧设计 钱 珺

出版发行 **人民文学出版社**
社 址 北京市朝内大街166号
邮 编 100705
网 址 www.rw-cn.com

印 刷 山东德州新华印务有限责任公司
经 销 全国新华书店等

字 数 123千字
开 本 787×1092毫米 1/32
印 张 5.625
插 页 2
版 次 2018年9月北京第1版
印 次 2018年9月第1次印刷

书 号 978-7-02-014144-9
定 价 32.00元

如有印装质量问题,请与本社图书销售中心调换。电话:010-65233595

一个女人进到被告席。尽管面色苍白，疲惫中透着慌乱，但依然漂亮。美丽的杏眼溢满泪水，嘴角微微下垂，头发被一顶黑色帽子盖住，看上去还相当年轻。

她双手习惯性地摸到颈前，一定是在寻找从前佩戴的长珠链。但现在，颈前空无一物。她的手迟疑了一下，然后缓缓地、忧伤地绞着手指。急不可待的人群盯着她，她的每一个细微动作都会引起一阵窃窃私语。

"陪审团的先生们想看清楚你的脸，"审判长说，"请把帽子摘下。"

她摘下帽子，所有的目光再一次集中到她那双裸着的小巧精美的手。

她的女佣坐在第一排证人席，不由自主地前倾身子，想去帮她，但马上意识到当下的处境，涨红了脸，有些不安。

这是巴黎夏季阴冷的一天，雨水顺着窗户往下淌。陈旧的护壁板，屋顶的金色藻井，法官身上的红色长袍，被一道闪电照得惨白。被告看着陪审团的先生们在她对面坐下，看着各个角落挤满了人的大厅。

审判长问：

"姓名？……出生地？……年龄？"

人们听不清被告嘴里挤出的低语。大厅里有女人在窃窃私语：

"她回答了吗？……她在说什么？……她在哪里出生？……我没听清楚……她多大？……我们什么也听不见！"

她一头浅淡飘逸的金发，一袭黑衣。一个女人低声说："她长得真不错啊。"然后就像在剧场似的，满足地吁了口气。

站着的公众听不清指控。午间的报纸在人群里传来递去，头版刊登了被告的简介，以及那桩罪行的经过。

这个女人叫格拉迪丝·埃塞纳切。她被指控谋杀了她的情人——贝尔纳·马丁，二十岁。

审判长开始审问她：

"你出生在哪里？"

"圣塔-巴洛马。"

"这是巴西和乌拉圭交界处的一个村子。"审判长对陪审团解释道。

"结婚前叫什么？"

"格拉迪丝，比尔奈拉。"

"我们不是在这里讨论你的过去……我听说你的童年和少年是在一些遥远地区的旅行中度过的，其中许多地方处于动荡中，没有办法做常规调查。所以对你最初那些年的生活，我们主要根据你自己的叙述。你对预审法官声称，你是蒙得维的亚①一个船东的女儿。你母亲索菲·比尔奈拉结婚两个月后就离开了你父亲，你在离他很远的地方出生，从没见过父亲，是这样吗？"

"是这样。"

"你的童年在不断的旅行中度过。按照你们国家的习俗，你结婚时几乎还是个孩子，你嫁给了金融家理查德·埃塞纳切。一九一二年你失去了丈夫，然后就过着一种动荡的、四海为家、

---

① 乌拉圭首都。

无牵无挂的生活。自从你丈夫死后，你提到过的居住地有南美、北美、波兰、意大利、西班牙，哦，我跳过了……这还不算你在一九三〇年卖掉的那艘游船上度过的多次航行。你极其富有，你财富的一部分来自你母亲，另一部分来自你过世的丈夫。战前，你在法国居留过几次，一九二八年后，你就在法国定居了。一九一四年到一九一五年期间，你住在昂蒂布附近，那段日子和那个地方会勾起你的痛苦回忆。就在那里，你唯一的女儿死于一九一五年。那次不幸之后，你的生活变得更加放肆，更加漂泊……你多次恋爱，但在战后那种容易发生艳遇的气氛中，很快就分手。最后，到一九三〇年，你在几位共同的朋友家里，结识了阿尔多·蒙蒂伯爵，他出生于意大利一个非常古老和体面的家族，曾向你求婚，婚事都定下了，是这样吗？"

"是。"格拉迪丝·埃塞纳切低声答道。

"你们的订婚几乎已经公开，但你突然中断婚事。什么理由？……你不愿意回答？……肯定是你不愿意放弃自由自在的生活和这种自由带给你的好处。你的未婚夫最后成了你的情人，是这样吗？"

"是这样。"

"从一九三〇年至一九三四年秋，我们没有发现你有任何感情纠葛，这四年里你一直对蒙蒂伯爵保持忠诚。一个偶然的机会，你后来的受害者进入了你的生活。这是个二十岁的孩子，贝尔纳·马丁，出生低微，是一个从前做管家的人的养子。这种处境肯定很伤你面子，也是你长久以来拼命否认你与受害者有染的原因。贝尔纳·马丁，巴黎文学院的学生，住在圣雅克洼地街6号，二十岁。他开始诱惑你，一位美貌、富有、受惯奉承的上流社会女人。请回答……你以一种快得出奇、几近可耻的速度屈从了他。你先是收买他，给他钱，最后把他杀了。你今天要回答的就是这桩罪行。"

被告颤抖的手一只慢慢紧握住另一只，指甲嵌到苍白的肉里，失血的嘴唇半张着，却没吐出一句话、发出一个音。

审判长继续问：

"请告诉陪审团的先生们，你是怎样认识他的？……你不愿意回答？……"

"有一天晚上他跟踪我，"她终于低声答道，"那是去年秋天……我……我不记得具体日子了。啊，不，我不记得了。"她失神地几次重复这句话。

"你对预审法官说是十月十二日。"

"有可能，"她低声嘟哝道，"我不记得了……"

"他向你提出什么交易？……喂，请回答……我能想象这种招供对你很困难……你当天晚上就跟他走了。"

她轻轻叫喊了一声：

"不！……不！……不是这样的！……听我说……"

她吐出几个被压抑的音节，谁也没听清，接着就沉默了。

"请说话！"审判长说。

被告再一次转向评审团和那些贪婪盯着她的人群。她显得极度疲惫和绝望，最后叹了口气说：

"我没什么好说的……"

"那么……被告，请回答我的问题。你说，那天晚上你没有理睬他？……第二天，十月十三日，调查证明你去了他那里，圣雅克洼地街。是这样吗？"

"是。"她说。她在回话的时候，血涌上双颊，随后又慢慢褪去，只留她在那里不停颤抖，面无血色。

"所以回应路上同你搭讪的小伙子，是你的习惯……还是你觉得这种行为特别有吸引力？……你不愿意回答？……你已经扯开了你私生活的面纱。你是在重罪法庭这样一个公共场合，所有的事必须摊开在光天化日之下……"

"是。"她有气无力地说道。

"所以你去了他那里，然后呢？你又见过他？"

"是。"

"几次？"

"我不记得了？"

"你对他有好感？你爱他吗？"

"不。"

"那你为什么顺从他？……因为害怕？……你害怕他敲诈勒索？……他死后，我们没发现你给他写信的痕迹。你常给他写信吗？"

"不！"

"你是害怕他的冒失？……你担心蒙蒂伯爵发现你这种匪夷所思、丢脸的艳遇？是这样吗？……贝尔纳·马丁喜欢你吗？还是出于利益才跟踪你？你不知道？……现在回到钱的事情。为了不玷污受害者死后的名声，你没有提及这一情况，只是一次偶然的调查才揭出了这件事。在你们这段短暂的关系中，你给了他多少钱？……这段关系确切说是从一九三四年十月十三日持续到同年十二月二十四日……然后那个不幸的小伙子在一九三四年十二月二十四日的夜间至二十五日的凌晨被杀害了。他在这两个月里从你那里收了多少钱？"

伊莎贝尔

“我没有给他钱。”

“给了。我们找到一张你签过字的，开给他的五千法郎支票，日期是一九三四年十一月十五日。这笔钱第二天就被兑现了。我们不知道这笔钱派了什么用场。你还给过他钱吗？”

“没有。”

“我们还找到另一张同样五千法郎的支票……这看上去像一种价格……不过这次支票没有被兑现。”

“是。”被告低声嘟哝道。

“现在来说说那桩罪行……开始吧？说总比做容易吧！那天夜里，去年圣诞节的夜里，晚上八点半你和蒙蒂伯爵一起离开家，你们是在‘西罗之家’餐馆吃的饭。然后你们要与几个共同的朋友共度晚会：佩西耶夫妇——亨利·佩西耶，现任部长和他妻子。你们四个人一起去夜总会跳舞，一直在那里待到凌晨三点，是这样吗？”

“是。”

“你和蒙蒂伯爵一起回家，他把你送到公馆门。你对预审法官说当汽车停下时，你看到贝尔纳·马丁躲在大门的门洞里。就是这样，是不是？……那天晚上你同他事先约好了吗？”

“不，我有一段时间没见他了……”

“确切有多长时间？”

“十来天吧。”

“为什么？你决定终止关系？你不回答？十二月的那个凌晨，当你在路上看见他时，他对你说了些什么？”

“他想进我家。”

“然后呢？”

"我拒绝了。他喝醉了，一看就知道。我很害怕。我开门后，发现他跟了进来，他跟着我进了房间。"

"他对你说了些什么?"

"他威胁我，要向我深爱的阿尔多·蒙蒂和盘托出一切。"

"你向他证明爱情的方式很奇怪!"

"我爱他。"她重复道。

"然后呢?"

"我害怕了，我哀求他。他嘲笑我，他推我……这时电话响了……只有阿尔多·蒙蒂才会在这个时候给我打电话……贝尔纳·马丁抓住听筒……他想接电话。我……我从床头柜抽屉里拿出手枪，我开枪了……我都不知道自己在做什么。"

"真的吗? 这是所有杀人犯最经典的一句话。"

"可这是事实。"格拉迪丝·埃塞纳切低声说。

"就算是吧，当你回过神的时候，发生了什么事?"

"他躺在我面前断气了，我想抢救他，可我知道这已经没用了。"

"然后呢?"

"然后……我的女佣打电话给警察。就这些。"

"真的吗? 当警察来的时候，当这桩罪行被发现时，你是不是很爽快地承认了呢?"

"没有。"

"你是怎么说的?"

"我说，"格拉迪丝·埃塞纳切费劲地答道，"我刚回家，我在隔壁更衣室脱衣服的时候，听见一些声响，然后我打开门，看见一个陌生人。"

"他正在偷你的珠宝，是不是？偷你刚才脱衣服时取下放在梳妆台上的珠宝？"

"是，是这样。"

"这谎言听起来煞有介事，"审判长转向陪审团说，"因为被告的财富、社会地位，让她很容易躲过嫌疑……可惜，调查人员到达的时候，她还穿着鼬皮大衣、晚礼服，佩戴着所有首饰……第二天她接受了预审法官巧妙的盘问，我毫不迟疑地认为这份陈词很完美。她非常漂亮，她很冷酷，我不否认这点，但她的确漂亮……我们来看看这个女人，像人们常说的是咎由自取、作茧自缚。她惊慌失措，谎话连篇，出尔反尔。她用怎样一种真诚的口气发誓，无视任何事实，不讲逻辑，一口咬定贝尔纳·马丁不是她的情人。她哭泣、哀求，最后只好承认。预审法官在穷追不舍的提问和一系列严密、巧妙的分析后，终于让她的艳遇浮出水面。可惜，也平常得很……这个正在衰老的女人，被男孩子的青春活力吸引，被陌生人的刺激感吸引，被冒险或者还有被她情人卑微的处境所吸引……谁知道呢？她，显然是对她那个圈子的爱情厌倦了……她屈从于他，又想改弦易辙。她以一个有钱女人的傲慢认为，她的情人已经被付过账了，他应该感激她的施舍，应该从她的生活中消失……但她的美貌、她的高贵，可能是那个只接触过酒吧女和低档妓女的男孩子无法忘记的……所以他跟踪她，威胁她……她害怕了，然后杀人……这份陈述真的很动人。对法官的每一个问题，这个女人先是试着辩解，然后承认，回答：是，是……这个词不断出现，她什么都不解释，她感到羞愧，就如现在这样羞愧难当，陪审团的先生们！但是她罪行的展露，人家对她罪行的描述是如此真实、清晰、合乎逻辑，她无法再辩解。'是'，她只能回答'是'。最后，更严重的问题是：她是预谋杀人吗？她知道这个问题的严重性，所以又翻供……声称是一时冲动之下杀了他……可是被告，你生平从来不曾有过枪械，却在认识贝尔纳·马丁刚刚三周后就去了枪支店，随后，这把手枪就没离开过你。是这样吗？"

"枪在我床头柜的一个抽屉里。"

"你为什么要买这把枪？"

"我不知道……"

"奇怪的回答……来吧，说出真相！你想过要杀掉贝尔纳·马丁？"

"没想过，我发誓。"她声音颤抖地说。

"那这把枪是为谁准备的呢？……为你自己？为蒙蒂伯爵？你非常嫉妒，听说你有个情敌？"

"不，不，"被告双手捧着脸，低声说，"求你们别再问了，我什么也不想再说了……所有你们要我承认的，我都承认……"

"好吧，现在进入询问证人阶段。公证员，请带上第一证人。"

一个女人走进来，黄褐色的脸上挂着泪珠，惊恐的眸子从被告席扫到法官的红袍。屋外，雨水流淌，发出单调的滴答声。一名颇觉无聊的记者在面前摊开的一张纸上涂鸦着小说里的句子："风吹过塞纳河两岸金色的梧桐树，发出长长的呜咽……"

"姓名……"

"拉里维埃，弗洛拉，阿代勒。"

"年龄？"

"三十二岁。"

伊莎贝尔

"职业？"

"埃塞纳切夫人的贴身女佣。"

"你不可以发誓①，我按处置权询问你。你是什么时候开始为被告服务的？"

"到一月十九日快七年了。"

"告诉我们你知道的关于这桩罪行的情况。那天晚上，你的女主人是与蒙蒂伯爵一起度过圣诞节的？"

"是，审判长先生。"

"她有没有告诉过你什么时候回家？"

"她对我说会比较晚。让我不用等她。"

"她经常这样吗？或者，你通常会等她？"

"一个月前我生病了，现在我还觉得很虚弱。夫人并不像大多数女主人那样。她体恤下人，她非常和善地对我说：'你太累了，可怜的弗洛拉，我不用你照看，我会自己更衣的。'"

"她这天晚上看上去跟平时一样吗？没有烦躁？没有不安？"

"只是有些忧伤……她经常很忧伤，我不止一次看见她落泪。"

"你知道她掉眼泪的原因吗？"

"她嫉妒伯爵先生。"

"你接着讲。"

"夫人出去了，然后我就睡觉了。我的房间在楼上，与夫人的房间隔着一条走廊。我被电话铃声惊醒时，记得透过窗帘缝看出去，天色有点蒙蒙亮，应该是早上四五点了吧！有时候当夫人

---

① 女佣的身份在那个年代无权在法庭上宣誓。

回家时，伯爵先生会给她打电话。夫人肯定是想确认他离开她之后是直接回家了，其实经常是她立即打电话过去，找借口想再听听他的声音。这次我听见电话响，但没人接。我很担心，预感到某种不幸。我起床走到走廊，仔细倾听。我听见女主人的声音和一个男人的声音，然后马上听到一声枪响。"

"告诉我们接下去的事。"

"我吓坏了，朝她的卧房冲过去，可这时……我也不知道为什么我不敢走进去……我在门外听，但再也听不见一点响动和一点声息，什么也听不见……我推开门走进去，我永远都不会忘记，夫人坐在床上，还未更衣，穿着她宽大的鼬皮披风、晚礼服，戴着首饰，梳妆台上方的一盏小灯照着她。她没有哭，脸色惨白得可怕。我喊她，拉拉她手臂，我喊道：'夫人！夫人！'她好像什么也没听见。终于她看着我说：'弗洛拉，我把他杀了……'我当时的第一反应是她杀了她的情人……她和伯爵先生吵架了，她失去理智杀了他。我朝四周看看，我当时非常震惊，而房间里的光线也很暗，一开始我只看见一堆黑乎乎的东西，就像有人扔在地上的一堆衣服。我打开灯，看见电话机滚在地上的一个角落里，旁边是一把手枪。然后，我看见一个男人躺在地上……圣母玛利亚作证，我凑近，简直不敢相信自己的眼睛，那不是伯爵先生，而是一个我从没见过的小伙子……"

"你从来没见过被害者，无论是在你女主人家里还是在外边？"

"从没见过，审判长先生。"

"被告从没在你面前提过他的名字？"

"从来没有，审判长先生，我从没听说过他的名字。"

伊莎贝尔

"当你发现那个不幸的年轻人的尸体后，你做了什么？"

"'也许他还有一口气'，我对夫人说。夫人站起来然后跪在我边上，把这个……贝尔纳·马丁的头抬起来……抬起来，就这样在手里捧了一会。她看着他什么也没说，也不动，其实，也没什么可做的了。他的嘴角渗出一丝血迹。他看上去非常年轻，营养不良，很瘦，双颊凹陷，他的衣服湿透了，看样子在外边待了很久……因为那天夜里在下雨……我说：'没救了，他死了。'夫人什么也没有回答……似乎对他一直看不厌，她抓过自己的小包……但眼睛没有离开贝尔纳·马丁……她从包里掏出一条手绢……轻轻擦拭他的嘴角，擦干净死者嘴里流出的血迹和分泌物。她深深叹了口气，看着我，好像突然清醒过来……终于站起来对我说：'你通知警察吧，可怜的弗洛拉。'她用'你'来称呼我，我说不出这对我是一种怎样的感觉……可以说，夫人大概明白，这个时候，她没有任何人可依靠，她多少把我看成是一个朋友……然后是我说的：'这是个小偷，对吗？'"

"你真这样相信吗？证人？"

"不，我不相信……我应该说实话，对不对？……但我真的不能相信，夫人这样温和、对谁都很和善的人，会没来由地杀人……我想他肯定让夫人忍无可忍，这是个勒索者在敲诈夫人。"

"你这种对主人的忠诚令人尊敬。不过你不该建议被告撒一个孩子般的谎言，这只会加重她的罪行。被告怎么回答？"

"她什么也没说，走出房间……在走廊里走了几步，就像现在这样绞着双手……然后她走到我房间，扑到我床上，就一直没动弹过，直到警察过来。天很冷，我想给她脚上盖点被子，才发现她已经睡着了，到警察来了才醒过来。就这些。"

"陪审团的先生们，你们有问题问证人吗？公诉律师呢？"

公诉律师问道：

"拉里维埃小姐，你的忠诚很令人尊敬。你竭力想把被告描绘成一个温柔善良、深受下人爱戴的女人。我不否认这一点。可是你谨慎地回避了她的道德问题。我们这里且不说她那些有据可循的风流艳史，尤其是和那个一九一六年死于前线的年轻英国人乔治·康宁；也不说那个埃贝尔·拉西，那是被告久别巴黎后重新返回时于一九二五年认识的。我们跳过之前的一些人。你是从一九二八年开始替她服务的，你不知道她的任何情人吗？"

"蒙蒂伯爵。"

"这位情人是众所周知的，除了蒙蒂伯爵呢？"

"自从她认识蒙蒂伯爵后，没有别人，我发誓。"

"你讲话时用的是条件式，我猜。"

"我不明白……"

"算了……蒙蒂伯爵之前，你敢肯定你女主人身边没有男人？"

"她并不告诉我这些事情。"

"我知道。但你是不是曾经对一位朋友说过，我引用你的原话，你说：夫人应该是非常迷恋蒙蒂伯爵，才会停止追逐。你是这么说的吗？"

"是，但我的意思……"

"你说过吗？是或不是？"

"是。夫人在蒙蒂伯爵之前也许是有过情人，但她是自由的，

伊莎贝尔

她是寡妇，也没有孩子。"

"这有可能，但辩护人不该在这里把被告描绘成一个无可指摘的，掉入某个无赖手中的女人。我想指出的是，陪审团的先生们，你们也明白，格拉迪丝·埃塞纳切并不是一个初涉此道者。不同寻常的是，这个年轻人，这个贝尔纳·马丁却能让她害怕到要把他干掉的地步。被告自称是受害者，我们怎么就知道贝尔纳·马丁不是这个女人加倍的受害者呢？陪审团的先生们，贝尔纳·马丁，我们正在这里试图把他贬损为一个——我不知道怎么说——一个小白脸，一个社会底层吃女人饭的人，而他实际上只是个规规矩矩、勤勉的孩子。没有人允许我们在他身后发表如此卑劣的假设！受害者正在攻读文学学士，在拉丁区过着最最清贫的生活，住在一个三等旅馆的小房间里。他死后人们在他房间里只找到四百法郎和一些廉价的衣服，没有首饰。我倒要问问你们，这是不是一个傍着有钱女人吃软饭，不断发出威胁的人的生活方式？你们是否想到，会不会就是这个女人，利用她的美貌、她的财富、她上流社会的地位，也许就是眼前这个女人，陪审团的先生们，把这孩子拖入她的圈套里，先是收买他，然后再把他杀了。这些上流社会的女人有时更令人生畏，因为她们更漂亮，更博学……撕下那些虚伪的面具吧，这面具美化那些高级交际花，蔑视那些可收买的仆人！我提到的那些女人，那些格拉迪丝·埃塞纳切们，她们不仅要情人的灵魂，还要他们的性命……被告愚弄了蒙蒂伯爵！她玩弄了这个大献殷勤的男子的感情，因为她毫不犹豫地与一个陌生小伙子偷情！……她拿贝尔纳·马丁寻开心。但游戏变得越来越危险了，她买了一把手枪，然后冷酷地、毫无怜悯地杀了这个孩子，如果没有她，他应该在继续他的学业，勤勉地生活，然后成为一个对同胞有贡献的，幸福的男人，谁知道呢？"

"拉里维埃小姐，"被告辩护律师说道，"我就问你一句话，你的女主人是不是真的爱蒙蒂伯爵，请凭你女人的直觉回答。"

"她热爱他。"

"谢谢你，小姐。这句话足以回答公诉律师刚才的滔滔雄辩了。一句微不足道的话，但很真实。她痴迷自己的情人。深陷情网、痛苦万分的她，是否一念之差，想要唤起她那朝三暮四的情人的嫉妒心？是否她顺从了那个跟踪她的小伙子？……然后又后悔了，担心闹出丑闻，直至在片刻的惊慌失措中把他杀了，而她将为这片刻付出一生的代价？……这种解释，比起把这个女人变成一个罪犯——当然她确实有罪，我不否认，但温柔迷人——比起把她描绘成一个我不知怎样的吸血鬼，一个电影中的荡妇，是不是显得更简单、更人道、更符合逻辑？……"

审判长让证人退下。被告看上去极度疲乏，有时候她的表情里只有痛苦和忧虑。她的女佣离开时朝她腼腆地笑笑，仿佛在鼓励她。被告开始哭泣，泪水顺着她苍白的脸颊滚落，她用手背擦擦眼泪，然后垂下眼睛，再也不动了。

屋外，雨下个不停。天已经黑下来。有人开了灯，被告的脸在黄色灯光下，显得异常悲情，突然间就没了年龄，她的表情凝固了，生活仿佛全部隐到她那谜一般，美丽而深沉的眼睛后面去了。

"执达员，请传唤下一位证人。"审判长说。

室内闷热窒息，一些年轻律师坐在地上，甚至逼近审判席，黑压压一片。

"你的姓名？"审判长问证人。

"阿尔多·德·费斯切，蒙蒂伯爵。"

这是位四十来岁个子很高的男人，胡子刮得干干净净，英俊端庄，嘴角透着一丝冷峻，淡褐色的眼睛，长长的睫毛。

听众席上有人凑近一个女人的耳朵说：

"可怜的阿尔多……你知道凶杀案第二天他是怎么对我说的吗？他深受刺激，失去了平时的高贵、冷静……他说：'哦，亲爱的朋友，为什么她不把我给杀了呢？……'这种耻辱，这种卑劣行径的公之于众，所有这些，他永远都不会原谅的……"

"你又知道什么？……男人有时很奇怪……她跟那个年轻马丁睡觉，肯定是为了勾起他的醋意。然后她杀了他，为了让蒙蒂什么都不察觉……这很抬举蒙蒂的……"

"这也是辩护律师的观点……"

这时审判长发问：

"凶杀发生前的那个晚上，你是和被告一起度过的吗？"

"是的，审判长先生。"

"你是一九三〇年认识被告的？"

"是这样。"

"你曾经想娶她？"

"是，审判长先生。"

"格拉迪丝·埃塞纳切一开始同意这件婚事？后来她又反悔了，是这样吗？"

"她改变主意了。"

"出于什么理由？"

"埃塞纳切夫人犹豫会不会失去自由。"

"她没有给出其他理由？"

"没有，她没有给出其他理由。"

"你重新向她求过婚吗？"

"好几次。"

"请求总是遭到拒绝？"

"是这样。"

"那你最近一段时间有没有感觉被告有什么秘密的恋情？……你怀疑有什么情敌吗？"

"没有，我没怀疑有情敌。"

"给我们说说凶杀发生前那天晚上你们最后一次共同度过的那个晚会。"

"我八点半左右去埃塞纳切夫人家接她，她看上去跟平时没什么两样，既不烦躁，也不忧伤。我们在'西罗之家'餐馆一起吃的晚饭，然后同佩西耶夫妇等一些共同的朋友一起去了弗洛朗斯家。将近凌晨三点，我们回家。那天晚上，我的汽车送去修理了，所以我们坐了埃塞纳切夫人的车……我一直把她送到家门口，随后我回家。"

"你看见她进的家门？"

"我当然是打算下车，替她打开公馆的门。但我那天病了一整天……靠阿司匹林撑着。在车里时我就直打冷颤……埃塞纳切夫人有些担心，当时就不许我从汽车里出来。夜里寒气逼人……我记得一直在下雨，风刮得异常猛烈……然而我还是取笑了她的这种担忧。战争让我学会忍受困苦和很多其他东西，我并不太当回事。我们之间甚至还开玩笑争执了几句……我想打开车门下去，但埃塞纳切夫人阻止了我。她抓住我的手，阻挡我，然后自

伊莎贝尔

己跳到人行道上。她对司机喊：'把伯爵先生送回家……'我刚好有时间吻了一下她的手，汽车就开走了。"

"她肯定是看见了等着她的贝尔纳·马丁。"

"肯定是。"蒙蒂伯爵生硬地说。

"直到第二天，你都没有埃塞纳切夫人的消息？"

"回家后，我就像我们平时约定的那样，给她打了个电话，但是没人接。我以为埃塞纳切夫人已经入睡了。当我被她的女佣弗洛拉惊醒的时候，是早晨六点多，她告诉了我那件可怕的事情。她让我赶紧过去，一秒钟也不能耽搁，发生了一件很不幸的事。你可以想象我当时的焦虑……我匆忙穿上衣服，冲出屋外。当我赶到埃塞纳切夫人家时，警察已经到了。我看见屋子里到处都是人，这个不幸的人的尸体已经发冷了。"

"你从来没见过被害者？"

"从来没有。"

"他的名字对你肯定也是陌生的？"

"完全陌生。"

"陪审团的先生们，你们有问题问证人吗？公诉律师？辩护律师？"

"先生，"辩护律师问道，"你能不能告诉我们，根据猜测，大家都认为被告是因为你向她的一个女伴大献殷勤而十分嫉妒……是否确切？她有没有就这件事指责过你？"

"我不记得了。"蒙蒂说。

"你能不能回忆一下？"

"埃塞纳切夫人，"证人最后说，"确实显得非常嫉妒和敏感，至少最近这段时间……"

"是啊，"辩护律师说，语气中有掩饰不住的得意，"是不是就在遇到贝尔纳·马丁不久前的那段日子？……这是不是很符合我刚才想对陪审团的先生们澄清的事实：这个孤独的、不被理解的女人，想从一个陌生人那里寻找一点廉价的安慰，一点爱情的残羹冷炙，因为她被自己狂热爱着的那个男人欺骗和嘲笑了？"

"我对她的柔情从来没有打过折。"蒙蒂说着，开始用他那双宽大精致的手不安地搓揉证人席栏杆。

"从来没有？……真的吗？……"

"我，"蒙蒂说道，"我对埃塞纳切夫人有很深的依恋，我最大的愿望就是可以娶她，建立一个家庭……但是她不愿意……所以，有时候如果我有一些无伤大雅的风花雪月，大家不应该指责我，但辩护律师似乎想谴责我！……"

"确实，"审判长转向被告说，"他只想着和你建立一种体面的关系，但你好像更喜欢爱情的冒险和邂逅带来的刺激？"

她什么也没有回答，很明显在发抖。辩护律师对蒙蒂继续说道：

"有没有可能，就是先生你——这个不幸女人爱着的人，让别人相信这样一种传说：这个可怜的坠入情网的脆弱女人变成了一个疯狂和堕落的生物？……然而谁能比你更应该对她表示宽容呢？……如果她能从你这里感受到一点真诚的关爱，也许她就得救了？……呵"他不由自主地提高了他那有名的金色嗓音说道，"呵，先生们，你们肯定要求我艰难地说得更确切些……对此我很遗憾，但是，看看，我可能要说得比较直截了当一点，请你们原谅……你的经济状况，蒙蒂伯爵，在遇到埃塞纳切夫人时，是不是正好遇到了一点小麻烦？"

记者席上，记者们飞快写下：

出现激烈争端，审判长宣布休庭。重新开庭时……证人声明说……

"真实的情况是，我的家族拥有的土地比现金多，收入从来没有和家族所处的地位有什么联系。然而我相信不管是在意大利还是在巴黎，没人能随便指责我负债或者过一种荒唐的生活。埃塞纳切夫人的巨额财富，在我眼里，不如她本人的魅力和她的品格更有分量。我不认为这种财富是我们之间结合的障碍。因为一旦结婚后，我会用一种合适甚至出色的方式自立。我将给未婚妻带去一个姓氏，让她忘记我的贫穷……再说，是相对的贫穷……很奇怪人们会来指责我经济上的一些不方便，可这对一位罗马贵族来说，通常没人会感到惊讶……"

在证人无可辩驳的申辩面前，审判长说，法庭接受他的证言。

"你可以退下，先生。执达员，请传唤下一位证人。"

一个非常漂亮的女人出现在证人席。围着狐皮披肩，小巧玲珑，皮肤白皙，脸蛋消瘦，黑色短面纱在眼前晃动。她慢慢褪去长手套，行宣誓仪式。

"你的姓名？"

"让妮娜，玛丽，苏珊·佩西耶。"

"你的年龄？"

"二十五岁。"

"你的住址？"

"养雉场路8号。"

"你的职业？"

"无业。"

"人家指定你作证人，夫人，因为你是那场悲剧前那次晚宴的第四位宾客，也是被告的闺中好友？"

"格拉迪丝·埃塞纳切对我来说确实是一个非常优秀的朋友，我很喜欢她。我对她仍有一种深深的友爱，当然，还有十分的同情……"

她微笑着转向被告，仿佛在邀请被告回以微笑，接受她的好意。格拉迪丝·埃塞纳切努力抬起头，盯着证人，她的嘴角微微抽动，露出一丝苦涩；两个女人就这样对视了一瞬，然后被告怕冷似地竖起大衣领子，遮住自己大半张脸。

"你了解你朋友的感情生活吗？"

"我的天，审判长先生，您知道女人间的友谊是怎么回事吗？……就是闲聊……我们交换各自服装店的地址，一起外出……但很少说知心话。当然我跟大家一样，也知道格拉迪丝和蒙蒂伯爵之间的关系。但除了蒙蒂伯爵，我也说不出什么，至少说不出太具体的……"

"你是否知道出于什么原因，你的朋友一再固执地拒绝蒙蒂伯爵的求婚？"

"我猜想，"让妮娜·佩西耶微微耸肩说，"她是想保留一份对自己十分宝贵的自由，从她如何利用这份自由就能看出。"

"能不能说得具体一点，夫人？"

"我不想说任何坏话……上帝可以作证……我只是重复大家都知道的事情……格拉迪丝是风情万种的女人……没有比调情和接受恭维更让她欢喜的事了，但这不是什么罪过……"

"当然，如果仅停留于此的话……"

伊莎贝尔

"我丈夫和我对蒙蒂伯爵的友谊是非常坦诚的，我们经常提醒蒙蒂伯爵小心那些以我的鄙见，对双方都不会幸福的婚姻。"

"不过，他们间的关系是幸福的？"

"至少她看起来是这样……但可怜的格拉迪丝有一种不可理喻的嫉妒心，非常痛苦。在极其温柔的外表下，她同样会很粗暴……当我听到这桩可怕的罪行时，我并不非常吃惊……我总感觉到格拉迪丝身上会有某种潜在的悲剧。她……很……神秘……有时不可思议地苛求，她要求男人有一种绝对忠诚，但这种忠诚已不幸地绝迹了。她总在期待一种配得上她美貌的崇拜，当然，但，她的年纪……所有这些，她不愿意明白……她从来不愿接受她男友的激情已经过去这一事实，当然他对她仍有很深的感情，但总之，也许是该更宽容更忍耐些的时候了……另外，她自己的感情生活又十分丰富，所有这些都影响到她的性格，使她变得忧郁和易怒……"

"可不可以给我们讲讲悲剧发生的那个圣诞夜晚宴？"

"我丈夫和我，我们在'西罗之家'餐馆约了格拉迪丝和蒙蒂伯爵共进晚餐，说好餐后去弗洛朗斯家继续晚会。那晚剩下的时间一切都很正常，香槟酒、跳舞、天快亮时回家。就这些。"

"被告看上去有些烦躁不安吗？"

"我感觉她那天夜里特别烦躁不安，审判长先生。只要蒙蒂伯爵看一眼别的女人，有时是很无意的，或蒙蒂伯爵对邻座的女士礼节性地恭维几句，这个不幸的女人就会脸色苍白、浑身颤抖……看上去真是可怜，真的……我想去安慰她，可是怎么安慰？……我记得道别时，我全身心地拥抱了她，希望她能感觉到我的善意。想到这个不幸的女人之后所遭受的一切……现在我很幸庆当时没有压抑自己想去安慰她的冲动。"

"你从没在被告家里见过贝尔纳·马丁?"

"从来没有,审判长先生。"

"也从没听说过他的名字?"

"从来没有。"

"你是否知道其他类似的关系,直接听被告自己说的,或是听第三者说的?……你在犹豫?……别忘了你必须说实话。"

"真的,"让妮娜·佩西耶不安地绞着她的长手套,"我不知道该说什么……"

"只需要说出事实真相,夫人。你更愿意我来问你?……你对预审官说过你并不觉得惊讶,说格拉迪丝早晚会落入某个骗子之手,这种致命的事情肯定会发生……我引用你的原话。"

"如果我这么对预审官说,因为那是真的。"

"请说得具体一点,夫人。你在这里是为了帮助法律澄清事实。"

"既然这么说,我想到一个地方……我承认,是巴尔扎克街的某个房子,这个不幸的女人会去那里,这是她的瑕疵。"

"你想说的是一处地下妓院?"

"我想不应该对法庭隐瞒她的这种行为,不管这显得多么奇怪和不正常,都有助于理解我这位不幸朋友性格中病态的一面。"

审判长看着格拉迪丝问道:

"这是真的吗?"

"是。"她疲倦地答道。

审判长慢慢向空中举起他宽大的红袖:

"你要去那里寻找怎样羞耻的快感呢?你还很漂亮,有一个

伊莎贝尔

风流倜傥的男朋友，是怎样的变态心理驱使你爬上那种露水鸳鸯的床？你很有钱，你甚至找不到借口说是因为缺钱，可惜这经常是妇女失足的原因……你不愿意回答？"

"我不否认。"被告轻声答道。

"你结束证言了吗，证人？"

"是的，审判长先生。我可不可以请求法庭宽大处理一个不幸女人？"

"这是辩护律师的任务，不是你的，"审判长面带一丝难以察觉的微笑说，"你可以下去了。"

她离开证人席，其他证人鱼贯而入。这是些小人物，被告居住公馆的看门人和她的司机等。他们的证言有些滑稽和笨拙，但看得出所有人都在尽力替格拉迪丝开脱。随后轮到医生们作证，有些讲到被告的精神状态："神经质，易激动，但精神完全正常，对自己的行为有自主能力。"另一些医生则描述了被害者尸体的情况。

疲乏的人群中，不时发出沉闷的嘈杂声。证人的某些话、某些动作、脸部的某个抽动或音调的变化，都会在大厅里引起一阵低声窃笑。

"传唤下一位证人。"

这是个上了年纪的男人，面色苍白到几乎透明，一头银发。他细长的双唇在嘴角露出疲态，反映出身体的极度虚弱。当被告看见他时，发出一声痛苦的轻呼。她身体前倾，渴求似地看着那个老男人。

她哭泣起来，看上去苍老、脆弱、受尽屈辱，垂头丧气……

"你的姓名？"

"柯罗德-帕特里斯·博尚。"

"年龄？"

"七十一岁。"

"住所？"

"瑞士，沃韦，梅尔街28号。在巴黎，我住在马拉河岸12号。"

"你的职业？"

"无业。"

"你需要提高一点嗓音说话，好让陪审团的先生们听清楚。你觉得能行吗？"证人点点头，开始尽量清晰地慢慢叙说：

"是，审判长先生，我请您原谅，我又老又病。"

"你想坐下来吗？"

他拒绝了。

"你是被告的近亲，是她目前唯一还在世的亲戚？"

"格拉迪丝娘家姓比尔奈拉。我娶了特蕾莎·比尔奈拉，我妻子的父亲和格拉迪丝的父亲是兄弟，是蒙得维地亚有钱的船王。我这位堂妹的父亲萨尔瓦多·比尔奈拉，是一个非常聪明和博学的人。可惜他与妻子分手了，我堂妹由她母亲抚养。而她母亲，我想是一个情绪不太稳定和比较难相处的人，她同所有亲戚都不来往。我妻子第一次见到她堂妹是在一次去艾克斯莱班的旅行中，格拉迪丝那时几乎还是个孩子……我妻子邀请她到伦敦我们家里度过一个季节，那时我住在伦敦。"

"那是什么时候？"

但证人沉默了。他带着怜悯看着被告在灯光下显得憔悴不堪、苍白无色的脸，她忧伤地低垂着眼睛。他叹了口气说：

伊莎贝尔

"那是很久以前的事了，我记不清了……"

"你可不可以告诉陪审团的先生们，被告那时的性格是怎样的？"

"那时她温和而快乐，喜欢别人向她献殷勤，喜欢被奉承。"

"你们以后还继续见面吗？"

"偶尔。我这位堂妹嫁给了理查德·埃塞纳切，她长年在旅行。当她经过巴黎时，我会去问候一下。但我很少在巴黎，我妻子身体很虚弱，我们每年在瑞士住好几个月。我儿子奥利维耶，倒是经常去格拉迪丝家……在一九一四年，可怜的玛丽-特蕾莎（我堂妹的女儿）死前的几个月，我去过昂蒂布，我们见了一面……然后我又回到沃韦。我儿子在战争中阵亡了，我就在沃韦定居下来，那里的气候比较合适我……我以后没有再见到过我堂妹。"

"二十年来，你这是第一次再见到她？"

"是这样，审判长先生。"

"在这桩可怕的事件中，你被传唤做证人，是因为我们在被告家中发现了一封写给你的信……这封信现在我们手中，信将念给陪审团的先生们听。"

被告低着头听见：

"快来救救我吧……不要惊讶我向您求救……也许您早就忘了我？但我在这世界上没有任何人了……周围的人都死了……我孤独一人。有时我感到活生生地掉到一口深井里，掉到一座孤独的深渊……唯有您，还能记得我曾经是一个怎样的女人。我很羞愧，绝望地羞愧，但我鼓起勇气向您求救，只能向您，曾经爱过我的人……"

"这封信已经封口，写着你的名字，寄往瑞士，但永远没有寄出。"

"我深感遗憾。"博尚低声说道。

"被告，你想对你的亲戚吐露隐情？"

她费力地抬起头，然后点点头：

"是……"

"想和他说说贝尔纳·马丁，和他分担一点这份关系带给你的担忧？想听听他的建议？可惜你没有继续做你第一时间想做的事……"

"也许吧。"她缓缓耸耸肩说。

"证人，被告最近一段时间从没给你写过信？"

"从来没有，我收到她的最后一封信，是她告知我她女儿的死讯。"

"你觉得被告可能做出暴力行为吗？"

"不，审判长先生。"

"好了，谢谢你。"

他下去了。另一些证人来到证人席。格拉迪丝不时抬起眼睛，似乎想在周围找到一张友好的脸。这些脸在几小时前还流露着让她难以忍受的好奇心，但现在都偃旗息鼓，变得厌烦、无精打采、无动于衷了。庭审快结束时，人们已经感到厌倦、燥热。可以听到走廊里嘈杂的声音，偶尔透过一扇没关紧的门，传到审讯厅，就像海浪拍打焦石的声音。公众冷酷地研究着被告因惊恐不安而苍白颤抖的脸，就像凝视一头被关在笼子里的凶残野兽，它已被俘获，剪去了利爪，拔走了牙齿，喘着气，已经半死……

伴随着冷笑、耸肩和压抑的感叹，人群在窃窃私语：

"太失望了……人家说她如何漂亮……但她看上去就是个老女人呀……""瞧，别那么不公道，被关押了几个月，脸上不施脂粉，更不要说内心的悔恨，我倒要看看你在她的位置……""谢谢……""她很有风度……这不可否认……也很精致……看看她的手，多漂亮啊……这样的一双手却会杀人……""不过，交税到了一定数目的人，一般是不会轻易杀人的……""但事实是……"

最后一排站着的观众里，有个女人在叹气：

"背叛一个像蒙蒂这样的情人……"

现在人们听到的是认识贝尔纳·马丁的一些证人，但人群已经心不在焉了。在这场诉讼中，公众只对被告感兴趣，被害人只是个苍白的影子。在一片冷漠中，大家得知贝尔纳·马丁一九一五年四月十三日出生于贝克斯（阿尔卑斯-马里蒂姆省），生父生母不详。后来他被马夏尔·马丁，一个退休管家收养，这个管家和厨娘贝特·苏波斯一起生活。两人都替茹公爵工作过，这使他们到死一直有一份养老金。马夏尔·马丁死于一九一九年，贝特·苏波斯死于一九三二年。她看上去很喜欢小贝尔纳·马丁，尽心抚养他，甚至超过自己的能力。孩子在路易-勒-刚中学得到一份奖学金。法庭宣读了贝尔纳·马丁以前一位老师的证词：

"性格沉默、羞涩、忧郁。少见的聪明，有一点早熟天才儿童的迹象。至少，如果他认定一件事，他的那种坚忍、耐心、敏锐和深刻就会造就他的天才。

"这是我个人笔记的一些摘要，写于这个不幸孩子的少年期。根据我的回忆，现在我还可以再补充一条，他这种宝贵的耐心和天赋经常被用于一些毫无意义的消遣。贝尔纳·马丁唯一的热情好像就是克服眼前的障碍，无论什么障碍，一旦达到目的，他就对正在钻研的事情或游戏失去兴趣。当他还是孩子的时候，跟小伙伴打赌，然后靠一本字典，花了三个月时间，一个人学会了英语。然而一旦掌握英语的基本知识后，他就突然停止学习，并且从此不再讲一个英文单词。天生的数学脑袋，他是我班上数学最好的学生之一，但却像我见到的那样，进了文学院，肯定是受他那种异常的好奇心和令人担忧的野心驱使。我是在他十二岁时发现他这种性格的。他很难被别人影响，他是那种交了好朋友不见得变好，交了坏朋友，不见得变坏的孩子。他似乎只按自己的牌理出牌，只服从自己的行为原则。

"对生活要求非常低，甚至有些像苦行僧，但极有野心。做一个有钱女人的情人，似乎最不符合他的性格。也许是被上流社会的魔力所诱惑，他一直被自己卑微的出生折磨，渴望进入上流社会。

"我非常遗憾这场悲剧夺走了他的性命，因为我一直认为这个孩子会有一个远大的前程。"

"传下一个证人。"

这是个二十岁左右，地中海人长相的小伙子，黑发修剪得乱七八糟，一张生硬的脸看上去怒气冲冲。他说话很快，吃掉一些尾音，显然对自己的外国口音有些不自在。

"你的姓名？"

"康斯坦丁·斯洛蒂。"

"年龄？"

"二十岁。"

"住址？"

"圣-雅克洼地街6号。"

"职业？"

"医学院学生。"

"你既不是被告的亲戚也不是她的同僚……你不为她提供任何服务，她也不为你……你发誓作证时没有仇恨，没有顾虑，只讲真相。唯有真相。请举起你的手，说'我发誓'。你认识贝尔纳·马丁吗？"

"我们住在相邻的寝室。"

"他是否对你讲起过自己的某些隐私？"

"从来没有，他不是这样的人。这是个话很少的家伙。"

"你觉得他是个怎样的人呢？"

"冷面、滑稽、粗暴、人际关系淡漠。我们有一些共同的同学，无论男生还是女生，所有的人都会这么对你说。"

"他是否很拮据？"

"跟大伙一样……我的意思，我们那一带，只有每月一号到五号，可以过好一点的日子。不过也就这样了……"

"他问你借过钱吗？"

"没有。想借大概也借不到。就像我们家乡谚语说的：人们不会到干枯的河里去汲水。"

"你有没有感觉他死前那段日子手头突然宽绰起来？"

"没有。审判长先生。"

"当被告去贝尔纳·马丁那儿时，你有没有碰到过她？"

"我只碰到过她一次，一九三四年十月十三日。"

"你记得真清楚啊！"

"我第二天有一场考试，而这个女人的香水从我门前飘过，那么好闻，害我不能好好复习，第二天考得非常糟糕。就是因为这样，我才记得那么清楚。"

大厅里有人笑起来。斯洛蒂继续：

"当她出去的时候，我记得，我打开门去看了下，我看见了她，她非常漂亮。"

"她在你同学那里待了很久吗？"

"半小时左右。"

"你有没有对贝尔纳·马丁提到过这次造访？"

"有。同一天晚上，我在瓦万街的一座楼里遇到他。我们有点不快，我想。我当时对他说：'噢，伙计，你花头不小啊……'反正类似场景下都会说的那些话。他笑了，笑的时侯，脸上的表情却很冷酷。我甚至想：'总有一天这女人会尝到苦头的。'"

"现在是他'尝到苦头'，就像你说的。他当时是怎么回答的？"

"他给我背了《阿塔利》①中的一段，审判长先生。"

"什么？"

"我母亲伊莎贝尔在我面前显示出……"

"这是怎样的惩罚啊。"审判长看着格拉迪丝·埃塞纳切。

她非常入迷地听着斯洛蒂，纤细的鼻翼轻轻扇动，两眼发直，闪着光芒。她美丽憔悴的脸上终于露出一种与这桩罪行相符的狡黠和残酷的神色。于是大众陪审团对自己和自己的权利更有

----

① 拉辛的一出悲剧。讲述一个残忍的女王，为了保证自己的王位，不惜杀害自己的孙子。

把握了。

"贝尔纳·马丁死前的那个晚上你有没有见过他，证人？"

"有，他完全喝醉了。"

"他平时有喝酒的习惯吗？"

"他很少喝酒，一般说来他能控制自己，但那天晚上，他失控了。他以前的一个女朋友，一个叫洛雷特，洛尔·佩尔格兰女孩的去世对他打击很大，她一直和他一起生活到去年十一月份，她得了肺结核，死在瑞士。"

"你知不知道有这样一个女人？"审判长问格拉迪丝。

"知道。"她费力地回答。

"你给你年轻情人的钱，是不是落到这个女人手里？"

"有可能。"

"看看，"大厅里有个男人凑到身边女人的耳旁轻声说，"你看被告……她肯定深受这个贝尔纳·马丁的折磨，有时当人家提到他时，她脸上有一种仇恨的表情。否则的话，她看上去根本不像一个会杀人的女人……"

一个金发，奶白色皮肤，头发从黑色帽檐下露出的女孩，来到证人席，通红粗大的双手交叉胸前。她的名字：欧也妮·佛朗芳①，她的名字让人群笑了起来。听到笑声，她自己也笑了。审判长用手里的裁纸刀拍拍桌子：

"请不要笑，这里不是马戏场。"

"我笑是因为我有些紧张。"

"嗯，安静一下然后回答问题。你替杜蒙太太工作，她是死

---

① 佛朗芳（Follenfant）在法语中与疯孩子（folle enfant）同音。

者住过的圣-雅克洼地街那栋旅馆的房东。你能认出被告吗？她曾到贝尔纳·马丁那里去过好几次。"

"是，审判长先生。我想我能认得出她。"

"你经常看见她吗？"

"您想想在一栋学生公寓里，我不可能记得所有来访的人！……但这个女人，我注意到她是因为她与别人不同，穿着漂亮衣服，还围着狐皮围脖……但我不记得她来过三四或五次这些数字……"

"贝尔纳·马丁没有对你说过什么私密的话？"

"他？我的老天！"

"他留给你的印象好像并不怎么样？"

"这是个奇怪的小伙子，他不是坏，但同别人不一样。有时他会通宵学习，白天睡觉。我见过他整整几天只吃洛尔太太带给她的橙子，不吃别的东西。他同她很亲近，他爱她。"

"她有没有对被告表现出醋意？你听到过他们争吵吗？"

"从来没有，他很为洛尔太太的身体担心，她害肺痨，甚至在离开他一个月后就在瑞士去世了……"

"在贝尔纳·马丁和被告之间，你从来没有碰巧听见过什么对话，密谈，要钱？也许？"

"从来没有。她每次来，待的时间并不长，我记得，好几次她离开后，我进去收拾屋子，看见床铺并没有动过。现在看来，也许他们想了别的办法，是不是？"

"很好，细节就免了。"审判长说，人群发出一阵笑声。

然而被告突然情绪激动，在被告席弯下了腰。她哭着绝望地重复道：

伊莎贝尔

"可怜可怜我吧！放过我！我杀了他，你们可以抓我，可以枪毙我，这都是我活该！……一千倍地活该，我该死，我该承受痛苦，但为什么这样展览我的耻辱？是，我把他杀了，我不请求宽恕。但是结束这一切吧……结束这一切吧……"

庭审中断，第二天将继续开庭。人群涌到庭外时，已经很晚了，夜色降临。

第二天是辩护日。

已经没人再对被告感兴趣了，只需一个夜晚，她所有的美貌似乎永远离她而去。这只是个疲惫不堪的苍老妇人了，在被告席的阴影里，人们几乎看不到她。她仍然戴着那顶帽子，低垂眼睛，帽子遮住大半张脸。人群现在只盯着格拉迪丝·埃塞纳切的辩护律师。他还很年轻，厚嘴唇威严而突出，漂亮的黑发在脑后扎成马尾。他无疑是今天的明星。

被告双手蒙着脸，听着检察官的公诉状：

"一直到一九三四年十二月二十四日晚上，你们眼前看到的这个女人，陪审团的先生们，是个生活的宠儿。她仍然很漂亮，充满活力，自由地享受着一笔巨大的财富……然而，从孩提时代起，她就缺少一个家庭，缺少道德的榜样！啊，如果她出生在一个富有的好人家，应该更幸运些……"

被告双手慢慢放到膝盖上，有片刻，她抬起头，脸色苍白，愁眉紧缩。她还听见：

"一个贫穷的、无知的、遭遇不公的女人或许还值得宽恕……？这个女人……

"陪审团先生们，但愿法律的火炬，……不会在你们手中熄灭。你们将要证明，法律面前人人平等，将要证明这个女人的魅力、美貌、教养如果需要在法律的天平上称一下的话，只能是加重法律的严格性。这个女人是蓄意谋杀，她的行为是有预谋的。对她的过失，她该得到应有的惩罚。"

接下来是辩护律师的精彩辩护。他的声音时而严厉，时而女人似的温柔。律师把格拉迪丝描绘成一个只为爱情而活的女人，她在世界上只关心爱情，而在爱情的名义下，她是可以被忘记和原谅的。他提到性感这个魔鬼是如何窥伺着那些逐渐人老珠黄的女人，把她们推向错误和耻辱的。有些女听众开始哭泣。

然后审判长转向格拉迪丝，问一些例行的问题：

"被告你有什么要补充的吗？"

格拉迪丝沉默了很长一段时间，终于摇摇头，低声说：

"没有，没有要补充。"

然后声音更轻：

"我不求宽恕……我犯了一件可怕的罪行……"

傍晚有些闷热，要下雨的样子，西沉的太阳还发着余威。审判大厅的气氛令人喘不过气，人群一方面焦躁不安，一方面又极度亢奋。一些人窃窃私语，在猜测陪审团的裁决结果。陪审团成员退席，有人带走了被告。

将近晚上九点时，铃声终于响起，微弱得几乎听不见；铃声也标志了陪审团成员磋商结束。天完全黑了，大厅被挤得水泄不通，一片雾气从人们的头顶升腾起来，在紧闭的玻璃窗上化作水汽；闷热使人喘不过气。

陪审团主席脸色苍白，双手颤抖地宣读了对提问的一些答复，然后法庭宣布判决。一阵议论声从记者席传播到站着的听众那里：

伊莎贝尔

"五年监禁……"

古老的法院大门敞开，观众涌出来，所有人出来后都站在大门口，愉快地猛吸几口新鲜空气。又开始下雨了，雨滴硕大而稀疏。

有人指指天空说："明天看起来还要下雨。"

另一个说："来，去喝一杯。"

两个女人在谈论自己的丈夫，她们的话语随风飘散在静默的黑沉沉的塞纳河上。如一出戏大幕落下，观众忘了演员，没人再记得格拉迪丝·埃塞纳切，她的角色现在已经结束了。总之就是一件司空见惯的事，一桩情杀案……被从轻发落。她以后会怎么样呢？没人去关心她的将来，也没人关心她的过去。

一

　　即使苍老、沦落，格拉迪丝依然美丽，温柔小心的岁月之手仿佛不情愿损伤她，时间几乎没怎么改变那张脸，每一根线条似乎都刻进了爱情，被温柔地抚摸。她白皙颀长的脖颈仍然美好，只是无法再年轻的眼睛失却了往日的神采，目光里流露出沧桑和岁月的疲态。但当她低垂美丽的眼帘时，以前见过她的人仍能辨出第一次在伦敦跳舞的那个小女孩的影子，那是很久以前六月的一个夜晚，在墨尔本家的一场舞会上。

　　墨尔本家的客厅里，白色护壁板，红色锦缎包裹的坚硬长凳，墙上镶着狭长的镜子里，映出那个金色流海挂在洁白额头，黑色眸子闪闪发光的苗条姑娘，这个野性而纤弱的还没人认识的女孩叫格拉迪丝·比尔奈拉。

　　她戴着长长的手套，一袭白色长裙镶有细柔的花边，上身缀着玫瑰花；一条高腰绸缎腰带束出她的身材。当她翩翩起舞时，仿佛被幸福托起，被微风吹走。她的头发编成辫子盘到头顶，颜色真是和金子一模一样。她肯定是第一次梳这样的发型，每次经过镜子的时候，都忍不住悄悄凑近自己的额头，看看自己不戴一根项链、不佩一件首饰的雪白柔软的脖子。一束深色的芬芳红玫瑰插在腰间，那是她最喜爱的花。她有时会闭上眼睛，好吸进更多香气。她永远都不会忘记灼热舞会中的那一缕芳香，不会忘记灯光的闪烁，不会忘记夜色落在双肩的叹息，不会忘记耳边飘荡的华尔兹旋风。她是多么幸福啊……或者不，这还不算是幸福，而是对幸福的期待，对幸福的不可思议的焦虑，一种燃烧着的渴

伊莎贝尔

望改变着她的内心。

昨天她还只是个孩子，在一个令人讨厌的母亲身边，忧伤无助。现在她看上去像个女人了，美丽，迷人，很快会被人爱上……她想："被爱上……"然而又即刻感到一种深深的担忧：觉得自己不够漂亮，不会打扮，没有教养，动作生硬而笨拙。她担心地用眼睛搜寻坐在一群母亲中间的堂姐特蕾莎·博尚。但渐渐地，跳舞让她眩晕，血液流得更快了，在血管里澎湃。她转过头，凝视园中的树木，夜色温柔而湿润，被橙黄的灯光照亮。舞厅里，那些白色的圆柱就像年轻女孩那样优雅细长。一切都让她着迷，一切都看起来美好、罕见和迷人，生活有了一种全新的滋味，从未品尝过的青涩与甜美。

她在一个冷漠、严厉、半疯的母亲身边一直生活到十八岁，那是个涂满脂粉的老朽布娃娃，时而轻浮时而令人恐怖，带着她的烦恼、她的女儿和她的波斯猫，穿梭于上流社会的各种社交晚会。

当格拉迪斯今天在墨尔本家跳舞时，那个瘦小、冷漠干瘪有着绿色眼睛女人的影子便一直缠绕她。她在伦敦博尚家的两个月一晃就要过去了……她摇摇头，不愿去想这些。她舞得更加轻盈，更加快捷，飘柔的裙摆跟着她一起旋转，她感到一种炫目的美妙。

她永远也不会忘记这个短暂的季节，永远也找不回一模一样的极乐感觉。她在某个小时，某个夏天，某个短暂时刻绽放了自己，在心底深处永远留下对那一刻的怀念。在几个星期或几个月中，但很少超过几个月，一位漂亮的年轻姑娘是不会过寻常生活的。她陶醉，有一种超越时间的感觉，超越它的规则，不再感觉日复一日的单调，而只是感受那些尖锐的极乐时刻。她跳舞，在博尚家黎明的花园里奔跑，突然就觉得自己像在梦中，但已经半醒，梦境已消失。

堂姐特蕾莎·博尚无法理解这种炽热，这种活着的快乐为什么有时会变成一种深深的忧伤。特蕾莎一直比较脆弱和淡漠。她比格拉迪丝大几岁，消瘦，纤细，身材像十五岁的孩子，有一颗优雅的小脑袋，窄窄的前额，暗黄的面色和一双美丽的黑眼睛。她轻柔的声音和急促的呼吸，已显示出染上肺病后的最初症状。

她嫁给了一名法国人，但自己在英国出生并长大，因此会定期回去。她在伦敦有一幢非常漂亮的房子。特蕾莎有一个幸福的童年和循规蹈矩的青春期。她是逐渐适应上流社会的，而格拉迪丝却是被突然抛进来的。特蕾莎从来不曾有过格拉迪丝拥有的美貌，没一个男人会像看那个野性小姑娘那样看她。

她们刚进墨尔本家时，格拉迪丝紧紧抓着特蕾莎的手，就像一个惊恐的孩子。但现在她跳着舞，从特蕾莎面前经过时都不看她，一丝灿烂的微笑荡漾唇间。特蕾莎跳过一曲后就有些疲乏了，她羡慕地看着格拉迪丝，欣赏这个精巧身体里，蕴藏的追求快乐的钢铁意志。然而当有人问她："你小表妹漂亮吗？"她会惊讶而费力地摇摇头，这个动作让她看上去像一只病鸟般的优雅。然后她很得体地答道："她有希望长得很漂亮。"因为女人在她们同类的脸上，是看不见这种短暂的几乎令人担心的绚烂光芒。

"我们想让她散散心，让她度过一段美好的时光。"她说道。

她在沙发硬靠垫上坐直身体，她从来不会斜靠着椅背坐，从来不会表现出一丝的不耐烦。她轻轻给自己扇风，露出疲倦和拘

伊莎贝尔

谨的笑容。她脸色泛红，双颊有病态的红晕。夜色流逝，她感到一种深深的忧伤袭上心头。开始，她带着喜悦看着格拉迪斯，有一种类似长辈的宽容，但现在不知为什么，看着她如此美丽，如此不知疲倦，她感到痛苦，某个时刻她甚至有一种冲动，想拉住她对她喊：

"够了，停下……你太耀眼，太幸福了……"

她不知道在以后很多年里，格拉迪斯将在所有女人心头唤起这种忧伤和嫉妒。

她感到羞愧，加快手里扇子的速度。她穿一件"旧铜"料子的绸缎套装，配一条尚蒂伊双褶裙，上衣缀着雪尔尼花边和古铜色的珠子……她照照镜子，觉得自己很丑。她十分羡慕格拉迪斯那条简洁的白裙子和那头金发。她想起自己已结婚，幸福着，有一个儿子，而这个年轻的格拉迪斯还处在未知生活的门槛上。她苦涩地想：

"等着吧，小姑娘，你也会改变的……这种放肆，这种鲜嫩会很快过去的，你投向世界的那种征服者的眼神也会很快熄灭……你也会有孩子，也会老去……你还不知道什么东西在等着你呢，可怜的小姑娘……"

突然她朝拉着红色窗帘的窗洞走过去，用扇子碰碰格拉迪斯的胳膊：

"亲爱的，我们该回家了。"

格拉迪斯转向她。特蕾莎非常吃惊地发现了这一小时的极乐给这个温顺沉默的小姑娘带来的变化。格拉迪斯的举手投足洋溢着自如和轻灵，她的眼神里充满得意，笑容里带着幸福和嘲弄。她好像没听见特蕾莎的话似的，焦急地摇摇头：

"哦，泰丝，不，不，求你了，特蕾莎……"

"该回家了……"

"再等一会，一小会，就一小时。"

"不，亲爱的，很晚了，你这个年纪，玩通宵……"

"再跳一曲，就一曲……"

特蕾莎喘了口气，像往常一样，当她累了或生气时，呼吸就会急促困难起来，一阵轻微的喘息从她嘴唇发出，她说：

"我也有过十八岁，格拉迪斯。仿佛就是不久前……我知道你觉得舞会非常美妙，但要懂得在快乐还没离开你的时候及时离开它……天已经很晚了，难道你还没有玩够吗？"

"是，可这是刚才。"尽管这样，格拉迪斯还是嘟哝着。

"你要是不早点回家，明天会脸色苍白，疲惫不堪的……这场舞会不是最后一次，这个季节还没结束呢……"

"这个季节马上就要结束了。"格拉迪斯说，她的眼睛里闪烁着渴求和失落。

"那么，是到该哭的时候了，你知道任何事情都有结束的时刻……要学会克制……"

格拉迪斯低下头，但她不愿听话，内心里有一种狂野的、热切的声音冒上来，盖住所有这些无意义的话，一个强烈而冷酷的声音在宣告：

"别烦我！……我要我的快乐！……如果你们妨碍我的任何快乐，我恨你们！……如果你们打断上帝赋予我的任何极乐时刻，我咒你们去死……"

她只听得见这个让她热血沸腾的号角，她青春的强音……怎么能看着这个如此完美的夜晚就这样结束，就这样沉入虚无，就

伊莎贝尔

这样成为往事？……而对于别人，这仅仅是伦敦社交季节众多舞会中的一场，"一件平常的事"，就像特蕾莎说的那样。几个小时后就被忘记了。

"来吧，我要回家了。"特蕾莎几乎生气地说道。

格拉迪斯吃惊地看着她。特蕾莎叹口气：

"我生着病，很累……该回家了……"

"对不起。"格拉迪斯拉起她的手咕哝着。

她的表情变了，又恢复了孩童般的无邪。她眼睛里那股冷酷的火焰熄灭了。

"来吧，"特蕾莎勉强挤出一点笑容说道，"你是个好孩子，乖孩子……来……"

格拉迪斯跟着她，一句话都没有说。

二

对格拉迪斯来说，那一季的最后一场舞会是一股舞蹈、声音、色彩交汇的漩涡，把她卷进去几个小时，然后又把醒悟了的、疲惫的她抛弃。她第二天就要动身离开了。

她和博尚夫妇清晨时回到家里。奶白色的迷雾笼罩伦敦城，街道空荡荡的，闪着苍白的微光。清晨的风几近寒冷，在唇间留下雨水的滋味和潮湿的煤炭味道，时而也有盛开玫瑰的香气从公园里飘来。

格拉迪斯用手轻轻抚摸自己的脸，双颊火焰般燃烧。她感觉自己的心脏急速、骇人地跳动着，就如她刚才跳过的最后一曲华尔兹的节拍。她机械地哼着那旋律，温柔地捋着自己的头发，凑近特蕾莎笑笑，但她很伤感。事情总是如此，快乐骤然离去，她会感到一种深深的忧伤和苦涩。她呆呆想着那位让她倾倒的英俊骑士，这个季节所有的女孩都为他着迷。那是个年轻的波兰人，俄罗斯使馆大使助理，塔诺夫斯基伯爵。她想着见过的那些美貌妇女，想着已被设定好命运的幸福女孩。而自己呢？失去一半的社会地位，父母离异，是特蕾莎嘴里"不幸而邪恶的女人"索菲·比尔奈拉的女儿。她看看身边的堂姐，对她有一丝怜悯：堂姐看上去如此虚弱、疲倦和病态，有时咳嗽得十分费劲。柯罗德·博尚摇下窗子，转身背对两个女人，她腼腆地朝他笑笑，但他好像没看见她。

他有一张瘦长的脸，双颊凹陷，仿佛被什么东西吸了进去。他的嘴很迷人，两片薄薄的嘴唇，沉默时，如一条刀削的直线。

他个子很高，看着有些赢弱，站着的时候，总躬着背，脑袋微微前倾。他很有礼貌，有些淡漠，给人距离感，沉默寡言。他年纪还不大，但对格拉迪丝来说，他看上去几乎就是个老男人了。她欣赏他，但从未带着要取悦他的目光看过他。汽车在博尚家门口停下。底楼柯罗德的书房里，饮料已经准备好。屋子有些冷，当特蕾莎回家比较晚的时候，有人会把壁炉点上，几块木炭还在燃烧着，照亮了那些高高的，过时的，煤玉般光滑的乌木旧家具。

格拉迪丝打开窗子，倚窗而立。

特蕾莎叹了口气：

"你会着凉的，亲爱的。"

"不会的。"格拉迪丝低声咕哝。

"至少在肩上披一件外套。"

"不不，亲爱的，我不怕冷……我不怕世界上的任何东西……"

她们之间有一种英国式的习惯和维多利亚式的亲昵，语言上的抚摸。她们之间除了"亲爱的，达令，我的甜心，我的爱……"之外，不用别的称呼。她们相互看着，在微笑中发出这些音节，可眼神却是生硬的。

格拉迪丝拿起别在腰间的花束，闻了闻。特蕾莎有些不悦地说：

"扔掉吧，它们已经枯萎了。"

"没关系……这些孤独的红色小玫瑰懂得如何恰当枯萎。她们不是失去光泽，而是慢慢衰微。看，"她说着递过手里的玫瑰，"闻闻看，多香啊……"

"花的气味让我不舒服……"

格拉迪丝笑了，有些不好意思。她看得出自己惹恼特蕾莎了。她想："可怜的特蕾莎……"她有点同情她，但同时感到一种不安的冷酷，她第一次想要了解、估量一下自己作为女人的魅力。她的小脸蛋因为昨夜的缘故有些苍白、紧张和微微颤抖，突然她想：

"为什么？我这是怎么了？……"

一个刚刚睡醒的小男孩的声音从楼上传来，那是小奥利维耶，博尚夫妇的儿子。特蕾莎马上站起来：

"已经六点钟了……奥利维耶起床了……"

"别和他待在一起，现在去休息吧……"

特蕾莎拿起椅子上的扇子离开屋子，留下柯罗德和格拉迪丝单独在一起。格拉迪丝打开阳台的双折门：

"天已经亮了……"

柯罗德关灯走上石砌的阳台，阳台环绕整个屋子。清晨十分美丽，十分安静，听得见邻居花园里的小鸟在唱歌，这些清脆、愉快、陶醉的歌声仿佛在向太阳致意。

"你不困倦？"

"不困倦，"她有些不耐烦地答道，"你也一样，柯罗德，总是说要休息、要睡觉……你不觉得一次通宵会让人觉得很轻松？……就好像没有了血肉，一阵清风能带你飘走……"

"看，"他说，"就如这株树在风中摇曳……"

"是，它多美啊……"

她前倾身子，半闭眼睛，让眼帘迎着清晨的微风……

"一天中最美的时刻……"

"是，唯两种时刻最有价值，"他看着她说，"万事起始和结束的时刻，诞生和衰亡。"

"我不明白，"格拉迪丝突然低声急促地说，"我不明白你很喜欢的那本书里的那个老男人，他怎么能在一生的任何时刻，都说不出'请停一停……！'这句话呢？"

"噢，因为他是一个老傻瓜吧，我猜想……"

她迎着风微笑，低头看看自己赤裸的手臂：

"让这一刻，凝固吧。"她轻声说道。

他喃喃道："是啊。"

她笑了，但他带着一种热切和坚硬的表情盯着她。他看上去不是在欣赏她而是在害怕她甚至在恨她。他终于发出声：

"格拉迪丝……"

他带着某种惊异不断重复着她的名字，然后俯身握住她的手，那只还是孩童的、纤细的、没有戒指的、垂在裙褶间的手，他颤抖地亲吻着这只手，亲吻她纤细的手臂，那里有一些碰伤和抓伤的印痕，因为她有时男孩子气、暴烈，喜欢桀骜不驯的马，喜欢障碍和危险。他在她面前弯着腰，孩子般谦卑。以后的日子里，格拉迪丝永远无法忘记这个时刻，忘记这个令她自豪、令她陶醉的动作，一种美妙的宁静漫过她的心头。

她想：这就是幸福……

她没有抽回自己的手，仅是小巧的鼻翼轻轻抽动，那张年轻的脸上，瞬间有了女人的表情：狡黠、贪婪、冷酷。看见一个男人拜倒在自己石榴裙下，是多么美妙啊……世上还有什么比女人魅力的诞生更美好？这就是她这些日子来一直期待的，迫不及待的东西……享乐、跳舞、成功，那都算不了什么，在这种锐利的感觉、内心的噬咬面前，那些都黯然失色了。

"爱情？……"她想，"噢，不不，是被爱的快感……几乎有些渎神的快感……"

她说：

"我还只是个孩子，你是特蕾莎的丈夫。"

他抬起头看见她在微笑。他们对视了一会，然后他艰难地说道：

"孩子？是……但是已经妖娆、慵懒和危险……"

他又恢复了刀枪不入的表情，唯有手指还在微微颤抖，他想离开她了，但她轻声问道：

"那么你是爱上我了？"

他没有回答：紧闭双唇，脸上是那道她十分熟悉的锋利苍白的直线。

"他会克制不住的。"她想。她是多么渴望重新体验那种粗砺、奇特、几乎生理性的奇妙快感。她碰碰他的手：

"回答我……告诉我，说'我爱你……'即使这不是真的……我还从未听见过这些话……我想听……从你的嘴里说出来，柯罗德……回答我……"

"我爱你。"他说。

她带着慵懒满足的微笑离开他。那种尖利悸动的快感平息了一点。她感到一丝混杂着快乐的羞愧，她低垂下美丽的眼帘，躲过他伸过来想搂住她的颤抖的双臂，微笑着说：

"不，干嘛这样呢？……我，我不爱你……"

他放开她，不看他一眼地走了。

三

一段时间后，在一次旅行中，格拉迪丝又偶遇了塔诺夫斯基伯爵，她在伦敦某个夜晚的舞会上爱上的那个年轻波兰人。她嫁给了他，和他一起生活了两年。他模样俊俏，而且像个女孩子那样为自己的俊美自负。他花心、撒谎、顺从而脆弱。他们之间的共同生活变得不可忍受，因为他们用相似的武器，女人惯用的那些小把戏、谎言、狡诈、任性相互折磨着。她不能原谅他让她忍受痛苦，她讨厌痛苦，她像孩子那样，期待和苛求幸福。

他们分手后，她遇到了理查德·埃塞纳切，一个身世不明的有名金融家，是墨西哥石油公司的董事长，一个有着令人生畏的头脑和冷静犀利的男人。他长得很丑，熊腰虎背，关节粗大的手臂，宽宽的额头被黑发挡住了一半。当他低首看着某个对手的时候，浓眉下的那双绿眼睛，仿佛要把人看穿。女人要取得他的欢心，必须非常漂亮、顺从、懂得闭嘴。他把格拉迪丝调教得服服帖帖，只要他一个手势，她就要显露出愉快和幸福，除了关心自己的美貌和快乐之外，她无需关注世上的任何其他事情。他不厌其烦地看她穿衣，看她长久地在两套衣服间举棋不定，看她在镜子里凝视自己的容貌。他把她当成一个孩子，他从中感受到一种尖利的愉悦和肉欲。当她在他怀里缩成一团，当她喃喃莺语："在你身边，我是如此弱小，狄克，如此脆弱……"当她这样抬起头，用略带嘲讽的温柔的脸庞看着他时，一种几乎疯狂的强烈欲望，在他冷峻的脸上闪现。他会扑到她身上，狂热地咬她的嘴，边喊道："我的小女孩，我的亲亲小乖乖……"

他和她之间的这种难以启齿的嗜好是他们乐趣的源泉，对格拉迪丝来说也是她对他和对别的男人行使权力的一种秘密。她喜欢他粗暴狂野的抚摸，她以后喜欢的男人多少都和理查德有某些类似的地方。她有一个保持了很长时间的情人，马克·福布斯，英国政界的一位要人，战前曾经辉煌过。他坚毅、野心勃勃、惯于秩序、酷爱权力，而只有在她面前，他才会显示软弱，放下武装。这就是她喜欢的，这种状态让她觉得刺激。她需要不断证实自己掌控着男人的王国。

　　战前那几年，她的美貌达到登峰造极的地步，带给她身为女人事事满足的幸福感。一九〇七年格拉迪斯路过巴黎时，柯罗德和特蕾莎的儿子，尚是少年的奥利维耶·博尚去她家做客。他看见一个女人，面庞和身材几乎还像二十岁时那样美丽，但洋溢着自信和幸福带来的安宁。她身边围着一群对她倾心的男人。她习惯于男人的发誓、哀求、眼泪，就像醉鬼习惯于酒精。她还没有喝够，他们那些温柔的毒药对她是必不可少的，就像赖以存活的唯一食物。她不隐瞒这一点，她觉得女人是永远不会麻木的，是一头不知疲倦的小动物。一个野心家或许某天会对荣誉厌倦，一个守财奴或许某天会对金币厌倦，而一个女人永远都不会放弃女人的角色。当她想到衰老这件事时，觉得它离自己还如此遥远，对视它的时候还不会颤抖，她想象死亡会在快乐结束前来临。

　　然而，她的女儿玛丽-特蕾莎正在她身边慢慢长大。这是个漂亮的小姑娘，皮肤鲜嫩白皙，一头长长的金色直发，有着这个年纪动人的美丽。这是一种还没完全展露的美貌，但已刻在五官里。她有着小小的生动的雀斑，灵活的神态闪现在她的目光里，荡漾在她微张的唇边，看上去有一种想表达激情的先兆而不是激

伊莎贝尔

情本身。人家说她："永远都不会像她母亲那样……永远不能和她母亲比……"她活在这个如此美貌的母亲的阴影里，就像围在格拉迪丝身边所有的人一样，只求取悦于她，为她奉献，爱她。

四

一九一四年，格拉迪丝住在昂蒂布附近一幢漂亮但不很舒适的意大利风格的大房子里，房子曾经属于多勒斯·布尔纳伯爵，名字叫"无忧无虑"。她曾笑着说：

"我租下这房子完全是因为它的名字，这名字包含了所有的生活智慧……"

宽敞的房间有点冷，家具上包裹的红色绸缎也有些磨损，暗色调的墙壁缓和了些许南部耀眼的阳光，格拉迪丝喜欢这样。每天早晨醒来，当她拿起镜子凝视自己的形象时，她怀着满足看着灼热的光线柔和地照亮她的面庞。

春天才刚开始，空气就有些温热了，但风从高处吹来，猛烈而刺骨。

三月的这个早晨，格拉迪丝醒得有些晚。跟平时一样，甚至在还没睁开眼睛前，她的手就机械地去抓那面镜子。自从她成为一个女人，这是醒来后的第一个动作，第一个念头。她用目光久久抚摸自己的脸。她那头金色的秀发现在变得柔和，带一点轻盈的浅淡，那时人家称之为"烟色"。她用一只手撩起披散的秀发，然后弯一下她那雪白的长长的脖子。那双黑黑的大眼睛，似乎总对崇拜她的人，带一点神秘调皮的笑意。但当她独处时，那眸子便慢慢变得忧伤和深邃，有些躲闪，瞳孔放大，看上去有一种奇怪和忧虑的表情。

格拉迪丝深知自己的美貌，并且从未放下过这种意识，这美貌让她每天时刻感受到一种内在的安宁。她的生活很简单：穿衣

伊莎贝尔

打扮，吸引别人，找到一个爱上她的男人；然后再打扮，再吸引人……有时候她也想："我四十岁了……"在战前的年代，这已经是个可怕的年纪了，"门槛上的年纪"。很少有女人像她这样，在四十岁时，还能如此美貌。

但她马上皱皱眉头，努力忘记这一切，她还如此美丽……忘却是容易的……

她叫人打开百叶窗，风摇曳着玫瑰花。她穿好衣服，开始漫长而精心的梳妆打扮。

有女人们走过来又走开去，她身边总是围绕着一些女伴，所有人都是她苍白的陪衬，她们模仿她裙子的式样，模仿她的任性，甚至模仿她的微笑。格拉迪丝喜欢这一群涂脂抹粉、贪婪地围着她转的脸，这些伴着她的脚步叮当作响的首饰，这些发光的、虚假的、充满羡慕和仇恨的眼神。格拉迪斯在这种眼神里，比在钟情于她的男人的眼里，读到更多的敬意。她们窥伺她的体态，试着弯下紧身胸衣内僵直的身体，学着格拉迪丝那种漫不经心的优雅。她们成群结队从戛纳到蒙特卡洛，从咪咪·美耶多夫家到克拉拉·马凯家，或到纳塔丽·埃丝兰戈家，只想着怎样从别的女人手里把男人们抢过来，尤其是从格拉迪丝，那个最富有最幸福的女人手里抢过来。她们叽叽喳喳，笑笑闹闹，争相亲吻格拉迪丝的面颊。

"亲爱的，我亲爱的格拉迪丝，你昨天晚上实在是太漂亮了……"

那些用金色别针缀着玫瑰花的大帽子，围着格拉迪斯上上下下。路易十五式的长柄手杖，是那一季的时髦，敲击着"无忧无虑"嗵嗵作响的地砖。

格拉迪斯微笑地看着她的朋友们，半闭着眼睛。她有时为自己从她们那里得到的低级乐趣而自责。

"但那又有什么呢？她们让我感到愉快。"她想。

这天，格拉迪斯打扮停当后，丽丽·费厄进来了，她是巴伐利亚人，长得人高马大，脸上的脂粉涂得像戴了层面具。她有一种粗野、令人讨厌的口音，但格拉迪斯却喜欢她，她对比自己年长的女人有一种少见的宽容和温柔同情。

她们相互行见面礼。她们之间有时也会说一些体己话，但只是女人间那种随意、轻浅的闲聊，本能地掩饰着内心最隐秘的想法。尽管如此，有时还是会通过一句玩笑，一声叹息，不经意泄露出来，在那些轻松的话语里，藏着苦涩的经验，就像一颗香料或一把盐，给那些空洞的对话添点佐料。

她们开始谈论昨天晚上的舞会。格拉迪斯笑着说：

"纳塔莉上周就开始围着我转，想知道我舞会穿哪条裙子和戴什么首饰……就像个碰巧嫁了出去的中欧女冒险家！……因为我不想回答，她还以为我会佩戴那些高尔贡①的奇异宝石。昨晚她戴上她所有的宝石，活像一只镶满钻石的圣盒。"格拉迪斯笑着想起了自己一袭白裙，光滑的手臂连一串珍珠都没有，只戴了一个婚戒；想起了纳塔莉被珠光宝气碾碎的几乎能杀死人的目光。你觉得这个社交季节出色吗？

"太棒了……不过，格拉迪斯，你还想去哪里呢？"

"不知道，我想离开。这段时间我有点伤感和疲倦，感到一种深深的烦恼。"她斟酌着字句，轻轻说道。但她马上又耸耸肩：

_____

① 古印度的一个城市名。

"唉，就这样了……"

"这是为什么呢？"丽丽眨眨眼睛问，"坠入情网了？"

"噢，上帝！不。我忠于马克。"

丽丽·费厄点点头：

"那些在你二十岁时爱过你的男人，透过你现在的容貌，仍能看到你二十岁时的模样，这些都是无法替代的。"

"是。"格拉迪斯回答。

她想她永远都不会忘记，也不会让人取代理查德……他两年前死了，而从那天起，她所有的生活都改变了……为什么呢？……哦，无法说得清……开始时她并没有意识到这种损失有多重，她想"马克……"然而不，没人能替代理查德……他们的生活完全是在豪华游轮和旅馆的套间度过的。理查德死在他们刚刚到达的纽约皮亚扎旅馆的房间内。他突然在半夜进到她睡觉的卧室，扑到她床上。她猛然惊醒，看见他苍白的脸靠向自己，她第一次从他的眼神中看到了脆弱和柔情。她还记得窗外纽约大街的嘈杂声，一阵阵探照灯似的刺眼光线穿过他们的窗帘。他说："不用喊任何人，都结束了。"

当她把他搂在怀里，接受他最后一吻时，他还在低声喃喃：

"可怜的……可怜的……"

她还没明白过来是怎么回事，她抓着他的手，但是他慢慢僵硬了，他死了……这是幸运之神带给她的多么可怕的一件礼物啊……她的幸福曾经太圆满，太惹人注目，现在都结束了，就如一切美好事物都有终结之时……从这天起，她能从最细微的迹象中预感到白天的光明将会摇曳和熄灭……

几个月后，她很吃惊地得知在他们整个婚姻期间，他还同一位上了年纪的女演员一起生活，她是他生意和政界事务的知情人……他在遗嘱中委托格拉迪斯给这个女人一笔年金。格拉迪斯一丝不苟地完成他的遗愿。当然，他欺骗了她，而她自己也曾经不忠，但同他在一起她非常幸福。跟任何别的人她都不会这样幸福……

她叹了口气，忧伤地看着花园。一些深色的小玫瑰在她窗前绽放，她朝它们笑笑，她喜欢玫瑰花。

丽丽·费厄问道：

"那些彩色的假发套，你喜欢吗？"

"不，太恐怖了！……你看见昨晚洛尔戴的那个深紫色发套了吗？为什么比利比纳夫妇先走了？"

"玩游戏输了吧。"

"我觉得，"格拉迪斯说，"痴迷游戏的女人是幸福的。"

"幸福？你幸福的含义是什么？你才是幸福的，格拉迪斯，"那个老女人叹口气道，"你现在还没体会到，到我这个年纪你就知道了。总之只有一个真理，这世上唯一的幸福就是青春活力。你多大？刚刚三十岁，肯定？……那么，你还有十年的好日子。四十岁已经是个很可怕的年纪了。之后呢，我觉得我们会习惯，人也就变得不再那么挑剔。我们会品尝那些小小的快乐。"她叹了口气，想到了她的情人，"但四十岁时，我们还看不见自己老去，我们还生活在幻觉中，以为自己还是二十岁，永远都二十岁，但突然间，就受到了某种打击，不管是哪一种，男人的一句话或一个眼神，某个将要结婚的孩子……，噢，太可怕了……"

格拉迪斯打了个寒颤，勉强挤出点笑容掩饰自己：

伊莎贝尔

"学学我吧，不要去数那些流失了的岁月……这样它们就不会留下太多痕迹。"

"你真那么认为？"那个老妇人不相信地嘀咕道。

格拉迪斯突然说：

"我想要去罗马了……我们一块去吧……"

"可马克先生呢？……你怎么就想着离开马克先生了呢？他才刚到呀。"

"他会跟着我的。"

"亲爱的，你是怎么做的呢？你怎么能牵住这些男人就像牵住小狗？我也年轻过，也漂亮过，"她转过脸避开一面大镜子说道，"而爱情只给我带来不幸。可是除了爱情，世上还有别的什么呢？"

"我不喜欢爱情。"格拉迪斯轻声说。

"可是，亲爱的？……"

"可是，为什么和马克先生？"

"马克先生还有其他人……"

"没有其他人。"格拉迪斯说。

"得了吧。"那老妇人用一种热切而神秘、感性又有些不好意思的口吻嘟哝道。当爱情对一个女人即将关闭大门，再来谈论爱情总是有些不自在。

"不。"格拉迪斯笑着说。

她边在裸露的手臂上扑着粉边说道：

"说到底，生活挺伤感的，是不是？……只有片刻的沉醉、狂热……就像在夜色中的露台上，听着轻柔的令人陶醉的音乐……或者，跳舞……噢！我解释不清楚，但那就是幸福，那就是我们寻找的……"

一个女人走进来，使劲晃动着搭在臂上的几张貂皮。这是个卖美容用品的女商贩，卡芒·贡扎莱斯，格拉迪斯认识她已有年头了：只要格拉迪斯出现在某处，马上会有一个按摩师、发型师、化妆品商人围着她形成圈子。

卡芒·贡扎莱斯是个个头矮小、敦实、上了点年纪的女人，粗糙的脸总是阴沉沉的，一条磨旧了的黑色绸缎裙子在她的水桶腰间晃荡，头上歪歪斜斜地扣着一顶黑色草帽。

格拉迪斯和蔼地接待了她。格拉迪斯总是和气迷人的，人们很乐意为她服务。但即使对格拉迪斯，贡扎莱斯仍带点生硬和警惕的表情，使她的顾客对她有一丝敬畏。这是个很有勇气的妇人，一种底层妇女在感到疲倦和不幸时咬紧牙关、辛苦劳作的勇气。她既是按摩师、接生婆，又是美容品商贩。有时在按摩中，她也会有难得的情感流露，直起身子，叹口气，像洗衣妇那样用裸露的手臂擦擦额头的汗水，带一丝狡黠的笑容说：

"你们其他人又能知道些什么呢？我见得多了……"

她住在三间散发着药草和樟脑味的屋子里，屋里从早到晚挤满披着面纱的妇女，排着队，相互间装着谁也没看见谁。她那戒指嵌到肉里的灵巧的胖手指，懂得如何重塑那些老相显露的脸，揉捏除皱，然后把那些衰老的肌肤塑成一张虚幻的面具。她从那些因赌博而破了产的轻佻女人手中买下她们的裙子、首饰、裘皮大衣，然后再卖给她的老主顾。

当格拉迪斯瞥见那些貂皮时，摇摇头，轻轻推开卡芒：

"不，不，我什么也不想买。"

"看看总是可以的。"那老妇人说道。

伊莎贝尔

格拉迪斯转过头和丽丽·费厄说话，她正低声请求格拉迪斯：

"和乔治说说吧，让他明白他正在杀了我……女人的耐心是有限度的。他人不坏，就是太轻佻、太残酷……每个路过的女人他都不肯放过……"

"看看吧，"格拉迪斯轻轻耸耸美丽的肩膀说，"唉，丽丽，想开一点吧……痛苦能有什么用呢？"

"可是，爱情……"那老妇人叹了口气，一滴泪珠滚落在涂过脂粉的脸颊。

"他很喜欢你的……"

她抓住丽丽的手放到自己手中间：

"亲爱的，你听我说……"

她喜欢谈论爱情，倾听别人的爱情秘密，擦干她们的眼泪。她懂得安慰、安抚、赞美。她只对爱情感兴趣，其余的事，她只表现出一种优雅的冷漠。

丽丽总算看上去安静下来，格拉迪斯留下她，去找卡芒，她在隔壁房间里等她。

"这些您会感兴趣吗？"卡芒递给她那些貂皮问。

格拉迪斯轻轻抚摸那些漂亮的皮毛：

"不，我不需要新的皮草了。不过它们真漂亮……"

"它们是塞利娜·梅勒的。"她提到从前一个很有名的交际花的名字，"这是很久前她的一个情人从俄罗斯带给她的一批皮货。她做了一套非常漂亮的舞会装，但六个月前把它卖了。这里，是剩下的几块皮子，本来她想用来做一些替换的佩饰。但现在她想把它们，连同其他所有东西一起卖了……这可以做一条非常漂亮的围脖，配你那件丝绒的披风，白的那件……"

"塞利娜·梅勒，"格拉迪斯嘀咕了一下，"她这么穷了吗？"

"哦，是的，她一无所有了。"

"仅仅是十年前，她曾是多么漂亮啊。"

"到这个年纪，一切都变得很快。"

"可怜的女人……"格拉迪斯说。

她有着生动和微妙的想象力，但只是围绕自己。然而此时她在脑子里呈现的是一个老妇人的形象，皱纹已经磨平了记忆。于是她问道：

"她要多少钱？"

"四千，那根本算不了什么。但她没办法，我们知道她需要钱，就杀一半的价钱吧。"

"好吧，留下吧，我买下了就算帮帮那个可怜的女人。"

"这样很好，"卡芒用她阴沉的口气说道，"您不会吃亏的，我知道行情。"

丽丽过来找她们，问道：

"和我一起吃午饭吧，格拉迪斯，这样你就可以见到他了。"她又低声补充了一句。

"哦，不，亲爱的。我已经答应女儿和她一起吃午饭。她抱怨总是见不到我，她没错。"

"你有一个女儿真幸福啊。"丽丽叹口气说。

她看到桌上一个镶金边镜框里女孩子的照片："她会很漂亮，但不会有你那样的身段。"

"她会比我更出色。"格拉迪斯温柔地说。

她朝那张少女的脸微笑着，那少女似乎在用一种无法捉摸的

伊莎贝尔

好奇和惊讶，以及青春撩人心魄的神色看着她。这是玛丽·特蕾莎十三岁时的照片。她的椭圆小脸精致柔和，头发光亮笔直，用一只黑色蝴蝶结扎在头顶。

两个女人摇摇头：

"不，不，她永远不会有你那样的魅力。"

"她还是个孩子，这是个不太讨巧的年纪。"格拉迪斯说。

她叹了口气笑笑。即使对她自己，她在心底深处不愿承认玛丽-特蕾莎真正的年纪。十八岁，已经是个大姑娘了……她更愿意说，或让人听上去以为：

"十五岁，马上就要十五岁了……"

她周围所有女人都这样，她们把无法隐藏的孩子的岁数尽量减去一、二、三岁，渐渐忘却孩子的真实年龄，满足于一种既是母亲又是女人的双重幻觉……格拉迪斯看不到女儿已经长大，当她看着她，同她说话时，脑子里总是重现一个十五岁小女孩的模样，一个仅存在于她眼里的小女孩。

"我给您带来晚上用的腮红。"卡芒边说边从一只旧包里掏出一盒脂粉。

"哦。"格拉迪斯说，表情专注起来。

她凑近镜子，在双颊涂了点胭脂又扑了一点粉。

"哦，这样好多了……是不是？……另一种粉太浅了，灯光下需要深一点的颜色。"

她慢慢转过身，郑重其事地看着镜子。然后一种心满意足的笑意浮上嘴角：

"很不错……嗯，不错……"

不过，卡芒已经走了。紧跟着，总算打扮停当的丽丽和格拉迪斯慢慢穿过花园。路边，空气里弥漫着玫瑰的芬芳，夹杂着汽油的味道，和高处吹来的凛冽寒风。两个女人钻进汽车，向尼斯驶去。

伊莎贝尔

五

日子对格拉迪斯来说，梦幻般流逝。随着格拉迪斯慢慢老去，岁月似乎愈发轻盈，飞逝得更快，然而白天是漫长的，有些时刻沉闷而苦涩。她不喜欢一个人待着：一旦周围女人的叽叽喳喳声沉寂了，一旦绵绵情话停止了回响，她内心便感到一种隐隐的焦虑。

一段时间以来，所有的东西都让她倦怠和易怒。路上看到几张熟悉女人的面孔，她会转过脸去。那些赤足在尘土中奔跑，兜售合欢花束的漂亮小女孩，她们那种野性和清新，也会冒犯她，她用一种连自己也吃惊的粗暴推开她们，然后又感到羞愧。有时她会叫住她们，给她们一点钱，她想：

"气候太炎热了，空气太沉闷了……我太无聊了。"

她不时会想起令她憎恨的母亲：有时她会在梦中又看见索菲·比尔奈拉那张床的纬帐，母亲躺在那里抽着大烟。她感到一种无法平抑的奇怪的屈辱感，她，美丽迷人，被人爱着的格拉迪斯·埃塞纳切，却经常在内心深处感受到少年时的孤独忧伤……如果理查德还活着，她会向他承认这些，然而理查德死了。

她去这个或那个朋友家，在那里消磨时间，但终归是要回家的，天还没黑。剩下的只有裙子，只有试衣，只有造访公园附近有海风吹过的斜坡小路上的珠宝店。终于夜色降临，她感觉活力重现。她回到"无忧无虑"，穿衣打扮，然后自我欣赏一番。她是多么喜欢这些事啊……世上还有比这更妙的事吗？还有什么感官享受比得上这样的乐趣？……这种自恋，这种被爱的渴望，这份寻常的快感，所有女人都有，但在她却成为一种嗜好，类似男人心中对权力和金钱的欲求，随着年岁日益递增，她的饥渴从来没有被完全满足过。

终于，她打扮停当。她走到玛丽-特蕾莎的房间，弯腰亲吻女儿美丽白皙的双颊，光滑皮肤下可见灼热的血流。她满怀爱意地凝视着女儿，玛丽-特蕾莎还是那么甜美地保留着小女孩的模样，至少，在她母亲眼里……格拉迪斯这样打扮她，让她比少女更美好，她的平跟鞋，她不加点缀的直筒长裙，她的披肩长发，她颈上细细的金项链，她的青涩，她的优美，甚至成年的象征。

"她只喜欢她的书，她的狗，在院子里奔跑，"格拉迪斯想，"她还懵懂，腼腆……"

她想：

"再过两三年，我就专心照顾她。她会去跳舞，去找乐子……哦，我可不会是一个冷漠严厉的母亲……我会是她的朋友，她会告诉我一切……她会很幸福……但现在还太早了点，她还太年轻，她还羞涩、脆弱……不能让她像我这样毫无用处和无所事事……"

她自己曾对玛丽-特蕾莎说过：

"如果我也有一个像那些抽烟、涂脂抹粉、模仿成年女人的不良少女般的女儿，我真不知道自己会变成什么样子……叛逆的年纪倒是没有影响你，你自然地保持着孩子的模样……"

玛丽-特蕾莎随她说去：她有一种青春期特有的，混杂着生硬的宽宏大量。她明白逐渐衰老的母亲的焦虑，理解这种感受，甚至在格拉迪斯自己还没意识到之前，她就感受到了。她同情她母亲，尤其觉得自己如此年轻，看到自己前面还有长长的路可走，她并不急着上路……

她回应母亲的亲吻，对她说：

"你多漂亮啊……你的裙子非常漂亮，亲爱的妈妈……你美丽得像个仙女……"

格拉迪斯去参加舞会了，风光、快活，像从前一样。在巴黎和伦敦她经历过更豪华的舞会，但她有些厌倦那个固定的圈子了，在英国或法国一成不变，每个晚上看见的都是同一些面孔，说着同样的废话，这已经持续了十五年、二十年……这里至少每季都有新人。

这天晚上她被邀请去米德尔顿家，在戛纳。她走进去，朝那些羡慕地看着她的女人微笑，轻轻点了点她那颗优雅白皙的小脑袋，呼吸到一种幸福激情带来的安宁，这种时刻，毒药，不管是哪一种毒药，都会使周身舒畅。对那些帕尔卡女神般的老妇人，她满怀怜悯地垂下眼睛，她们穿着丝绒衣服，脖子被紧勒在宝石的项圈里，咬着嘴唇盯着格拉迪斯。她瞥见了马克·福布斯先生，他夫人坐在离他不远处。

福布斯夫人是海瑞福德公爵的女儿，她巨大的财富和家族的显赫名声帮了马克政治生涯的大忙。她知道丈夫的外遇，为此痛苦，用遭遇背叛的妻子的所有武器来抗争，其中最有威力的就是不断的离婚要挟，离婚会使马克先生破产。马克先生周旋于妻子和格拉迪斯之间的生活并不幸福。几个月来格拉迪斯感到他对她的欲望有些难以察觉的抗拒，有一种令她担忧和不安的冷淡。

看到他并不急于过来和自己打招呼。"他在赌气，"格拉迪斯想，"随你的便吧，亲爱的朋友……"

男人们围着她，邀她跳舞，其中有奥利维耶·博尚，她经常看见他。特蕾沙前一阵过世了，柯罗德住在瑞士。格拉迪斯邀请奥利维耶共进晚餐，然后又优雅地不经心地加了一句：

"玛丽-特蕾沙那么喜欢你，你要多来来才好。"

"你想过要见一个旧相识吗？"

"是谁？"

"我父亲。"

"真的吗？他总算要离开沃韦了？"

"哦，不，我想他会在那里度过余生的，他借口不能在别处生活。但为了生意上的事，他必须回到巴黎，并在那里待二十四小时。"

"多好的消息啊……"

他请求她：

"可以跳一支舞吗？"

她和他跳了一曲华尔兹，随后因为大厅太闷热，她坐到露台上去。她双肘靠着还带有白天余温的石砌栏杆，当她终于看见马克先生朝她走来时，时间已经很晚了。

她问：

"你妻子走了？"

"我刚刚把她送走，就过来找你了。你还想再待一会吗？"

她半闭的美丽眼睛有一种迷人的慵懒：

"哦，天呢，不……我累了……"

"那我们走吧。"

他们离开，长夜也将结束。马克先生说道：

"格拉迪斯，我有话要对你说。"

"现在？……我要回家了，亲爱的朋友。已经五点钟了。"

伊莎贝尔

"我必须说。"他嘟哝道。

他和她一起钻进汽车。他们沿着海滨路驶向昂蒂布。

"格拉迪斯，你听我说，"他说道，"如果你对我并不是一种从未感受过的爱情，而只是一点点友情的话，那就请你可怜可怜我吧，我实在太痛苦了。"

她轻轻耸耸肩："哦，马克……"

"我妻子……"

"哦，马克……我知道……"

她知道他备受顾忌和惧怕的折磨。他原籍以色列且是平民出身，所有机会都是仰仗了妻子的家族。但他妻子坚持要他同格拉迪斯断绝关系，不要在欧洲各地再到处追随她，就像他到今天为止一直做的那样。

他费劲地嘟哝道：

"离婚后我会活不下去的，我无法忍受离婚在英国造成的丑闻……怎么办呢，格拉迪斯？我把我的命运交到你手里了。我已不再年轻……"

"什么蠢话。"她柔声说道。

她拉过他的手，把自己的身体往他那里靠，但马克先生并没有后退或慌乱，他显得疲倦和病恹恹。她很失望，放开他，坐得离他远了点。她感觉自尊心受到伤害，泪水涌上眼眶，她有些羞愧地转过脸。他有些感动，心想女人很少隐瞒她们的伤心。他重复道：

"怎么办呢，格拉迪斯？"

"这种处境我们刚认识时就存在的。"

"但现在变得无法忍受了。我爱你……"

她突然挥了下手，打断他的话，马克先生看见她的手在颤抖：

　　"不用说这个。"

　　"哦，格拉迪斯，我曾是多么地爱你。"

　　"是，这是事实，你并没有撒谎。你爱过我，但一年来，我几乎见不到你了。你冷淡、回避、抓不住。不，你已经不爱我了。"

　　"格拉迪斯，生活早晚会把我们炽热的激情熄灭的。我累了，这是实情。我没法和一个充满嫉妒的女人抗争，对抗她的指责、她的怀疑。我的孩子们站在母亲一边强烈反对我，这你体会不到，你女儿是多么可爱啊。来自自己喜爱的孩子的评判是多么残酷无情……"

　　她不听他的，低下了头。他嘟哝：

　　"你没听见我说的？……"

　　"不，听见……"

　　"格拉迪斯，"他突然用一种很真诚的语气说，"我想过在离开你之前就死去，但上帝没有给我这个恩惠……"

　　"你妻子赢了。"格拉迪斯低声说。

　　"这能说明什么呢？我妻子只是一种符号罢了，一种我配得上的太平生活的符号……"

　　"你只想到你的幸福……"

　　"格拉迪斯，这么多年来，我只想到你。可你给我的回报是什么呢？你继续让别人爱你。"

　　她转向他，让他看到滚落脸颊的泪水，但他悲伤地看着她说：

伊莎贝尔

"哦,格拉迪斯!你是多么有女人味啊!因为我终于提出分手,我对你才显得珍贵起来……你马上会后悔失去我的。"

"我对你有过很多温情。"

"我,曾经那样爱你,但你,已经习惯被爱慕……你那种至高无上的不痛不痒,那种温柔的傲慢……我曾经是多么地爱你啊……"

"哦,请不要这样对我说话,"她突然生气地说道,"好像我已经死了,别人还要在我的墓前抱怨。可你为什么要到尼斯来呢?你不应该来的……你在爱情上和你在政治一样,是保守派,亲爱的……你对待爱情就像在跳舞,迈着设计好的经典舞步,先是诱惑性的步伐,然后是激情的华尔兹,然后是准备分手的交叉步……我们在跳交叉步了。你应该闭上嘴,不再写信,一切都会自然解体的,我几乎都不会察觉到……"

"你会惋惜我吗?格拉迪斯?"

"你为什么要离开呢?"她答非所问,"你为什么要离开我?除了你想告诉我的这些之外,应该还有另外的原因。你爱上别的女人了?直说吧。你知道我的特别之处在于我不会吃醋。请说吧,你袒露了一个很可怕的念头。"

"什么念头?"

"我是不是老了,马克?"她突然问道,然后马上又控制自己的失态。

(我为什么要说这种话,她想,这不是真的,我还年轻,年轻!……)

他摇摇头:

"我不知道。你认为我们只会看一个自己爱着的女人的脸吗？我们比看她的容貌看得更远、更深。我们会想：'她今天会不会让我更痛苦呢？她会爱上我吗？'你看，即使在爱情的中心，人继续只想着自己……"

他们到家了。朝阳照亮了房屋。他陪着她在小径上走了几步。她感到一种从未有过的痛楚。但她不会搞错，她早就知道实际上这并不是爱情……除了对于被爱的极度饥渴，除了自尊心满足后带来的美妙安宁，她从来没有感受到过别的东西。她看着他，心想：

"如果我亲吻他，如果他把我拥入怀中贴着他的胸口……哦不，这有失我的尊严……让他走好了……我漂亮，我还年轻，新的人会来的……"

她向他伸出手去：

"永别了，马克。"

他颤抖着。这一刻，她能掂量到自己对于他的重要性和他的沮丧，因为，一开始他迟疑是否要抓过她的手，然后当他握住后，他把她的手在自己手中握了很久，不敢放到唇间去亲吻。但当他终于放下她的手，抬起头时，已经很平静了。他轻声说：

"永别了。"

然后，他走了。

伊莎贝尔

六

"你永远不会老的，因为你在美貌还无懈可击的时候，就开始保养。"卡芒·贡扎莱斯总是边揉捏格拉迪斯柔软的腰肢边这么说。

但这对格拉迪斯还不够，她不要那种脆弱、病态、成熟的美貌，她要光芒四射，一种真正年轻的引人注目的喝彩。以前她走在路上，最谦卑的路人会回头看她，在尼斯的夜晚，在银色的夜雨中，在三月的狂风里，她听见拱廊里卖花小贩的声音："哦，漂亮的女人，你是多么漂亮啊……"她感觉到一种安宁，一种几乎生理上的快感，类似做爱后的那种满足。

而现在，她怀着痛苦忍受着丽丽·费厄，她带着恐惧看着她朋友布满皱纹的脸，心想："她才五十岁，不管怎样，只比我大十岁……十岁，很短暂啊……"

她带着惊恐努力驱散这个念头：

"我要保持年轻，我不想跟别人一样，不愿人家提到我就说'那个永远漂亮的格拉迪斯·埃塞纳切'。"

人家为什么要那么说呢？谁也不知道她真正的年纪，她还很年轻，看上去刚刚三十岁。但对她来说已经太老了。她记起伦敦，记起博尚，记起她的二十岁……她想再次体验的就是这些。她努力压制着心里面那个抱怨的、有威胁性的声音：

"结束了，这一切，都结束了……你还可以漂亮许多年，吸引人，但往事不再……人只能体验一次那种尖利的极乐，这种辉煌的喜悦……你应该接受现实……"

"可是为什么呢？"她想，"有什么东西变了吗？马克离开了我……但，另一些人会来的。"但马克离开她了……生平第一次一个男人主动离开了她……一股冰凉的失败感掠过心头……可是不，不……会有另一个来的……她想到了柯罗德……他曾是多么爱她……他肯定还爱着她？……一旦他见到她，一旦他认出她的脸，他就属于她的……爱情，男人的欲望，那双颤抖的手，那些虔诚的殷勤，那些钟情的嫉妒的目光，她永远都不会厌倦的……

五月，博尚要来尼斯，格拉迪斯用一种未曾尝过的令她羞愧的痛苦急迫等着他。

"我只是想消遣一下，"她想，"我只是好玩地想知道他是否还钟情于我，是否会重新爱上我……可怜的柯罗德……"

她有些焦躁不安地侍弄着自己的脸和身体。博尚要到"无忧无虑"来吃晚饭，就和她两个人。七点钟，格拉迪斯就已经坐在大镜子前往脸上扑粉了。这是春天一个美丽的黄昏，天空泛着宝石般的绿。她又想起伦敦，想起考文花园里绽放的玫瑰，从舞会回来后的那个清晨……那时她还是多么地天真无邪啊……她在记忆中重新看见那个一袭白裙，一头金发，上身缀着一束玫瑰花的年轻女孩对特蕾沙说：

"你不能理解，泰丝。你不一样，你平静淡漠地度过一生。而我，我要燃烧我的生命，然后消失……"

"我现在更漂亮了，"她想，"我不愿他在我身上寻找以前那个女孩子的影子，而是要爱我现在身为女人的样子……我妒忌我的青春年代。"她喃喃低语。

她哆嗦了一下，看见女佣到跟前问她：

伊莎贝尔

"您想穿哪一条裙子？"

她看着她没回答，过了会，叹口气说：

"粉红色的那条，还有我的珍珠项链……"

她戴上首饰，她要打扮得与柯罗德欲求过的那个女孩子不同，要更有女人味，让她的美貌绽放，光芒四射……她跟在女佣身后进到放裙子的房间，玛丽特-蕾沙称之为蓝胡子夫人小屋①。她拿着一盏拖着电线的灯，举到衣柜前，一股淡淡的怪味从那些裘皮衣服中散出，她感到一种可怕的忧伤，突然说道：

"不，随便哪条裙子，但是白色的……"

博尚终于到了。他没怎么变，只是头发全白了。他们两人在露台上进晚餐。这个"无忧无虑"像一座人工的舞台背景，在夜晚显得更简洁优雅，几乎像在乡下。路边，被剪成乐器形状的紫杉早就淹没在夜色中了。蛙鸣从远处传来，青草的清香在空气中与玫瑰的芬芳混杂。

她问：

"你真的还要回沃韦生活？"

"是的，我希望不再离开那里……"

"不再离开那里？"她重复道。

"这让你惊讶，格拉迪斯？"

"是，现在可怜的泰丝已经死了，奥利维耶又住在巴黎……"

"我对那个地方很有感情。"

---

① "蓝胡子"是西方民间传说中的人物，他的房子里有一个禁忌的房间，打开房间的人都会被他杀死。

她笑了：

"你是个奇怪的人，柯罗德。你是我堂姐夫，是我最近的亲戚了，可我对你的了解不比了解路上的一个行人更多。你怎么能在那样一个被人遗忘的小村子度过余生呢？而且一个人，就一个人？"

她带着隐隐的恐惧重复道：

"一个人……多可怕呀。"

"你害怕孤独，格拉迪斯？你还是没有变。"他说道，一面好奇地看着她。

"为什么要改变呢？女人是不会变的。"

他什么也没说。她坐在他面前，垂下头，双手缓慢优雅地把玩着她洁白脆弱的颈脖上的珍珠项链。她还很美丽，娇弱得惹人怜爱，令人心动，但只是他曾爱过的那个人的幽灵和影子了……这些年来，他又见过她好几次，而她，从来没有想到过他。每次相遇，他都看见她忙于她的新裙子和新爱情，从来不瞧他一眼。当然，今天她有所不同，急切地想取悦于他，而他……一段长时间禁锢在心中的暗恋，随着人变老而变得苦涩，变了味，变成一种呛人的怨恨。他想：

"我自由了，我终于解脱了，我不再爱她。"

"我想见见玛丽-特蕾沙。"他说。

"她会来和我们道晚安的。"

"她现在几岁了？"

"哦，别问我她的年纪，柯罗德。我试着忘记它，这是我能告诉你的一切。"她嘟哝道。

她的手在颤抖，她意识到了，赶紧用一只手久久地握紧另一

伊莎贝尔

只手。

"你们相处得好吗?"

"是,当然了。"格拉迪斯说。

她勉强挤出点笑容:

"她对我非常好,可怜的小亲亲。面对疯狂的青春,她却非常稳重、乖巧和懂事!……你想不到她是怎么对待我的……每次舞会前,我得先在她面前展示一下,哦,如果你知道她对我穿的裙子、戴的首饰是怎样苛求……"

"她倒像是你的母亲。"博尚冷冷地说。

格拉迪斯轻轻耸耸美丽的肩膀:

"你在嘲笑我。不过在她对我的热爱中确实有某种母性的东西,因为她爱我爱得发疯,她有一些很美妙的话语。有一天,我不记得为了什么事,她对我说了一句几乎让我落泪的话。她说:'亲爱的小妈妈,你还不懂生活……'"

"是,"柯罗德说,"这很有趣"。

他们重新陷于沉默。最后她叹了口气说:

"我很高兴见到你,你呢? 前几次你好像在躲着我,为什么呢?"

"你实在是太女人了,格拉迪斯。"

"为什么呢?"

"你从来就不肯动脑筋猜一猜? 你只是想知道。"

"二十年来,"她笑道,"我什么也没问过。"

"你会失望的,格拉迪斯,"他低声说,"你想让我告诉你,我曾为你疯狂,这倒是真的。但你还想知道我是不是还爱着你……不,这一切,都结束了……你想要什么呢? 没什么东西是永恒的……"

"真的是这样吗？柯罗德。"她笑着说。但同时感到一阵钻心的疼痛。

"你仍然漂亮，格拉迪斯。但我看着你，已经认不出你……对别人来说，你肯定还是美丽诱人的，但对我来说，你仅是从前那个你的幽灵。我终于解脱了，终于感到幸福和自由，我不再爱你。我爱过一个穿着舞会裙子的年轻女孩，在六月的某个夜晚，站在伦敦的某个阳台上……那个晚上，她狠狠嘲弄了我一番……"

"只是稍微嘲弄了一下，可是柯罗德，你在报复……"

"并没有……"

"你很残酷……"

"只是稍微有一点……"

他们沉默地对视着。她把脸埋在手里：

"你在怨我，柯罗德。如果你知道你在我生活中扮演过的角色比你想象的重要得多，你是否会觉得好受一点？我从来不曾爱过你，可是我永远都不会忘记你……我那时还是个天真烂漫的小姑娘，是你让我第一次看见我所拥有的魅力。你怨我，可是你已经不知不觉中在我的生活里下了毒药。我再也没能找回过那种令人痴迷沉醉的感觉，再也没能……没能找回同样质量的欣快……我才应该怨你怨得要死……"

他动了一下，说：

"你在笑？"

"好吧，好吧，"她轻声说，身体因为某种忧伤和残酷的激动而颤抖，"所有这些都是过去的事了……听着，在那个遥远的过

伊莎贝尔

去，你曾经渴望一个吻，是不是？但你太胆怯不敢要它？现在你来要这个吻吧，然后一切会被遗忘和原谅。"

"不，"他摇摇头，"不管你的吻怎样温柔，永远都不会有我长久渴望过的那个吻的滋味了。"

他们像两个敌人一样交锋着目光，然后格拉迪斯慢慢转过脸。她压抑地，古怪地苦笑了一下。

"你想见见玛丽-特蕾沙吗？"

"是，求你了。"

她摇铃叫她女儿，在玛丽-特蕾沙到来之前，她一直没有说话，一动不动。她的外表看上去很平静，但时而有一阵轻微的抽搐出现在她唇间。

玛丽-特蕾沙和博尚说着话，当他们问到她时，她回答几句，但她听着自己温柔低沉的话语，就像是一个陌生的声音在耳边回荡。

"我在痛苦，"她想，"但我不愿痛苦，我从来不知道痛苦是何物……"

七

博尚走了，格拉迪斯听见汽车轮胎远去的声音，然后她走到刚刚熄了灯的黄色廊棚下。闷热的夜色里，闻得到木犀草和大海的味道。格拉迪斯坐下，将额头轻轻抵着温热的石栏。

玛丽-特蕾沙跟在她身后，她们都不说话。终于，玛丽-特蕾沙问道：

"我可以开灯吗？"

格拉迪斯回头看了一眼：

"不，不……去睡觉吧，亲爱的……去吧，我累了。"

"哦，妈妈，让我再待一会吧。我几乎见不到你。"

"我知道，"格拉迪斯说，"你有一个不称职的母亲，我可怜的小亲亲。一个无所事事的不上心的母亲。可是再稍等一段日子，我就老了，就是大家面前一个吓人的老怪物了。而你，你会变得漂亮，"她用变了调的声音嘟哝道，"那时就轮到你去跳舞，去找乐子，而我，守着壁炉一角等你。除了等你、欣赏你、对你说'你玩得开心吗，亲爱的女儿？'我将没有别的乐趣。或者，我会变成一个令人讨厌的老女人，我会说：'你们怎么会喜欢舞会呢？你们怎么会喜欢爱情呢？你们怎么会喜欢生活呢？……'"

她露出一丝不自然的笑容，温柔的声音里透着倦意：

"哦，玛丽-特蕾沙，答应我，如果哪一天你见到我老了，真的很老很老了，你就在我睡着时把我杀了。"她抓起玛丽-特蕾沙的手，把额头埋在她手掌里，轻轻晃了晃。

伊莎贝尔

"这才是我需要的，"她想，"有人来安慰我，让我放心……如果我能像丽丽那样，仅仅满足于去爱，该多好……我知道我还处在拥有爱情的年纪，可我要的并不是去爱，而是被爱，是让自己感觉到弱小，被强有力的手臂揽在怀里。"

她习惯性地问道：

"你爱我吗，玛丽-特蕾莎？"

"当然，妈妈。你不应该害怕老去的，对我来说你还太年轻了。我觉得如果你有了白头发，有了皱纹，我可以和你聊得更好。"

"千万别说这个，"格拉迪斯闭上眼睛，"我什么都不想听，我要忘记生活，睡觉。哦！我想做一个小女孩，就像你这样，没有烦恼，没有忧伤。"

玛丽-特蕾莎笑了，温柔地把手搁到格拉迪斯的头发上：

"你才是个小女孩，妈妈。而我，是个女人了。我经常对你说的，但你听不进去。我对你的了解，胜过你对你自己……你肯定你是我母亲吗？我小时候不敢相信这一点。不过这样也许更好，我们几乎可以成为姐妹，成为朋友……在一起谈论爱情。"

"谈论爱情？"格拉迪斯慢慢重复。

"是啊，你是多么需要得到爱护啊，妈妈……"

格拉迪斯突然站起来：

"天冷了，进去吧。"

"冷？一丝风都没有啊……"

"我有点冷。"格拉迪斯说。她抱紧自己赤裸的双臂，打了个寒颤。

"你也一样，别待在那里了，睡觉去吧，你穿着薄绒布裙，会生病的。"

"不会的。"

"去睡吧，很晚了。"

"我不困。"玛丽-特蕾莎说。

她们两个一起进了格拉迪斯的房间。格拉迪斯打开镜子两侧的心形壁灯，灯光是玫瑰色的，有些朦胧。格拉迪斯贪婪地盯着自己的脸，身后，她女儿看着镜中的那个形象，也许只有她才能在这张温柔的还带着青春恩泽的脸上看见初现的倦怠和苦涩的苍老。格拉迪斯不安地想：

"她为什么这么看我？为什么要跟着我？"

"妈妈，"玛丽-特蕾莎突然说道，"我要和你说件事。"

"哦，好，说吧，亲爱的……"

"我有未婚夫了，妈妈。"玛丽-特蕾莎看着他母亲说。

"啊，是吗？"格拉迪斯柔声说。

她正在卸妆。修长的手指优雅地缓缓地滑过额头和太阳穴，轻轻按揉，然后停在眼角。她凑近身体，绝望地看着镜子，仿佛镜中突然照出一个陌生的形象。

"漂亮的格拉迪斯，"她想，"那个漂亮的格拉迪斯要嫁女儿了……"

一阵剧烈的痛苦，几乎是生理上的痛钻过心脏。她继续看着镜子，不说一句话，双唇禁闭，微微颤栗。她还很漂亮……这件事不影响她继续保持漂亮和迷人……她突然摇了摇头。不，不，别人会幸灾乐祸的……这种病态的、脆弱的、受到年龄威胁的美貌，对纳塔莉·埃斯朗戈，对咪咪，对罗拉是件好事，但对她自己可不是……对她，她需要的是青春活力，是绝对出众，没有一

伊莎贝尔

丝阴影……"我不能妥协，"她想，"这不是我的错，我不懂妥协……""那么，你会学会的。"她心里仿佛有一个声音嘲讽道，"你要学会隐退自己，把自己放在你孩子之后。她将在所有的晚会中出尽风头，盖过母亲的风采。男人们钟情的目光将停留在她年轻盎然的脸上……明天，某个男人将把格拉迪斯称作'我岳母'……另一天，你会说'我的孙儿们'。哦，不，不，这不可能，上帝不会这么残忍的！"

"这不是真的，是不是？玛丽-特蕾莎？"她用颤抖的声音低声问道，"这不可能，对不对？""为什么？妈妈？相反，这很正常啊。你忘了我的年纪？我已经十八岁了。我是个大姑娘了。"

格拉迪斯哆嗦了一下，一阵疯了似的愤怒表情在她脸上一闪。

"住口！"她喊道，"这不是真的！别和我说这些，你还是个孩子！"

"不是！妈妈，我不再是个孩子。你以为你对你的朋友们说我只有十五岁，就可以阻止岁月的流逝？我不再是十五岁，你也不再是三十岁。我不是孩子。你总是这么说我，而我，就让你一直说去，首先这对我来说并没什么，特别是……"她放低了声音，"我为你感到羞愧，妈妈。我为你羞愧又可怜你……"

她抵着她母亲的膝盖站得直直的，她感觉到那膝盖在裙子底下的颤抖，她把手放在她母亲下垂的光滑的肩上：

"可怜的妈妈，你以为只要让我把头发披散，就没人注意到我已经是个大姑娘了？"

"那人是谁？"格拉迪斯嘟哝道。

"奥利维耶·博尚。妈妈，你就一点都没怀疑过？"

"不不，"格拉迪斯说，"这不可能，你还是个孩子，你还不能结婚，瞧瞧，你是在嘲笑我吧。看看你的细胳膊，你的长头发，你的小脸蛋。你还太年轻，这不可能。你从小就认识奥利维耶，你想象你爱他，其实你并不爱他。你怎么可能懂得爱情呢？你，你还不懂生活……再等一等……"

"我爱他，妈妈，"玛丽-特蕾莎厉声说，"你应该明白这一切，至少，你应该懂得什么是爱情吧？或者，你只是从那些老女人，你朋友的脸上看到爱情？但我才是拥有爱情的年纪，我，而不是她们！……"

"别再说了，"格拉迪斯带着痛苦和惧怕喊道，"我不同意，你听见吗，我不同意！我说，以后，以后再说。你得听我话。以后……不是现在，不是现在。"她脸色苍白地重复道，然后抓起玛丽-特蕾莎的手放到唇边说："是不是，要等到你更成熟，更有生活经验……你现在还什么都不懂，什么都没见过……等一等，再等两年或三年，如果你仍然爱着奥利维耶，那你就嫁给他……但不要现在，我的天，不要现在。"她嘟哝道，把她女儿紧紧搂在怀里，可怜巴巴地看着她的眼睛，她是多么习惯被人捧着，所以不曾想到过会被拒绝。她说："你爱我，是不是？亲爱的。你不会让我痛苦的，是吗？而听见你说到爱情，看见你已变成一个大姑娘，这让我难受。这是很自然的，如果你能明白的话……哦，为什么你是个女人，如果我有个儿子的话，他会更加爱我的……你只想到你自己。"

"但你也是只想到你自己！想想看吧，我过得是一种怎样的日子？你是不是认为在我这样的年纪，有几本书、音乐、美丽的花园，这些就够了？我没有任何别的东西。你自己寻欢作乐，你跳舞，你天亮才回家，而所有这一切，应该是我的欢乐，妈妈，我比你更应该享有这些!"

"我看不见你长大……"

"可是，木已成舟，现在，我十八岁了。"

格拉迪斯慢慢绞着双手：

"是的，是的，我知道，可是……"

她仿佛听见那些女人，她的对手们在窃窃私语：

"格拉迪斯·埃塞纳切？哦，她看上去还不错。不过，她不再年轻了，你知道吗？她女儿已经出嫁了，她的情人离开了她……有什么办法呢？她还很漂亮，可是……她还年轻，可是……"

很快，也许还会这么说：

"你觉得她漂亮吗？可她已经很老了。你知道吗？她都做外婆了。"

"我吗？"她想，她用手慢慢摸摸自己的脸，"不不，我是在做梦，仅仅是在昨天，我自己还是个孩子，我没有变……昨天，我还是个幸福的小女孩，一个所向披靡的年轻女人……玛丽-特蕾莎曾说'大家是多么爱你啊……'然后人家又会说'她以前是多么漂亮啊……'不不，太早了，再等两年，等三年，我只要求她这么点……我只期望这个……对她来说，这算不了什么，而对我……再过两三年，我老了，我的年纪会写在脸上。那时我就像其他人那样顺从。我会想念这个夜晚的……"

"妈妈，"玛丽-特蕾莎轻声嘟哝，"回答我呀，想着我啊，你在想别的事？"

"你要我回答什么呢？我和你说了我的想法。再等等。对你来说，等一等又有什么关系呢？你是那么年轻……日子对你是柔软和轻盈的……再过三年，你就成年了，你想做什么就做什么。"

"我不会听你的。"玛丽-特蕾沙抬起她苍白、坚毅的脸。

"你必须听我的，你很清楚。你还是个孩子，你还未成年，你必须听我的。"

"可是，为什么？为什么要等待？"

"因为你还太年轻，"格拉迪斯机械地轻声重复着，"这种匆忙结合是不会幸福的，我不愿看见你不幸福。是，我知道，你现在心里肯定在想，是我在让你不幸，可是，这不是真的。我只是让你把这种订婚的秘密和甜美再保留几个月，它会把你的生活变得更美丽，给你留下美好的回忆……你还是个孩子，玛丽-特蕾莎，你自己不知道……世界上只有一件事情值得经历，那就是爱情的朦胧初始，那种羞涩、渴望、焦虑的期待……我要给你这些，可是你却恨我……我不想让你痛苦。"她绝望地看着她女儿重复道："上帝作证！如果这小伙子和你，你们相爱，那么结婚吧……愿你们幸福……我会为你们的幸福高兴。我爱你，玛丽-特蕾莎。可是再等一等……三年很快就过去，你知道我是会允诺的，可是在等待的过程中，可怜可怜我吧，别再提这件事。我不愿想这事，我不愿，我不愿……"她双手遮着脸嘟哝道："这让我很难过。我想清净一会，一点点快乐……理解理解我吧，我的朋友……"

"我不要做你的朋友！你是我母亲。如果你既不能给我保护，也不能给我帮助和温柔，那么我不需要你。"玛丽-特蕾莎低声说道。

伊莎贝尔

"哦，玛丽-特蕾莎，你太残忍了！"

"那么，答应吧，妈妈。你看，你很清楚我会幸福的！你想偷走我三年的幸福，就是这样。"

"不，不，不是的。"格拉迪斯软弱地说。

她哭了，大颗泪珠慢慢滚落脸颊。她哀求道：

"让我安静会吧！可怜可怜我！别再和我说什么了。你知道这没用的，是不是？"

"是。"玛丽·特蕾沙说。

格拉迪斯向她伸出双手。她惊恐地挣脱开，把那双美丽白皙的试图拉住自己的手臂推开，逃走了。

八

第二天一早，奥利维耶就来求见格拉迪斯。但在"无忧无虑"，人家告诉他，埃斯兰戈家有一场演出，他只能在那儿见到被朋友簇拥着的格拉迪斯。同一天晚上，他去了密德尔顿家，格拉迪斯会在那里进晚餐。

他进去时晚宴已经结束，几对男女和着小乐队的舞曲跳起了华尔兹。他看见格拉迪斯挽着丽丽的情人，乔治·康宁走过去。她微笑着，看上去很幸福的样子。当她瞥见他时，颤抖了一下，脸色顿时煞白。他等到一曲终了，走向她，要求一次会见。她用褪到指尖的白色长手套，拍打着裙裾说：

"一次会见？亲爱的小奥利维耶，你想见我，不能到我家里来找我吗？为什么搞得那么正式？"

"因为这涉及一件非常正式的事。"他微笑着说。

"时间和地点好像都不太合适，我觉得。"

"那么恳求您安排一次约见。"

她迟疑了一下，叹口气：

"好吧，过来吧。"

他跟她来到隔壁小厅，那里只有他们俩。她看着这张和柯罗德如此相像的脸，还以为岁月停止了流逝。和柯罗德一样，他脸型瘦长，淡色头发，薄薄的嘴唇，不说话时显得严厉，但一张嘴，吐出的都是些极柔和的话语……她朝他腼腆地笑笑，他在盯着她看，又似乎没看见她。

"玛丽-特蕾莎昨天和您谈过了，我知道的，"他说，"您的回答是可以同意我们的婚事，但有前提……有一个时限，要等三年的时间，是这样吗？"

她嘟哝道：

"是这样。"

"为什么呢，夫人？您很早就认识我，我母亲是您娘家的堂姐。对于我，所有做母亲想了解的事情，您都了解。您了解我的家庭，知道我的财富、我的健康，为什么要强加给我这种等待，这种侮辱性的见习期？"

"我不觉得这有什么侮辱的，"她低下头说，"在很多国家，较长的订婚期都被看做很自然、很明智的事情。"

"如果这种订婚可以公开的话……"

她哆嗦了一下："不，不，不要现在，不要马上，一公开，会很麻烦……那些祝贺，那些来访，那些上流社会的繁文缛节，哦不……太可怕了……事情决定后你们马上结婚，这样一切都公开了……"

"我爱玛丽-特蕾莎……"

"玛丽-特蕾莎还是个孩子，你也是。这是孩子间的任性而为……"

"我们像一个男人和一个女人那样相爱！"奥利维耶低声说，"无论您怎样视而不见，她已经是个大姑娘了。我不单单指她的年纪，她勇敢，温柔，体贴，像一个真正的女人……让我们去追求我们的幸福吧，生命如此短暂。"

她有些心烦意乱：

"当然……"

"三年……您想想，要浪费三年的幸福，三年的生命，是不是很可怕啊？"

"要懂得配得上幸福，"她轻声说，"耐心点，相信我，你们只会更加相爱。我肯定不会以一种正式的、确凿的方式来回答你的求婚。我没想到这么快就要面对这件事……我的天，玛丽-特蕾莎在我眼里还是个很小的小女孩……到目前为止，她只爱我……"

他猛然摇摇头：

"感谢上帝，玛丽-特蕾莎和别的女人一样。当她还是孩子的时候，她爱您，这是肯定的，她现在仍然很在乎您。可是您很清楚，当真正的爱情来临时，您自己应该也有体会……母女之爱的分量就很轻了……就像所有的男人和女人一样……所以不要奇怪玛丽-特蕾莎更爱我，更在乎我。如果您继续反对我们的婚事，她最终会把您看成敌人。"

"哦，不，"格拉迪斯嘟哝道，"这不可能……"

两种情感在撕裂她的内心，她不能忍受被玛丽-特蕾莎憎恨这个念头，就像她憎恨自己的母亲……但更让她绝望的是，生平第一次面对一个男人，仅仅把她看成未婚妻的母亲，是他们幸福路上的绊脚石……

"我不再是一个女人了！"她想，"我只是玛丽-特蕾莎的母亲……我，我，哦！我早就知道，这是共同的命运。但死亡也是共同的命运，面对死亡谁能不害怕呢？我肯定是爱玛丽-特蕾莎的，全身心地希望她幸福。可是我呢？我，我，谁会来怜惜我呢？当然，我自认为还年轻漂亮，可在别人眼里，我已经老了，是一个老女人了，人家很快会说'她曾经漂亮过，曾经受宠爱'……而眼前这年轻人……"

伊莎贝尔

她多么想去吸引他，但并不是为了从女儿手里夺过来……一想到玛丽-特蕾莎会看穿她的心思，她羞愧万分，但为了在自己眼里能抬起头来，为了压制内心那股残酷的、屈辱的、撕心裂肺的感觉，压制那种自尊受挫的痛楚……她是多么想去吸引他，哪怕只是片刻，能引起他的欲念……

"只要他带着欲念看我一眼，不，甚至都不要这个，只要他能欣赏地看我一眼，就像看一个女人那样，只要他有一丝的慌乱、沉默……或梦想，就像他之前的那么多男人，我就不再坚持，我就把女儿许配给他，我就向一切妥协。但必须要让我看见，让我感到我仍然是个女人……否则的话，活着还有什么意义？"

奥利维耶在想：

"他们都是一路货色，这些老东西。他们剩下享乐生活的时间不多了。于是，他们就报复我们。也许他们并没有意识到，但在他们心底深处，他们会想：'我剩下的开心日子不多了，那么，当我还有权力的时候，我要从我的孩子手里偷走几年的快乐……'他们自以为温和、谨慎、聪明、有经验……实际上，他们是嫉妒，他们不愿和自己的孩子分享生活。他们诅咒生活，但又想把生活只留给自己……这些可怜虫。"他带着怜悯想。他缓缓伸直长长的手臂，美妙地感受着自己肌肉的力量和皮肉之下血流的灼热。他想到自己的年龄，突然感觉强大无比。他微笑着看看格拉迪斯：

"您知道，夫人，三年过得很快，到那时您会和现在一样难受的……"

格拉迪斯慢慢将手抚上额头：

"我这是干什么呀？……我怎么会想到要引诱这个玛丽-特蕾莎爱着的年轻人？太可耻了……"

她喃喃道："让我安静一会吧，奥利维耶，我求你了……听着，我只要求你几个月的时间，我向你保证，向你发誓，我会明智的。"她说话的样子就像一个绝望的孩子。她又说：

"对，我会像一个理智的老女人的。再给我一年时间。看看，一年，这不多吧？一年的延缓！"

她嘟哝道："耐心一年，你们有一生的时间可以幸福，而我呢？……"

"您不会阻止我再见玛丽-特蕾莎吧？"

"不，不，你怎么会这么想。"

"您不会带着她躲到世界的某个角落吧？我有点不放心，您知道。"他挤出一点笑容说道。

她摇摇头：

"不，不会。"

"那么，好吧！"他舒了口气嘟哝道，"那就说定了！……"

她站起来，走到客厅门口，和正好路过的丽丽打了个招呼。

"但愿他快点离开，"她想，"但愿他放过我……"

丽丽·费厄大摇大摆走过来，穿一条黄色的裙子，头发上插着羽饰……脸上涂着厚厚的脂粉。

奥利维耶和两个女人敷衍了几句，就离开了。丽丽·费厄目送着他说：

"他爱上你了，亲爱的……"

"不！"格拉迪斯摇摇头说，"没人再会爱上我了，没人……"她停顿下，竭力忍住眼泪，亲了亲丽丽说：

"我很爱你，亲爱的朋友……"

她走出去，穿过客厅，来到露台。乔治·康宁看见她走过来。她很绝望地想："这一个，也许?"她朝他笑笑，他低下头，她又看见了男人被女人捕获时的那种狡猾贪婪的目光，但他还以为是他在选择，在征服。

他们走下台阶朝花园走去……

九

战争开始的时候，格拉迪斯和她女儿在巴黎，而博尚一家在瑞士。在出发上前线之前，奥利维耶路过巴黎，看望了玛丽-特蕾莎。秋天来临，格拉迪斯又回到了昂蒂布。

天气从未如此晴朗，玫瑰从未如此鲜艳。但"无忧无虑"几乎空了，男仆们都走了，汽车和马匹已被征用。格拉迪斯每天都在叹气："应该离开了……我们在这里做什么呢？"

但是她被乔治·康宁羁留住了。她留恋他：他英俊，让她喜欢。她已经忘了马克，忘了博尚，只有女人做得到这样，虽然不容易，但却能忘得彻底。她似乎也忘了奥利维耶。战争开始的时候，玛丽-特蕾莎提过她的婚事，但格拉迪斯甚至都懒得回答。她急着离开巴黎去杜维尔，而她回来时，奥利维耶已经上前线了。她几乎不怎么见到玛丽-特蕾莎，一心只想着康宁，想着自己的幸福。她爱她女儿，她一直是爱她的，却以一种任性轻率的方式，就像她爱其他任何东西一样。她那种不稳定的柔情很多时候被漠然阻隔。她很感激女儿不再提到奥利维耶的名字，不再摧毁她那个虚幻的王国，没有这种虚幻，她无法活下去。

然而，只有在她眼里，玛丽-特蕾莎还被看做一个孩子。秋天以来，玛丽·特蕾莎完全变了，她变得更加成熟，更加有女人味，虽然还很瘦，但举手投足间有了女人的慵懒，年轻的脸上渐渐失去纯真和大胆无忌，肌肤更加柔软、更加苍白，美丽的秀发被高高挽起。

十月份，格拉迪斯收到博尚的一封信，告知她奥利维耶的死

伊莎贝尔

讯，死在前线。这一天，格拉迪斯是一个人，她久久坐在那个小露台上，手里捏着那封信。这是个无风的安静夜晚。终于，她站起来叹口气，去敲女儿的房门。玛丽-特蕾莎已经躺下，格拉迪斯凑近床头，温柔地抚摸着玛丽-特蕾莎的秀发。

"亲爱的，你睡着了吗？我进来时看见你关掉了灯。"

"我没睡着。"玛丽-特蕾莎说。她用肘支着枕头担忧地看着她母亲，撩开披到前额的头发。

"亲爱的，我的小闺女，你将有一个想象得到的无法忘记的巨大悲痛，但一切都会过去的，亲爱的，你看着吧，一切都会过去的。可怜的奥利维耶死了。"

玛丽-特蕾莎没说一句话，没流一滴泪，紧紧抓着她母亲递过来的信，看完后，她双手掉落到床单上，手指紧紧攥住床单，紧得看得见指甲底下的血流。但她就是不说话，似乎在用尽全身的力量忍住到嘴边的话。格拉迪斯痛惜地喃喃道：

"亲爱的，我不忍心看到你这副悲痛欲绝的样子……可是一切都会过去的……我向你保证一切都会过去的……你知道吗？初恋，看上去是多么刻骨铭心，但是很快可以忘记的……是的，你以为我不能理解吗？以为我不知道？以为我已忘却这样的感觉？其实这种感觉对我恍如昨日，要是你能知道的话……你爱他，我知道，但会再有别人来的，爱情，不只是几个亲吻、几次约会、一些温暖的设想……爱情，你只会在后来当你是一个女人的时候，才知道到底是什么，但也可能太迟了。"她带着一种古怪的轻声叹息，急迫而疲倦地说："你看看，我曾料到会发生这样的事，"她很真诚地嘀咕，"现在我很庆幸当时没在你的眼泪、哀求面前让步……一场短暂的爱情，很快会忘记的，而一个丈夫……"

玛丽-特蕾莎低声说:

"求你了,妈妈,让我安静会。"

"我不能,亲爱的,这让我太痛心……别这么忍着……哭出来吧……听我说……你会忘记的,玛丽-特蕾莎……你以前一直是信任我的……我向你发誓有一天你会忘记这些……"

她想把玛丽-特蕾莎面无血色和沉默不语的脸贴向自己,她吻着她的脸颊说:

"看着我……"

玛丽-特蕾莎慢慢地抬起眼睛,她说:

"我是奥利维耶的情人了,我怀孕了。"

"什么?"格拉迪斯低声惊呼。

她凑近,看着她女儿的脸:她的辫子半散着,细细的脖子,稚气的脸,看上去比格拉迪斯想象的还要年轻。

"她胡说!这不可能……"

她突然撕开玛丽-特蕾莎胸口的衬衫,她的乳房鼓胀,有一种怀孕初期大理石般的洁白。格拉迪斯轻声说:"不幸的孩子,你做了件很不幸的事。"

"不,"玛丽·特蕾莎摇摇头,"是你造成了我的不幸,都是你一手造成的。你为什么不同意我嫁给奥利维耶?我们是那么年轻,我们相爱,我们本来可以很幸福的……你为什么要这么做?为什么?"

"我什么也没有阻止你,"格拉迪斯有些狂怒地喊道,"你没有权利这么说我!……我只是让你们再等一等,你们两个都还那么年轻!……"

伊莎贝尔

"我们等了，"玛丽-特蕾莎绝望地说，"一直等到死亡来临，把他从我手里夺走……我们就像两个好孩子那么乖，那么愚蠢地等待，而你把幸福、快乐、激情留给了你自己。我们，就像你说的那样，仅满足于几个接吻，几个美好的未来设想！……哦，我不能原谅这一切……你曾经说得很有道理：青春是愚蠢的……是，愚蠢，胆怯弱小，在你们的手中弱小……除了等待，我们还能做什么呢？战争开始之初，我哀求你让我嫁给奥利维耶，你甚至听都不想听……你回答我不可能同意我和一个第二天就有可能被杀死的男孩结合……你做母亲的责任让你必须抵制……哦！你为终于担当起母亲的责任而沾沾自喜……我的上帝！你确实是坦诚的……但是我们终于明白，我们上当了，我们必须要做点什么，至少，片刻的爱情，些许的幸福……是我主动要求这些的，是我，"她说着，泪珠终于从脸颊滚落，"他，可怜的奥利维耶，他怜惜我，他已经预感到可能回不来了，我也是。"她喃喃道："我回应着他的热吻，我心里听见一个声音：'他不会再回来了……'一个我无法驱散的声音……所以我恳求他要了我，至少有一个夜晚我可以睡在他怀里，做他的女人。我恳求他给我留下一个孩子，因为我曾想：'如果我们有孩子，那是上帝要他活着回来……'但是他死了……他死了……对我来说，现在一切都完了……"

"你是什么时候做了他的情人？"格拉迪斯握着玛丽-特蕾莎滚烫的手问，"你从去年五月份就没有再见过他呀！"

"是，你以为是这样……你……你以为我会服从你，就像我一直服从的那样？上前线之前，他经过巴黎，在里兹酒店要了一个房间，和我们的在同一层，我和他一起过了一夜。至少，我们有过这一夜。"她声音越来越低，仿佛又看见那个短暂的夜晚，蓝色的窗帘和黎明投到床上的第一缕曙光，那种睁大眼睛往深渊里跳的难忘感觉……

"但现在你怎么办呢？"格拉迪斯颤抖地问，"你不会要这个孩子吧？"

"你说什么！"

"玛丽-特蕾莎，你可能不知道？……不知道可以想办法打掉这个孩子，如果你愿意的话？……才两个月，还是可能的，还不难。你明白的，你不能留下这个孩子……想想即将造成的丑闻……如果人家知道的话……你自己也是明白的，是不是？可是，你回答我呀，给我说点什么啊？……你不再是个孩子了，可惜，你是个女人了，你知道你要冒的风险，那是你自找的……那么现在，必须要勇敢面对，想办法打掉这个孩子，是不是？必须这样，玛丽-特蕾莎！听着，我认识一个女人，卡芒·贡扎莱斯……你认识她的，她是按摩师、香粉商人和接生婆……我知道的，这种事她做过不止一次……这没什么的，没什么大不了的。玛丽-特蕾莎你记得我的朋友克拉拉·马凯吗？她丈夫没在身边，可她却怀孕了，这个孩子不能也不应该出生。她就去了卡芒家，去她的接生诊所，就在这附近，在贝克斯。第二天晚上她回到自己家里，没任何人知道……永远都不会知道。否则，她丈夫会要了她的命。对你来说，忍受几分钟的痛楚，然后就结束了，这场噩梦就结束了……回答我啊。"她焦虑地抱着自己消瘦光滑的双肩说："即使对这个孩子来说，你也必须这么做，为了这个孩子，也为你自己！你不能留下这个孩子，给他生命！……你没有权利让一个孩子将要蒙受一种悲惨的、被抛弃、不幸的、孤独的

伊莎贝尔

生活！……"

"你以为我会抛弃我的孩子？"玛丽-特蕾莎轻声说，"因为我懒得提到你建议我的这种罪行，打掉孩子，或者用枕头闷死他，就像那些怀孕的女佣所做的那样？反正都差不多。你以为我会为他感到羞耻？我会躲起来？你是多么不了解我啊……"

"你疯了吗？"格拉迪斯喊道，"你，一个女人？得了，你还是个无知的孩子……你一个好人家出生的有钱女孩，你怎么可以把这个孩子留在身边？你难道觉得我会允许吗？因为，最终，我是有发言权的，我想。"

"你没什么可说的，你不应该反对我的婚事！"

"你不应该做这小伙子的情人！"

"我承担后果，妈妈！"

"你忘了你才十九岁，我的女儿，在剩下的两年时间里，我是你以及你前途的绝对监护人。"

"那你想怎么办？你没法杀死他的。"

格拉迪斯用颤抖的手捧着自己的脸说：

"有一天你会爱上另一个男人的，你不能为一个一夜情人哭泣一辈子吧？你以后怎么办？拖着个油瓶，谁会娶你？玛丽-特蕾莎，现在不是讲母爱的时候，它还不可能存在。你是想报复我……你很清楚，看到你做母亲，而且以这样羞耻的方式成为女人，这个念头会让我难以忍受，你这是为了惩罚我推迟你执意往火坑里跳的那桩婚事。因为你已经给自己埋下了苦果！你看着吧。"

"也许，"玛丽-特蕾莎低下头说，"但我并不在想我自己……这对你来说也许不可思议，嗯，人怎么可以不想到自己？我要我的孩子活下来并且得到幸福，对我来说，我什么都不怕，我接受一切……"

"你这么以为？你看着吧……"

"你以为我会变得和你一样？哦，永远不……你很温柔地和我说话，但你心里永远只想着自己。格拉迪斯·埃塞纳切，人家会说你到有外孙的年纪了，你是外婆了……这是你无法忍受的！你甚至在听到这个词的时候，都无法不颤抖一下，"她盯着格拉迪斯说，"你凑近镜子，看着你漂亮的面孔、金色的头发，然后你突然记起你已经是外婆了，生活对你就没什么滋味了。如果我嫁给了奥利维耶，如果我有一个我丈夫的孩子，对你同样是不堪忍受的痛苦，只是那时候，你什么都不敢说而已。但现在，没什么可以妨碍你……为了避免做外婆，你打算杀死我的孩子。"

"他还没出生，"格拉迪斯轻声说，"他不会受苦的，这种罪孽，每天都在发生……"

"这个罪孽不会发生。"玛丽-特蕾莎斩钉截铁地说，一边想着要保护这个只为她而存在的孩子，他比世上任何东西都珍贵。

格拉迪斯又开始哀求：

"那好吧，如果你实在想生下来，他在你身上，你有这个权利。但你没有想想怎么向我交待？向我交待？"她绝望地重复，"想想这会多丢人啊……"

"我想过。"玛丽-特蕾莎说，嘴角露出一丝凄凉的微笑。

"那么你一点都不肯可怜我？"格拉迪斯绝望地说，"我对你做了什么？这不是我的错……我怎么能想到会打仗？父母反对一桩不合适的婚事，这种事情每天都在发生。我做了什么过分的事情？"

伊莎贝尔

"其他父母认为他们做的对，而他们只是搞错了。他们的孩子可以失望，但是没有权利怨恨父母……而你，你只想到自己。你不愿意有一个结了婚的女儿，你不想做'年轻的博尚夫人'的母亲，"她哽咽道，"你夺走了我的那一份生活，我的那一份幸福，就像你一直夺走的那样……"

"这不是真的，我是一直爱你的……"格拉迪斯说。

"是，当我还是一个小孩子的时候，这是一种好姿态的最好展示了，"玛丽·特蕾莎苦笑着说，"你把我抱在膝盖上，然后让别人赞美你……我呢，我是多么傻啊！我是多么爱你，多么崇拜你，我觉得你多么美丽！……我，你的女儿，和你说话却像在跟一个孩子说话，跟我的孩子……可现在我憎恨你，憎恨你的金发，憎恨你那张看上去比我还年轻的脸……你有什么权利仍然漂亮、快活、被人爱着？而我呢？……"

"这不是我的错……"

"是你的错，"玛丽-特蕾莎叫道，"你想到的应该是我，只想到我，就像我现在只想到他那样，"她边说边用瘦弱的手臂环住腹部，"让我安静会吧，你走吧，走开！"

"玛丽-特蕾莎，你不能留下这个孩子。他可以活下来，会得到很好的照料，我会给他所需要的费用，但你不能把他留在身边，这事不能公开。这不可能……哦！我猜得没错，对，这就是你想要的，是这样……你想让我忍受痛苦？……当我听见从他们嘴里对我发出'外婆'这个词时，我觉得还不如去死，"她低声说，"我会非常痛苦！你不能理解这些。你认为我是个魔鬼……然而是我有道理，我，是我，因为我看到过生活是怎么回事，如此短暂，如果没有爱情，没有男人的欲望，生活是多么凄凉啊，而这段漫长和可怕的老年……至于你，你还年轻，你会忘记你的奥利维耶……我不要求永恒，你看……只要再过两三年……可是不，你会设法让全世界都知道真相，让我时刻都要忍受那些好奇的目光，那些带着怜悯的窃窃私语：'这可能吗？她看上去还这么年轻，可是……'而那些女人呢？那些来自对手或者朋友的调侃？再等一等吧，只是再等两三年，你看着，我会是一个好母亲的，然后，你就没什么要抱怨我的了，至于孩子，或许我也会喜欢上的……告诉我，你不会留下这个孩子的，是吗？"

"我会留下这个孩子，承认他，把他抚养大，"玛丽-特蕾莎坚定地说，"现在你走吧。"

她扑到床上，一动不动，不说一句话，也不掉一滴泪。格拉迪斯还在那里说了很久，但她咬紧床单，就是不说一句话。最后，格拉迪斯只好走了。

伊莎贝尔

十

　　格拉迪斯竭力想妥协，接受这个孩子的出生。但她的生活已味同嚼蜡。每当有男人在她面前朝某个路过的漂亮女孩微笑，她都会觉得撕心裂肺。有时，男人们投向她的第一眼并不能触动她，因为她早已习以为常……但她不能忍受这种目光从自己身上移开转到另一个女人身上……

　　有一天晚上，在丽丽家，她看见一个和她一样的金发女郎走进来，那种脆弱的出众的美貌，和自己有点相像，但她很年轻。她朝格拉迪斯微笑，同她说话，但她那种吹弹得破的皮肤、鲜嫩欲滴的双颊，对她简直是一种活生生的侮辱。好几个星期她都避免去丽丽家，为了躲开她的竞争对手。

　　有时，她会离开尼斯，但这种隐形的焦虑如影相随，让她半夜突然醒来。她起床，脱光衣服凑近镜子，看着自己的脸庞和身体，会感到片刻安宁，她知道她是漂亮的。这是清晨了，这种时刻旅馆最后的灯火都熄灭了，隔壁房间的陌生人在叹息和做梦。她用手轻轻抚摸因熬夜而留在额头的皱纹，这些皱纹一小时后就会消失的，这算不了什么……这是所有女人都有的担心……这不像是她一直担忧的那种神秘痛苦，不像是那种让她充满苦涩的可耻嫉妒心……她想：

　　"不能只想着我自己……要忘记我自己……玛丽-特蕾莎……还有那个可恨的孩子……战争……而我，只是个弱小不幸的生物，我想着自己的美貌、我的青春……但我应该更明智些，我要做得好一点……"

乔治·康宁也应征入伍了，从元月起，他就上前线了。她身边的一切都变了，一切都是冰冷和伤感的。在"无忧无虑"，没有了晚会，没有了生气。她只留下一个贴身女佣和村里的一个小男孩代替走了的园丁。玛丽-特蕾莎要么躺在自己的房间里，要么整天一个人待在花园里。晚上她们面对面坐着，每个人都在想着那孩子。有时格拉迪斯仿佛突然从梦中惊醒，看见女儿日渐消瘦的脸。她痛心地看着她，为她的苍白忧伤担心：

"你看，吃一点吧，如果你营养不足，如果你不攒积点力气，你会坚持不下去的……你能怎么办呢？……这是件很不幸的事，但你要有勇气，亲爱的……你还这么年轻……一切都会过去的，一切都会被遗忘的……奥利维耶……"

"妈妈，我没有在想奥利维耶……你不懂……奥利维耶我会晚点再想他，当孩子生下来以后……现在我只想看见这个孩子，看见他的生命……"

"这孩子……这孩子……如果没有这孩子的话，你会有一个最辉煌的人生，遗忘，然后结婚，然后幸福着……"

"但是，有这个孩子，妈妈……"

"是。"格拉迪斯恨恨地咕哝。

当产期临近时，玛丽·特蕾莎要去卡芒·贡扎莱斯家，孩子将在那里出生。卡芒早已麻木了，对什么事都不会大惊小怪。她会接生下孩子，照看孩子，按人家要求的那样去照料。

"为什么您要担心呢？"她对格拉迪斯说，"您很富有，不是吗？您有钱，那么，只要有钱，生活就充满微笑。行了，行了，碰到这种事情的，您不是第一个……"

"妈妈，"有一天晚上玛丽-特蕾莎说，"我不想去这个女人家里，她让我讨厌，让我害怕。我要去医院，去巴黎、去马赛，随便去哪里，但就是不要去这个女人家里……"

"只有去她家里，我敢肯定，才是最保密的。"格拉迪斯说。

"让全世界都知道好了，这对我有什么关系呢？"

"我知道！……你已经说过，重复过，宣布过……而我呢，我，我只求人家什么都别知道！……你听见吗？……求你了，求你了，别再提这个孩子，让我忘掉这一切吧……这能让你怎么样呢？……为什么在他出生之前就要去谈论这些？"

但玛丽-特蕾莎以一种狂热的柔情爱着这个还未出生的孩子，她独自想象着孩子的脸、孩子的模样，她给他取名字……她一天比一天臃肿，一天比一天疲惫。她现在走路都有些困难了，在屋外时只能拖着步子走。她的无助让她绝望，她母亲永远都不会允许她留下这个孩子的，她才十九岁，还一无所有。她还得在两年时间内听凭这个被情欲蒙住了眼睛的女人的摆布。这个女人只关注她自己和日渐临近的老态。有时她想对她说，如果自己死了的话，请求她不要抛弃这个孩子，但话到嘴边，又咽了下去，她看见母亲满怀仇恨的目光从她腹部移开。孩子……她感到和他是多么地血肉相连啊。她轻轻抚摸自己的身体，仿佛能感觉到孩子在她指尖蠕动。她想象着孩子的模样，他的声音，他的目光，他的微笑。有时她会忘了奥利维耶，奥利维耶死了，他已经融化成一抔尘土了。对他，她已经无能为力。但孩子，孩子应该活下来。她双手环着温暖的腹部，轻轻按压，孩子会动，活生生的。她怕格拉迪斯，怕卡芒……特别是卡芒，怕她那双粗短肥胖的手，怕她的声音，怕她毡底鞋板发出的令人窒息的脚步声……

"她们会把他夺走的，"她想，"趁我还很虚弱不能保护他的

102

时候，他会得不到照料，很悲惨，吃不饱，孤独一人，我的孩子……"

她记得以前听过一个故事，记不清什么时候在哪里……听一个佣人讲过一个离奇的故事，说是一个婴儿，半夜出生在一个孤零零的农庄，做爷爷奶奶的抱走了婴儿，将他活埋。那个做母亲的，第二天醒来，再也找不到她的孩子。

她握紧颤抖的双手：

"我永远都不会抛弃你，我的小乖乖……"

"我的小乖乖……"这是她能找到的最温柔的称呼，唯一的称呼……她亲切地呼唤他……他只有她，他的生命只能依赖她。夜里，她温柔地和他说话，安慰他：

"别怕，什么都不用怕……我们会幸福的……"

我不会喊人的。我要等到孩子生下来或我自己死掉。一旦孩子生下来，世界上谁都别想把他从我怀里夺走。如果我死掉的话，他将和我一起死。

伊莎贝尔

十一

　　格拉迪斯一个人在房间里，坐在壁炉前。玛丽-特蕾莎住得离她有点远，在房子另一端的偏房里，中间隔着整座房子的距离。她不可能听见此时此刻她女儿闷在被子底下的呻吟。

　　这是一个安静无风的夜晚，棕榈树的叶子簌簌颤抖着，大海被一轮圆月照亮，泛着奶白色的微光，砖地上升腾起一股凉凉的雾气。女佣生上炉火，格拉迪斯拨拨火苗，凑近她那柔软细长洁白的脖子……毫无睡意。她想：

　　"等这一切都结束后，我就带玛丽-特蕾莎走，永远不再回到这里。她会忘记这些的。这还是个孩子，这是一次可怕的经历，但她会忘记的。世上只不过又多了一个无用的可怜小东西而已。她为什么不肯听我的？唉！我希望一切都快点结束……真像场噩梦……"

　　她站起来，叹口气走到花园里，绕着雪松慢慢走了一圈，然后下到海边，又拾阶而上，朝玛丽-特蕾莎黑黑的窗口扔了几块小石子，轻轻喊了两声。玛丽-特蕾莎肯定是睡着了……可怜的孩子……多么凄惨的人生开头……

　　"但她还年轻，她，"她带着苦涩的醋意想，"有什么悲伤不能被时间冲淡？……她什么都不知道，她还什么都不懂……唉！要是我在她的位置……当一个人还未满二十岁时，这些又算得了什么？所有的痛苦，所有的绝望，我都可以接受，如果我能找回我的青春……"

　　她回去。房子里寂静无声。女佣已经铺好了床，替她准备好了带花边的长长睡袍。她宽衣，摘下戒指，然后重新坐到炉火前，数着战争开始以来，奥利维耶走后，过去了几个月。孩子马上要出生了。

"孩子……"

她甚至都不能在心里默念到"我的外孙……"这几个词。

"永远不，我永远都不会允许她留下这个孩子的，"她思忖道，"她所有的话，所有的眼泪都不管用。他会幸福的，得到很好的照料，什么都不缺，但我永远不要见到他，永远不要听到他的名字……想到他的存在，想到他在呼吸，就足以毒害我的生活……"

她感到胸口发堵。对玛丽-特蕾莎来说，自己从此就是她的敌人了，她知道的。她为此痛苦，她需要被人爱。

"现在，一切都完了，"她想，试图自嘲一番，"任何幻想都不可能了，我将是个老女人了。我可以看上去还年轻漂亮，但在我心里，我很清楚自己是个老女人了……玛丽-特蕾莎想留下她的孩子，可怜的无知姑娘……一个孩子？……来夺取我们的位置，把我们推到生活之外，不断说'走开，走开，现在一切都属于我的……留下你那份蛋糕……你已经吃过了？……你已经吃够了？走开！……'这就是孩子，哪怕是最乖的孩子也会这么想我们的……'你吃够了吗？'但人永远都不会吃够，永远都不……"

她热切地期盼死亡：

"也许这是最明智的，但玛丽-特蕾莎在她坚硬纯洁的心里一定会想：'这就是报应……'她的心肠真的很硬吗？以前她是那么爱我……如果说奥利维耶死了，但那是我的错吗？我怎么会料到要打仗呢？她不能原谅我的，也许并不是奥利维耶，而是这孩子……因为我永远不想见这孩子，永远不想听见他的哭声！"格

105

伊莎贝尔

拉迪斯嘟哝道。

她靠火更近一点，告诉女佣她想去隔壁的房间：

"小姐的房间里生上火了吗？让娜？"

"是，夫人。"让娜回答。

"你看过她了？她不需要什么东西了吗？"

"一小时前，我敲过小姐的门，"让娜边走进屋边说，"她回答我一切都好，她打算睡觉了。"

她们叹着气相互看了一眼：

"作孽啊，"格拉迪斯转过头去说，"嗯，可怜的让娜，是不是作孽啊？"

"只要人家什么都不知道，"让娜低声说，"况且小姐还有母亲……有多少类似的情形，她们只好独自藏起来，独自去面对……有自己母亲在身边，已经是件很幸运的事了。"

"我不能原谅她。"格拉迪斯费劲地说。

"是，我理解您。这是件不名誉的事情，"让娜摇着头说，"可是，夫人，我们应该有同情心。"

让娜在埃塞纳切家做事已经有好几年了。这是个四十来岁的女人，深色丰满的脸庞，有一双黑色生动的眼睛，头发开始花白。她过着简单的生活，一直做女佣。除了自己的职业，她别的什么都不懂，勉强识几个字，只知道修补花边，熨烫床单，对主人的生活充满热忱。她喜欢隐藏债务，传递情书。每当在干活的地方有病人需要照顾，有受冷落的孩子需要照料，或者有被丈夫抛弃的女人，她都会感到从未有过的幸福。对于所有涉及主人感情生活的事情，她有一种非同寻常的预见性，一种几乎只属于仆人和孩子才有的未卜先知。格拉迪斯想都没想过要对她隐瞒玛丽-特蕾莎怀孕的事，她觉得所有的掩饰都无济于事，但她知道让娜什么都不会说的，让娜对这次不合法的出生会感到强烈的羞愧。她是非常看重上流社会这种名誉的。多亏了她，玛丽-特蕾莎的情况才没有别人知道。她自己提出，把其他佣人都打发了，没人再进到家里，没人再见到玛丽-特蕾莎……

"没人会起疑心的，夫人。"她重复道。

格拉迪斯什么也没回答。让娜收拾好格拉迪斯扔在地毯上的衣服走了。格拉迪斯看着她的床叹了口气。她更愿意让自己醉生梦死，跳舞，喝酒，可现在是战争期间。尼斯和法国其他地方一样沉闷严峻……她所有的朋友都走了，她认识的那个轻浮的惹人注目的小圈子里的人全都逃走了。那些别墅大门紧闭。

"总有一天战争会结束的，一切又会像从前那样快活和迷人，而我……哦！怎么能忍受这一切呢？我怎么还能活得下去，明知道自己有一天会老去？……我们很清楚我们会死的……可是很奇怪，我并不害怕死亡……如果我觉得一切还没完的话，我会害怕……但我知道一切都结束了。"

她仿佛又看见理查德躺在她怀里苍白的脸，如此安宁……

"他也不害怕死亡，但他不能忍受失败。他不能忍受变穷或者默默无闻。那么对我，对一个女人来说，是一回事，完全是一回事……我要一个值得度过的人生，不然的话，活着还有什么意思呢？……如果我失去了吸引力，生活还能带给我什么呢？我会变成什么样子呢？……变成一个涂着厚厚脂粉的老女人？……包养几个情人？……哦，太可怕了，太可怕了！……还不如头颈里挂块石头沉到海里去……所有这一切能从我脸上看出来吗？看得出我将要做外婆了？"

泪水顺着她的脸颊滚落。她恼火地用手背去擦：

"一点办法都没有，没办法……"

她打着寒战看着火苗升腾。怎样的寂静啊……只有青蛙的叫声填满了夜色，大海闪烁着微光。玛丽-特蕾莎在干什么呢？

"真的要这么抱怨她吗？不管怎样，这就是生活……也许有一天她会后悔以前的那些痛苦。有一天，当她被爱着和幸福的时候……她会比我更幸福吗？"

她抽起了烟，看着烟灰掉落，把烟蒂一个接一个往火里扔。她怕冷似的用宽大的袖子抱住双肩：

"以前我从来不怕冷……现在只要开着的窗户里有一点风吹过，我便会冷到骨头里……"

她睡不着，心情郁闷。她要回忆那些舞会，那些征服，那些节日。哦！世上还有比这更美好的事吗？……

只要她一出现，周围的人，虽然不会鸦雀无声，但全部关注到她……在投过来的每一道目光中，她看到美貌带给她的安全感，带给她的力量……那些爱过她的男人……

"我只喜欢这个，"她想，"我只喜欢他们对我的欲望、他们的臣服、他们的疯狂、我的魅力和我的快乐……可是有这么多女人像我一样……她们也会像我这样痛苦吗？……那些不是悠闲的有钱人家的女人，那些勇敢的家庭主妇，也会痛苦吗？……是，肯定也痛苦，肯定。把生活的意义建立在享乐之上，然后看着这种享乐慢慢从身边溜走，这是件非常可怕的事情。但世界上还有别的什么东西呢？我只是个弱小的女人……"

她在炉火上张开双手，然后站起来。钢琴盖是打开的，她弹了一小段……是的，音乐，诗歌，书籍……她很清楚这些仅仅是为了给自己添点魅力，因为再漂亮的面孔，也会在烦恼或疲倦的时候，让人生厌。而对她和对大部分女人来说，这些东西并没有多少意义，不能带给她什么。几行热情似火或忧伤如泣的诗歌，几句华丽和谐的句子，是对男人的一种祭献，仅仅是给他的，一旦男人离开，就什么都不剩了。

"我是坦率的，我。"格拉迪斯带着一丝微笑嘀咕道，她惊讶地听到自己的声音在寂静的房间里回响，让她直打哆嗦。

她慢慢回到床上躺下，睡着了。

她梦见玛丽-特蕾莎死了。她梦见她在一间阴暗幽闭、看不清形状的房间里，玛丽-特蕾莎躺在床上，死了。她知道她已经死了，然而那个苍白的躺在床上的女孩却能说话，看得见，听得见，仿佛是真实的玛丽-特蕾莎擦掉了一半的影子……是一个镜像。玛丽-特蕾莎侧躺着，温柔地微笑着，格拉迪斯看到她苍白消瘦脸颊的纯洁形象。玛丽-特蕾莎抬起双手，她听见玛丽-特蕾莎的声音在说："我是多么爱你啊，亲爱的妈妈……我从来就只爱你……"她指着一个孩子的小床，是空的。梦中，格拉迪斯紧张地弯下腰，看到孩子没在那里，心想："我早就知道这不是真的，这不可能。没有什么孩子……"她感到一种异乎寻常的安宁，一种几乎神奇的快感弥漫周身。她问："孩子在哪里？"但玛丽-特蕾莎温和地微笑着："哪来什么孩子？你在说谁？你就是我的孩子。"她摸着玛丽-特蕾莎的额头，问："你会很快恢复的，我的小亲亲？"此时此刻她是多么爱她啊……玛丽-特蕾莎说："不，你没看见我已经死了吗？但是这样更好，一切会更好。"

她醒了，听到让娜在床头叫她的声音：

"夫人您快点过来，快点！小姐她！……"

伊莎贝尔

她问："孩子生下来了？……活着的？……"

她感到一种极度可怕的焦虑，可怕的期待。

"哦！夫人您马上过来，马上！"

在她房间里，玛丽-特蕾莎躺在浸透鲜血的床单上，抱着她的孩子，贴在她已经凉了的胸口上。

"她没有喊人，夫人"让娜说，"她自己把孩子生下来了，可怜的姑娘……肯定是大出血要了她的命。我听到一声哭喊，就过来了。但这不是她在喊，而是孩子……她死了，没有喊救命，就一个人，一个人……"

格拉迪斯小步凑近那张毫无生气的脸。和她梦中看见的完全不同……脸上带着愤怒、恐惧和无边的勇气。玛丽-特蕾莎用尽最后的力气，僵直的手臂紧紧抱着那个哭泣抽搐的可怜孩子，孩子的身体在一股生命的激流中扭动着。

十二

　　一小时后格拉迪斯回到自己的房间，天终于放亮了。她在屋子里从这一头到那一头来来回回走了很久，然后扑到床上闭上了眼睛。但她很快听见了让娜安顿在隔壁房间的孩子微弱的小猫似的哭声。她大声呻吟：

　　"玛丽-特蕾莎死了！"

　　只是当她说出这句话的时候，眼泪才喷涌而出。

　　她又回到玛丽-特蕾莎的房间。让娜已经收拾好了一切。玛丽-特蕾莎躺着，蜡一般的小脸往后仰着，头深深陷在枕头里，双手贴在腰际。格拉迪斯颤抖着把鼬皮毯子盖住她冰冷的双脚：想到她的双脚冰冷，她就无法忍受。有片刻，她忘了孩子的存在，他不哭了。玛丽-特蕾莎的表情里已失去了那种野性和悲伤，显得严肃和冷峻。格拉迪斯轻轻抚摸着她的头发。

　　"我的孩子。"她抽噎着。

　　某个时刻，她的悲伤似乎被擦去了，只是感到一种震惊。她想使自己的悲痛更尖利，她在心里搜寻一些画面，一些记忆，然后感到一种尖利的绝望，让她感到害怕。

　　当卡芒·贡扎莱斯进来的时候，她扑向她，抓住她的双手。

　　"她死了，你看见吗？……她死了？"她嘟囔道。

　　"她自杀了？"卡芒干巴巴地问道。

　　"自杀？……哦，不，上帝，不……我可怜的小闺女……她为什么要自杀呢？不是的，这是次意外，肯定是因为大出血……她没有喊人……为什么，为什么她没喊人？"

伊莎贝尔

"听着，"卡芒说，"现在已经不是哭的时候了，当那可怜姑娘……真正的不幸就已经降临了。现在也许一切更好一点……怎么了？"卡芒问道，因为格拉迪斯动了一下。卡芒继续说："要看到事情的本质。她将来怎么办呢？……以后谁会娶她？……一个为了嫁妆的家伙，一个无赖……而对您，如果人家知道……"

格拉迪斯不听她在说什么，她绝望地想：

"这不是我的错。她从没从我嘴里听到过一句责备的话，我愿意为她做一切……"

"您在那干什么呀？"卡芒说。"您脸色难得可怕，去睡一会吧，让我们来处理。"她看着让娜，加了一句。

"还能做什么呢？我的上帝，"格拉迪斯捂着脸嘟哝，"我跟你们说过她已经死了，死了，没什么可做的了……"

卡芒耸耸肩："如果您想让全世界都知道……去吧，去睡一会，什么都不用担心……"

她逼着她躺下，用手指捂着格拉迪斯赤裸的双脚：

"您都冻僵了……"

这句话，这个动作让格拉迪斯想起死了的女儿。

"哦，玛丽-特蕾莎，我的小玛丽-特蕾莎。"她猛然号啕大哭起来，那种突如其来和剧烈，让卡芒吃了一惊。

"玛丽-特蕾莎！……玛丽-特蕾莎！……她可怜的冰冷的小脚，冰冷的手……"

她哭了很久，然后躺下不再动了，两眼呆滞无光。卡芒坐在她身边，搓揉着她的手："好吧，好吧，想开点。您能怎么样呢？这样也唤不回她了，嗯？这是桩不可挽回的悲剧，可是……告诉我，孩子呢？那孩子呢？"

"那孩子。"格拉迪斯低声重复。

"您不想看看他吗？"

"不，不，"格拉迪斯嘟哝，费劲地吐出几个字，"我做不到，别要求我这个，这不可能……"

"听着，我坦率地告诉您我的想法吧。当然您随便怎么做都可以……但相信我，不能拖泥带水。如果您愿意，那就留下这个孩子，在身边把他抚养大。但如果您不想留下这个孩子，不想给他您的姓，那么无论对您还是对他，最好马上把他送掉。把他送到社会福利院，一切就都结束了……别指望如果您改变主意了，还能再把他要回来。至于您想把他藏在某个远离您的地方，希望能时不时去看看他，而又不让人知道，那是小说，是对讹诈敞开大门，您明白吗？"

"不，不，不要福利院，不要这个。在远方把他抚养大吧……别让任何人知道……我付所需的费用……"

"只要有钱，没什么办不到的，"卡芒叹口气说，"如果您愿意，我们可以在远离这里的地方找个奶妈……"

"好的。"

"我会安排好一切的，您放心吧。幸亏这是自然死亡。我认识市政府的一个人，"她凑近格拉迪斯的耳朵说，"这个人时不时帮我点忙……我会申报孩子出生在贝克斯，父母身份不详……他会混在别的类似情况的孩子中……这样可以减少别人的疑心……至于您女儿，您可以说死于肺病，嗯？……这就可以解释为什么这段时间人家没有见到她。况且，尼斯几乎是座空城了，现在是战争……人家顾不上管邻居家的闲事。这是你不幸中的一点运气。让娜嘴很紧？嗯？"

"是。"格拉迪斯嘟哝道。

"叫她过来。"

让娜来了，她脸色涨红双手颤抖，把新生儿紧紧贴在胸口。

"除了你，没人会知道的，是么？"卡芒问，"如果你能管住自己的舌头，夫人会谢你的。"

"我们要把这个孩子怎么办？"让娜问。

"给他找个奶妈，我们还能怎么样？"

让娜没有回答卡芒的话，问："您要看看他吗？"

她把孩子递到格拉迪斯跟前。

"不，"格拉迪斯紧闭的双唇艰难地挤出一句话，"我不想看他。"

"孩子是无辜的，夫人。"让娜喃喃道。

格拉迪斯突然感到一种可怕的倦怠，耸耸肩说：

"好吧，把他给我……"

"不管怎样，夫人，您是他外婆。"让娜气愤得有些颤抖地说。

格拉迪斯苍白的脸突然变成酱紫色，露出一种几乎失去理智的表情：

"抱走他，抱走他……我再也不要见到他……我恨他……我给他钱，给他我所有的一切，但是我再也不要见到他！……"

"我要他，我，夫人！"让娜喊道。

格拉迪斯扑到床上，抓着卡芒的手臂哭了起来：

"你们去处理一切吧！让我安静会！……你们就不能可怜可怜我？你们想要我去死吗？好啊，如果我的死能换回玛丽-特蕾莎活过来，那我很乐意去死！放开我吧，放开我。我不能见这个孩子，他对我什么都不是！……我不会认他的，他对我不存在！……我不想知道他在这个世界上。把他抱走！……"

当让娜抱着孩子一离开屋子，那种占据格拉迪斯心头的暴怒消失了，她拉着卡芒回到她女儿的房间，抽泣着跪倒在她的床脚，心都碎了。她哽咽道：

"为什么你要这样做，玛丽-特蕾莎？……为什么你要抛下我……现在只剩我一个人，一个人了呀……狄克走了，而你，我的孩子，也走了，这世界上再也没有一个爱我的人了……"

卡芒给她拿来黑衣服帮她穿上。格拉迪斯沉默着颤抖不止，比任何时候都美丽，眼睛干涩灼热。有片刻，她双手摁在抽紧的胸口想：

"如果我能哭出来，也许心里会好过一点……"

但她眼里流不出一滴眼泪，有时只是干号，阵阵抽泣从嘴里吐出。

"会过去的，"卡芒用穿透人心和轻视的目光看着格拉迪斯说，"好了，这一切会过去的……您太女人味了，做母亲做不了很久……您太年轻，不会痛苦很久……"

"你住口。"格拉迪斯低声说。

"要办手续的话，您得给我相关的证明文件。"

"可是我这里什么都没有。"

"嗯，问题也不大，我们想想办法……不过告诉我，那不幸的姑娘什么年纪？十五岁，真的吗？"

"不，不是真的，"格拉迪斯嘟哝，"你知道的，她十九岁了。"

"如果您相信我的话，我们还是给她写大家都以为的年纪：十五岁……她这样躺着，披散着头发，看上去像个孩子……人家都不会想到要怀疑的……这样对于纪念她和对您，都更好一点……"

"对我……"但她没有再说什么。

这对玛丽-特蕾莎又有什么意义呢？

她朝卡芒手里塞了张支票：

"这是给让娜和孩子的……以后让她再回来找我……我要孩子什么都不缺，能幸福生活……以后的事谁知道呢？……我在世界上再也没有亲人了……"

"是啊，谁知道呢？"卡芒重复道，一丝狡黠在她脸上一闪……"也许有一天你可以收养他，也许有一天你会喜爱他，就像一个母亲那样……谁知道呢？"

十三

格拉迪斯去了马德里，在那里生活到战争结束，然后继续旅行，到一九二五年，回到巴黎。一九二五年底的除夕之夜，她在蒙马特的一个夜总会跳舞，那是那一年的时髦，在一个狭窄的地窖里，墙壁刷成红色。天快亮时，跳舞的人一个个都累得筋疲力尽，摇摇晃晃好像喝醉了酒。音乐只是合着原地踏步人群的一种有节奏的嗒嗒声。有几对舞伴早已不是在跳舞，只是在慢慢踏步，在相互的臂弯里摇晃，没有思维，没有欲念，脑子一片空白。

格拉迪斯也在其中跳舞。玛丽-特蕾莎死后第一年，她一直身穿白衣为女儿服丧，但因为白色很适合她，她就一直穿下去了。她的头发还像以前那么金黄，脸蛋还像以前那么精致，只是双颊的色斑有些加深了，而当她疲倦时，人家可以想象得到她皮囊之下娇弱的骨架，看得到凸起的颧骨和眼袋，骨骼的影子在光滑的皮肤下隐约可见，因为她的皮肤还奇迹般地保持光滑，她还保留着年轻女子般曼妙柔软的身材。

这天早晨，第一缕晨光从窗帘的褶缝间透进，她浅淡的金发盘在额头，仿佛一团闪亮的轻烟形成一圈光晕，而她唯一衰老的迹象是开始塌陷的双颊，没有任何办法让它们重新鼓胀起来。她洁白的背脊裸露着，跳舞时，她微微低下头，垂下大大的眼睛，朝围着她的男人们投去迷人慵懒的微笑。

偶尔她会在一群涂脂抹粉、木乃伊般跳舞的老妇人中奇迹般发现一两张年轻的脸，几具年轻的身体，仅仅在这时，她会记起玛丽-特蕾莎的模样。在男人的臂弯里，在紧搂着她的情人的怀

伊莎贝尔

里，她一边跳着舞，一遍温柔而绝望地想念着玛丽-特蕾莎。但玛丽-特蕾莎死了……"她比我幸运。"她想。她忘了玛丽-特蕾莎是在怎样的情形下死去的，就像女人才能做到的那样，忘得彻底、干净。在她的记忆中，每次看见玛丽-特蕾莎，完全还是一个孩子的模样，一个爱过她的孩子……她叹口气，忧伤地看看四周，这些跳舞的人，这些烟雾缭绕，这些空酒瓶，就是她日常生活的内容了。而她觉得在这种地方怀念玛丽-特蕾莎并没什么可受指摘的，和在她房间里怀念是一样的。不过她还是努力驱散着玛丽·特蕾莎的影子……"后悔过去又有什么用呢？……我还剩下多少时间可以活？……还是忘记那些烦恼吧。"她看着搂着她的男人这样想。

她对激情的渴望变得有些病态和绝望：她的情人现在以天来计算，以小时来计算。她必须确认自己还有魅力，确认男人们还会像以前那样为她发狂，为她痛苦……一旦他们痛苦，她心里似乎才有片刻的安宁。但这越来越不容易了。……战后，很少再有男人愿意为一个女人痛苦，而且她不再是最受欢迎的那一个了。在一群女人中，她不再是第一个就被看见的，她的美貌不再鹤立鸡群，男人们的目光不再立刻聚焦到她身上了。诚然，她还能轻易赢得爱情和别人对她的欲望，但人家会开始甩下她，随着年岁增加，人家甩下她的周期越来越短……现在，她会很快屈从，因为她很清楚现在的男人对爱情都比较心急，但她太习惯于被男人宠爱，以致很快会对这种无声和唐突的追求让步。她需要被爱，需要听绵绵情话，需要男人的时间和他们的嫉妒。但有时候她这种绝望的狂热，反而让她爱上的男人倍感惊讶和心存戒备。

"我可不想要缠人的女人。"他们想。她还漂亮、迷人，可是女人有那么多……

有时候会有一个年轻点的、比别人单纯点的男人，像她所希望的那样去爱她，但这一个也会很快扔下她……

她想：

"不，这太容易了……可是另一个呢？他的朋友呢？还没看过我一眼呢……哦，上帝！再给我来一点这种感觉吧，一次，就一次。像以前一样，让我吸引人，令人着迷，如痴如狂，然后一切就结束了，我将是个老女人，心如死灰……"

但她喜欢战后这几年，这种强烈而轻松的刺激感，这种燃烧血液的狂热，这种急迫而具有悲剧性的生活。

她想：

"啊！现在才该是年轻的时候。"

对于青年时代的回忆，让她充满苦涩。她会抓住坐在身边男人的手，搜寻他的目光，向他凑近自己颤抖紧张的脸。男人的变化是多么的厉害啊……理查德、马克、乔治·康宁、博尚……而现在，是这些不耐烦的脸、冷漠的眼睛、疲倦的声音、短暂粗暴的欲望……

天快亮时她回家。车窗外，铅灰色的城市慢慢苏醒了，微风吹过塞纳河，她的心抽得紧紧的。她回忆起她的年轻时代，维多利亚时代，长长的白手套，彬彬有礼的爱情……

他们变了？……可怜的傻瓜……是我变了，是我……一切都随风而逝了？不，是我们远去了……

她带点嘲讽似的忧伤叹口气。但在落满粉尘的小镜子里还能看到一个奇迹般的年轻形象。她想：

伊莎贝尔

"这是一场梦，我还很漂亮，像以前一样年轻！谁能相信我早已过了三十岁？……"

当然，在一九二五年时，女人的年纪并不太重要。四十岁，还年轻。

"我怎么会畏惧四十岁呢？……哦！我还想再回到四十岁……四十岁，真是精力旺盛的时候，是盛开的年纪，是青春焕发的年纪……是，不过五十岁！……五十岁……唉！这个，就比较艰难了！……"

她带着某种隐秘的绝望，听凭坐在身边的男人抚摸她的乳房。

"摸吧，你可以去找，但你找不到和我一样美丽的乳房！……"

当然……如果他知道……如果他听见"格拉迪斯·埃塞纳切有五十岁了……"他会怎么想呢？在吵架时他会怎么说呢？如果从男人嘴里说出"在你那种年纪……"她会羞愧死的……

"如果他爱我呢，"她想，那就是另一回事了……但世上再没有一个活人爱我了……

她是多么渴望再听到一句爱情的甜蜜话语，就像以前那样……真的就不存在了吗？或者（这让她绝望）他们把这些话留给其他女人了？

她努力自我安慰：这都是世风造成的……这种唐突的放肆，急迫贪婪的搂抱，然后马上粗鄙的冷落。"随便丢下一个女人"，使那些约会变得无聊和厌倦，他们只对喜欢的人才稍加重视，就像女人一样。如果她问："你爱我吗?"回答是："哦，你怎么还像在一九〇〇年，亲爱的……"

然而这一代人也要过去了，另一些人会来，那些年轻小伙子，和他们热切、伤感、苦涩的长辈不同，他们似乎对她越来越不在乎，因为仅仅保持身体和脸蛋的年轻还不够，还需要像二十岁的人那样说话，那样感觉，思考，不过分评价，不记日子，不奉承……

　　她的情人是一个英俊、清纯、宛如女孩子的年轻英国人。

　　"你喜欢我吗？"

　　她有些羞涩地问他，忘了当他搂住她的时候，她已经问过好几遍。

　　"哦，停一停吧，情人间也不可能整夜谈论爱情的……"

　　渐渐地，这种阴郁的担忧愈演愈烈，直到将她带到一些秘密妓院。至少在那里，欲望不用作弊。每次当她在拉皮条的女人的小客厅等待时，她的心在胸腔里剧烈而沉重地跳动，让她忆起以前的微醉：仿佛血液里还留存了那种毒素，她依然在中毒。

　　如同所有的狂热嗜好，她的嗜好也让她的灵魂不能有片刻安宁。就像守财奴只想着金币，野心家只想着荣耀，格拉迪斯整个人就被如何吸引男人和年龄的梦魇所占据。

　　"要想掩盖年纪，可真不容易啊……"她想。

　　战争让她以前的旧相识全都失散了，就这样……时光飞逝……遗忘对每个人都是那么深切……对女人来说，与别人想象的正相反，她们对年龄有着一种同病相怜的默契："我不嘲笑你，你那边也饶过我……我吹捧你几句，我会说我觉得你很漂亮，而你，有机会也替我说一两句好话，一两句赞美的话，好让我找回年轻时的自尊，好让我在情人面前微笑时少一点担心，少一点卑谦……我假装忘记你的年纪，你也是，不在你的周围提起我已经过了五十岁。你怜悯我，我对你也不会残忍和背信弃义，我倒霉的姐妹，我同病相怜的朋友……我会说：'什么蠢话，人家看上去什么年纪就是什么年纪。'我会说：'你不知道某个或另一个出名的女演员？……她的情人背叛了她？她养着他？你又知道什么呢？况且有多少年轻女人也被抛弃了？……'我永远都不会对老女人：'大声叫喊！……'你呢？也是一样的态度……"

格拉迪斯，第一个这样做，她微笑着说："为什么要谈论一个女人的年纪呢？现在这个年代，没有人感兴趣。一个女人，只要她还漂亮，迷人，还需要什么呢？"

以前她会优雅而漫不经心地说："生活太漫长了，这么多日子，做些什么才好呢？"

现在，一种近乎迷信的恐惧堵着她的嘴。她从来不提她的过去，不提理查德也不提玛丽-特蕾莎。她取下家里墙上以前挂着的玛丽-特蕾莎的所有照片，因为孩子所穿的裙子年代特征太明显了。她只保留了一张玛丽-特蕾莎七岁时的照片，半裸，头发遮在眼前。

"一个我失去的小女孩。"她叹着气说道。

人家还以为玛丽-特蕾莎是在很年幼的时候就死了。到最后她自己也这么相信了。

她还是经常旅行，并不承认这会与过去割断联系，这让她有时看上去像个冒险家。她想："我在这里觉得无聊了……"而实际上她离开是因为看见了某张以前见过的脸，或某座房子勾起她心头太多的回忆。这已经不同于当年那种轻浮的狂热驱使她从一个地方到另一个地方，而是一种面对过去悲剧性的逃跑。

她五十岁生日那天，仿佛每个小时耳边都有一个声音在响："你五十岁了……你，格拉迪斯，昨天你还……可你五十岁了，五十岁，你永远也找不回你的青春了……"这一天，她生平第一次去了一家地下妓院，以后每当她的忧伤不堪忍受，每当她被自我怀疑折磨得痛苦万分时，她就会去那里度过几个小时。

当那些陌生男人比熟识的男子显得更热情、慷慨时，一种不可思议的安宁涌上她心头。

"如果人家认出我来？"她又想，"我是自由的……而且，人家能说什么呢？有病？啊，有病，疯子，罪犯，但只要不说我是老女人，不说我已经唤不起爱情，不说我讨厌和恐怖就行！……"

当她确认自己还很诱人，男人还会很欣赏地看着她时，即使做爱已经结束，她还能感觉到一种快乐的悸动，几乎是生理上的愉悦，比任何别的乐趣更甚千倍……这是个表情冷漠、胡子刮得发青的商人，如果是在十年前，她甚至都不会正眼看他。他问："我们还能在别的地方再见面吗？"

她感到心中涌起一股难以形容的舒畅。

她是到了那样一种年纪，女人的外表几乎没多大变化，只是逐渐衰老，在脂粉掩饰之下，几乎很难觉察。巴黎是包容的，会原谅她，就像原谅别人一样。她有的是优雅和风度。如果有人说：

"格拉迪斯·埃塞纳切？……可这是个老女人了……"

马上有个声音回答：

"她还非常不错啊……想要永葆青春，这是很有女人味，很自然的心态呀……又不妨碍任何人……"

伊莎贝尔

她在冷风中露着优雅的脖子。走在街上，她的身材还是那样苗条轻盈，看上去像个年轻女子，而她的脸看上去也只有三十来岁，仅仅是在早晨或晚间很晚时，才看上去有四十岁。但这些对她还不够，她想拥有的，是像二十岁时那样，跳舞跳到天亮，即使不涂脂抹粉，依然像从前那样，鲜花般新鲜娇嫩。

走在路上，一个男人朝她回头一笑，她平静地看着他，并不像一个想寻找艳遇的女人。那急匆匆的路人，走远了。她呢，开始的时候窃喜，现在又焦虑地在记忆中搜寻：

"如果在以前的话，这个男人会不会就这么走了？……会不会继续坚持？……会不会徒劳地继续跟着，满足于看这优美的身体在前面行走，猜测衣服底下美丽的曲线？可是回想从前又有什么意义呢？没有从前……"就是这些胡思乱想，这些对以往的追忆，折磨着她，纠缠着她……"玛丽-特蕾莎，如果她还活着的话，今年有二十五岁了……幸亏，"她有时这么想，"幸亏死亡在她青春年华的时候带走了她……青春年华……对于青春的狂热痴迷……所有的痴迷，到最后总是悲剧性的，被诅咒的欲望，因为人们得到的总是比梦想的要少……"

一夜笙歌之后，乏味清晨里的那些胡思乱想，那些死灰般的滋味，那些苦艾酒般的苦涩，都在这除夕之夜一股脑倒向她……

邻桌，一个染过头发的老女人，一串项链滑稽可笑地晃荡在干瘪瘪的胸前，她朝格拉迪斯笑笑。至少她塌陷的眼睛在努力微笑着，脸上其他部分因为脂粉涂得太厚太硬，石膏般板结，所以不能自由舒展地笑开来。

"格拉迪斯……"

微醉僵直的身体，戴着戒指的因痛风而关节变形的手指小心翼翼握着香槟酒杯，那个喊她的女人朝格拉迪斯走来。

"你不认识我了吗？哦，亲爱的，多么高兴，多么高兴又见到你！……总是那么漂亮！……永远都不变，真的。我是丽丽·费厄……唉！我恨过你……你还记得乔治·康宁吗？……他在战争中死了。死了多少人啊，多少人。"她呱啦道。

她坐到格拉迪斯边上，温柔地看着她。看见一个只比自己小十来岁，却奇迹般保持着年轻相貌的女人，是一件舒心的事……落到别人身上的那份神奇馈赠，会给自己带来一丝希望："为什么不会落到我头上呢？是的，尽管镜子里我的样子，尽管我需要收买那个年轻的情人，可为什么不会是我呢？……"

"现在谁被选中了，格拉迪斯？……我有过太多失望，太多伤心了……一个我全身心信任的年轻男子，很不地道地欺骗了我……不过以前也总是这样……我运气一向不好。"她叹口气道，"你幸福吗？"

格拉迪斯没有回答。

"不幸福？……唉！男人们都变了……记得吗？……我们那个时候……"她放低声音继续道，"男人们是多么谦恭和体贴啊……他们可以在毫无希望的情况下，爱一个女人爱好几年……可以为她放弃世上的一切东西……为她破产……现在呢？……为什么一切都不同了呢？……为什么？……是因为战争吗？……"

格拉迪斯站起来，向她伸出手：

"亲爱的，请原谅……我朋友在那里叫我了，再见。我很高兴又见到你，但我明天要走了，离开巴黎……"

丽丽想起了一件事，突然说道："你女儿现在应该很大了？……她结婚了吗？"

伊莎贝尔

"没有，没有，"格拉迪斯匆匆说道，因为她的情人走过来了，"不，你不知道吗？……她死了……"

"怎么可能？"那老女人满怀同情地嘟哝。

她涂满口红的嘴唇压到格拉迪斯的脸颊，留下一道红色的印记，格拉迪斯颤抖着偷偷地擦掉。

"可怜的，可怜的小亲亲……你是那么爱她……"

格拉迪斯走向在门口等她的情人。他听见了丽丽最后的两句话。

"你有过一个女儿？"他穿过节日装饰用的彩带，踩着脚下的碎纸屑问道，"你从来没对我说起过……她还是个小孩子？"

"是，"格拉迪斯声音压抑地回答，"一个很小的小孩子。"

外面下着雨，通向白色广场的下坡人行道上，雨水在晨曦里泛着微光，轻轻颤动。

十四

一九三〇年春天，格拉迪斯遇见了阿尔多·蒙蒂。他很英俊，胡子总是刮得干干净净，脸部轮廓分明，线条坚硬，充满庄重和阳刚之气，目光冷峻。他的表情中有一种超人的决然、自制，在英国人脸上已经很少见到这种表情，只有在模仿他们的外国人脸上才能见到。蒙蒂一生都想在言谈举止上做得像个英国人，甚至关注到自己的思想，担心它们不够纯粹不够英伦。他的财产很有限，他精明地打理着，但生活并不容易。

他很快想到格拉迪斯是一个可以结婚的对象。她漂亮，极其富有，而且是光明正大的财富。他对她有好感，当然，她有过不少情人，他是知道的，但她的那些艳遇从来都不卑劣或太注目。他有策略地、谨慎地向她献了几个月的殷勤，然后请求她嫁给自己。

他们两人在巴黎蒙蒂的一个意大利朋友家里相见。这是个美丽的秋天，花园里阳光普照。阳光在屋子门口投下一道蜜糖般金色柔和的光柱，女人们浅色的裙子在光线下熠熠生辉。

格拉迪斯穿一条薄纱裙，戴一顶几乎透明的轻巧草帽，半盖住美丽的秀发。白色短面纱下，忧郁的大眼睛很少看着对方，总是很快垂下长长的睫毛，躲闪开去。她在蒙蒂身边，一起慢慢走到一座喷泉前，石栏边有一群裸体孩子的雕塑。她靠着雕像，手指局促地抚摸着孩子冰冷光滑的身体。

"格拉迪斯，亲爱的，嫁给我吧……我知道，我不能带给你多少东西，我不富有，但我有一个在意大利最美丽最古老的姓氏，我会很自豪把它给予你……你爱我，不是吗，格拉迪斯？"

她叹口气。是的，她爱他。这么多年来，她终于第一次在一个男人身上，看到除了一夜艳遇之外的另一些东西。终于有一个男人可以给她长久的承诺，安抚她，保护她战胜她自己。她对这种追逐爱情的生活状态早就厌倦至极。焦虑地细数着自己的征服，然而一天不如一天，一天比一天艰难。每天看着衰老和孤独一点点逼近，那是怎样的噩梦啊！她终于可以找到生活的庇护所，靠在一个温暖而坚硬的男人的胸膛，不再是片刻地流连在那些过客身上，而是找到了第二个理查德。她低下头。他看着她画过的，精致忧郁的嘴唇和微微下垂的嘴角。然而她什么也没有回答。他重复道：

"我们在一起会很幸福的……嫁给我吧……"

"这是疯狂的举动。"她无力地答道。

"为什么？"

她没有回答。结婚……她的出生日期……他只有三十五岁，而她呢……她甚至都不敢在心里默念那个确切的数字。一种强烈痛苦和羞耻感侵袭着她。不，不能，不能！……如果尽管这样，他还是要娶她，那怎样才能消除他只是为钱而来的念头呢？消除他总有一天会离开自己的念头呢？也许不是明天，也不是一年后，或许是十年后……时间过起来飞快……然后呢？……他还相当年轻，而她呢？……"因为，说到底，这不过是上帝给我的缓期执行而已，这已经是个奇迹了，"她绝望地想，"只要哪一天我病了，发烧了，疲倦了，马上就老态毕露，老女人，老女人……他很快就会知道的……"

"不，不，"她柔声说，"不要这样……没有责任，没有任何

128

形式的维系，难道我们就不能继续相爱？"如果你爱我的话，"他冷冷地说，"这种维系应该是温暖和容易的。如果你真在乎我的话，那就嫁给我，格拉迪斯。"

于是格拉迪斯想，只要花些钱，冒一点被揭穿或被讹诈的风险，把出生证上那个她醒着时，睡着时，梦里梦外一直想着的日期修改一下……她是个女人，从来不知道看得比第二天更远些。

她带着迷人慵懒的微笑对蒙蒂说：

"我在乎你，远远超过你想象的那样，亲爱的。"

他们的恋爱关系算是公开了。过一段时间后，格拉迪斯回到她出生的国家，在那里，她拿一张出生证明的副本，涂掉日期中的某个数字，然后拿着这张篡改过的证明，把平日发给她的其他文件都更正了一下。当她就此有了所有的文件后，去了趟自己出生的小村子。一位乐于助人的文书，把她的出生证明修改得与别的身份文件日期一致，这让她破费了一大笔钱。但到一九三一年春天的时候，她终于正式地年轻了十岁。但仅仅十岁，因为在世界上的某个地方，一个孩子的大理石墓碑上，刻着一个即使作弊都无法擦掉的日期……

十年，现在她可以承认自己四十六岁，但还是比蒙蒂年长十岁。这个年龄，这块心病，这桩丑行继续困扰着她。面对她爱着的这个男人，她更愿意自己是一个孩子，重新成为一个弱小脆弱的孩子，被紧紧抱在他有力的臂弯中。但她必须包容和富有母性，而她是渴望被爱，被赞赏，在所有人中最得宠，不是作为朋友也不是作为配偶，而是作为一个情人，就像过去那个光芒四射的年轻姑娘那样。

她从来没有足够的勇气嫁给蒙蒂。

伊莎贝尔

十五

五年后的一个秋天，格拉迪斯在回家的路上，她沿着树林边一条几乎无人的林荫大道上走着。虽然刚刚四点钟，天已经开始擦黑，巴黎的黄昏里有森林潮湿的气味。格拉迪斯打发走了汽车，快速步行着，惬意地呼吸着粗砺、潮湿的空气。她周围一个人影都没有，只有一条狗在她前面，朝地上嗅着什么。百叶窗紧闭的房子，看不见灯光。空寂无人的街头花园，浸泡在雨水中，泛着微光。

突然，她看见一盏亮着的煤气街灯下，有一个小伙子，光着脑袋，穿一件灰色雨衣，似乎在等她。她吃惊地看了他一眼，机械地摸了摸貂皮大衣下的项链。他让她走过去，只是等她向前走了几步后，开始跟在后面。她走得更快，但他很快就跟上来，她听见身后他的喘气声。她加快步子，于是他停下，仿佛融化在薄雾中了。但过了一会，当她差不多忘掉他的时候，她又听见脚步声在身后响起。他一直默默跟着她，跟到另一盏亮着的煤气灯，在那里，他低声喊道：

"夫人……"

他有一张年轻而消瘦的脸，看上去一拧就断的长脖子似乎被那颗沉重的头颅牵引着微微前倾。

"您不愿意听我说话吗，夫人？……您害怕了？……我不是一个强盗……看着我。"

"你想干什么？"

他没有回答，但继续跟在她身后，跟得那么紧，她可以听得见他的呼吸声。然后他开始吹《快乐寡妇》旋律的口哨，不断重复开头的两个音节。听着这个口哨和这种踩在空荡荡街上有节奏的足音，她有一种奇怪的慌乱。

她停下，打开包。年轻人做了个阻止的动作：

"不，夫人……"

"那么，你到底想干什么呢？"

"跟着您，"他低声而急促地说，"这已经不是第一次了。您不会生气的，是不是，夫人？……对您来说，这不是什么新鲜事？……一个躲在暗影里的男人，无望地跟踪您？……您从来就没有注意到我？而实际上我在路上窥视您已经一个多月了……我看见您从家里出去，晚上回家，很晚……我看见您的那些朋友，我看见您钻进汽车。您想象不到这带给我什么感受……但直到现在我一直没有找到您单独一人的机会……您不会生气，是不是，夫人？"

格拉迪斯看着他，轻轻耸耸肩：

"你多大了？"

"二十岁。"

"而你跟踪一个陌生女人？……这样浪费你的时间？"格拉迪斯嘟哝道。她的心魔，那种想诱惑人的欲念又控制了她，她的声音不由自主地柔和下来。

"您看上去心肠不错。愿意对一个满脑子只想着您的可怜小伙子施舍一个眼神，一个微笑吗？……哦！盼望了那么久。"他用一种奇怪的痴迷的梦幻般的声音说道。

"你还是个孩子！"格拉迪斯说，"看看……理智点吧。我耐心地听你说过了，可是你也很清楚，该让我走了，是不是？我有

131

一个丈夫！"她微笑着说，"他会误会这种孩子气的。"

"您没有丈夫，夫人。你完全是自由的，而且是孤单一人……哦！如此孤单……"

格拉迪斯有些担心地说：

"反正，我请求你让我走。"

他犹豫了一下，低下头，侧身靠在一堵墙上。她看见他摆弄着红色围巾的下摆。她走得更快了，想找一辆汽车，但路上空荡荡的。过了一会，她重新听见小伙子的脚步声在身后响起。

这回她停下，等着他。当他走过来时，她生气地说：

"听着！……够了！要么你现在就放开我，要么我向警察报警。"

"不！"年轻男子厉声说道。

"你疯了！"

"您不想知道我的名字吗？"

"你的名字？……你疯了！"她重复道，"我不认识你，你的名字我不感兴趣。"

"并不完全是这样。您不认识我，这是真的，但当您知道我的名字后，一定会对我痴迷地感兴趣。"

他顿了顿，重复道：

"痴迷……"

格拉迪斯没有再说话，但他看见她在颤抖，嘴角微微下扯。他终于说：

"我叫贝尔纳·马丁。"

她轻轻地发出一声奇怪的叹息，像是使劲忍住的哭声。

"您是不是在等待另一个名字？"他问道，"我没有别的名字。"

"我不认识你。"

"可是我是您的外孙。"贝尔纳·马丁说。

"不……"她结结巴巴说，"我不认识你，我也没有什么外孙！"

她几乎是真诚的，因为她根本无法把眼前这个雨中的年轻人，跟二十年前记忆中那个没有名字、拼命哭泣、红通通的小肉团联系起来……二十年……流逝掉的时间长度对她永远和别人不一样。

"行了，外婆，接受事实吧，我就是你的外孙，相信我，要证明这一点并不困难。我有一封让娜的信，你以前的女佣，是她抚养我长大的，她死了，但她的信可以证明一切，我的权益……"

"你的权益？……我什么也不欠你的！"

"哦？……也许吧，打官司的话我会输……可是丑闻呢？你不想闹出丑闻吧？外婆？"

"不许这么叫我！"格拉迪斯恼羞成怒地喊道。

小伙子也不回答什么，双手插在口袋里，重又吹起《快乐寡妇》的旋律。格拉迪斯的手指几乎嵌到肉里，竭力控制身体的颤抖。

"你是想要钱吗？……是，我是有罪过……我怎么可以把你忘记这么久……我的上帝……？我对让娜说过一旦钱用完了就来找我……她从来没来找过我，而我……我就忘了……"她低声说。

"我从来没缺过什么。我并不是来要钱的……"

他那种憎恶的口气打消了她的内疚和怜悯。

"丑闻？……当然……可怜的孩子……你大概是从外省乡下

133

的某个角落来的吧，在巴黎，像你说的，叫丑闻……"

他沉默了，继续跟在她边上走，若有所思地，有气无力地吹着口哨。

她想：

"玛丽-特蕾莎的儿子……"

但这个想法并没有唤起她的任何激动，她心里只是回荡着那种沉闷的恐惧。

她绝望地重复道：

"你是想要钱吗？"

小伙子勉强从牙缝里挤出一个字：

"是。"

她赶紧打开手提包，抽出一张一千法郎的票子塞到他手里。

小伙子点点头：

"你的情人叫阿尔多·蒙蒂，没错吧？"

"你以为这样就能让我害怕？我女儿以前曾有过一个儿子，这和我情人有什么关系呢？"

"当然，外婆……当然，但我和贡扎莱斯说过话，你看看，我是让娜抚养大的。这两个女人对你的了解，只有仆人对主人才能做到，你灵魂中的每一个皱褶都逃不过她们的眼睛。你并不是因为我是私生子而抛弃我的，而是因为你不想让别人知道你的真实年龄。我鄙视你！"

"放过我吧！"

"你看上去确实还年轻……人家怎么看你的？'她有四十岁？……四十五岁？……'你承认说你有四十五岁……而一个二十岁的外孙，那可不是一件很妙的事……也许我搞错了？嗯？

嗯？哦，我多么想凑近你仔细看看，听你说话！……你和我想象得差不多，哦，不，不，人家和我说你仍然是个很漂亮的女人，看上去很年轻，可我看见的却是魔鬼的模样。你就是个魔鬼！"

他贪婪地凑近她，看着她的金发，她涂过脂粉的脸。而她，也在他脸上寻找着混杂了奥利维耶·博尚痕迹的玛丽-特蕾莎的影子。但所有这一切都是往事了，他们都死了。现在这世界上只有一件实实在在的事：阿尔多，她的情人！……这个看上去风吹得倒的瘦弱男孩，长得像玛丽-特蕾莎和奥利维耶，就像是一张可爱夸张的漫画。他脸色苍白，头发重重地搭在额前，胡子刮得乱七八糟，长长的脸颊瘦的像张薄纸。只有那双长长睫毛下热烈清澈的大眼睛，让人想起玛丽-特蕾莎的眼睛，这双眼睛在他难看的面孔上倒显得更加漂亮。

他先开口了，带着冷冷的威胁的语气：

"听着，如果你不想整个晚上只能把电话搁起来，因为我会不停打电话给你的，我会去你的公馆砸你的门，砸到你不得不出来开门放我进去；如果你不想闹出丑闻，不想你的情人收到什么信件的话，那么就过来找我。我住在圣雅克洼地街6号，大学生公寓。我每天等你到六点钟。请过来。"

"你真以为我会过去吗？"格拉迪斯强作微笑说。

"如果你是一个聪明女人的话……"

"那好吧，我看情况，我……要走了，现在，我求你了，放了我吧！……我并没有像你认为的那么有罪。"她带着害怕和哀求的语气说。

他没有回答，甩了一下被雨水打湿的头发，扣上雨衣，走了。

伊莎贝尔

十六

这天晚上，她留蒙蒂在家过夜。他们在敞开的窗子前用晚餐。秋天橙黄色的树林罩着一层浓浓的雾气……天气已经转冷，蒙蒂站起来想去关窗子，但她似乎更喜欢这种寒冷。

她想：

"如果一个年轻女人像我这样半裸着，今晚会感到冷吧……她应该会穿过炉火，走向海边，证明自己还强壮、腰身柔软、年轻……"

巴黎透着潮气，就像灰色天空下秋天的耕地，罩着一层紫色。每当有汽车从树下开过，车灯穿过树杈，落下金色的斑点。

蒙蒂冷得发抖：

"真的？……你不觉得冷？……"

"不冷，你怎么这么怕冷呢？亲爱的……你好意思吗？"

格拉迪斯喜欢窗子开着，因为这样他们可以沐浴在巴黎迷蒙的天光里，看得见投到房间深处的朦胧灯光。她不太喜欢明亮的光线。蒙蒂在抽烟，有些烦躁，她能感觉到。当她想到自己的担忧时，泪水涌上了眼眶。

"但愿他不要这么生硬地和我说话，他会的……今天晚上我可受不了……"

她闭上眼睛，试图在记忆中重现贝尔纳·马丁的样子。她猛地哆嗦了一下，蒙蒂问道：

"你怎么啦，格拉迪斯？"

"哦，没什么，没什么，"格拉迪斯说，声音有些哽咽，"靠近我，阿尔多……你还有点爱我吧？……哦！告诉我吧，求你了……男人不喜欢多说爱情，我知道的，"她说着，努力挤出一点笑容，"亲爱的，亲爱的爱人……我是多么爱你啊，如果你能知道的话……当我看着你的时候，我双唇发颤。我爱着你，就像一个十五岁的孩子，而你呢？你对我只有一点温情脉脉的牵挂，几乎就是伴侣间的那种，我知道的……"

"格拉迪斯，你对我才是只有一点不痛不痒的牵挂，因为这么久以来，你一直拒绝我提出的要求，做我的妻子。我想和你稳定地生活下去，和你一起回到意大利，给你我的姓氏。为什么要拒绝呢？"

她摇摇头，焦虑地看着他：

"不，不，我求过你别再提这件事了，这是不可能的！"

他不说话了。而她，尽管嘴上这么说，心里却在想，相反，她从来没有像现在这样愿意接受他，跟随他，告诉他一切，不用再背负这个沉重的包袱。这世界上她已经没有任何别的人了。过了一会，她又想：

"为什么不呢？……说到底，如果不再年轻，不是那种真正的无法替代的年轻，那么，四十岁、五十岁或六十岁，又有什么区别呢？"

她想起了某个或另一个女人，过了六十岁，据说依然有人爱着……"是，但那是她们自己说的，"她带着一种伤感的清醒想：实际上那是些吃软饭的小白脸，或者是些老情人，爱着的只是从她们身上得到的回忆……如果狄克还活着的话，我对他永远都不会老的……至于眼前这位……向他承认，"我六十岁了……我有个二十岁的外孙……"那是怎样的羞愧啊……我要他赞美我，为我感到骄傲……我要保持年轻。我到现在为止一直是年轻的，没人怀疑过我的年纪。而现在……我拿这小伙子怎么办？现在？不幸已经酿成……钱倒是容易……但他只满足于钱吗？他应该非常恨我……

她把脸埋在他手中，蒙蒂惊讶地问格拉迪斯：

"亲爱的，你今晚怎么了？"

"我也不知道，"她绝望地嘟哝，"我感到很忧伤，我想死。把我抱在你腿上，摇摇我。"

他把她抱在怀里，她靠着他的胸腔缩成一团，靠在他怀里感觉到一种非常舒服的弱小、柔软。他抚摸着她的头发说："孩子，我的孩子，小亲亲……"时间凝固了，格拉迪斯的心融化在柔情和忧伤中。

"如果他知道我的真实年龄，他嘴里怎么还能说得出这样的话？……如果一个二十岁的男人在他面前喊我'外婆'？……可是我还年轻，我还年轻啊，这真是个噩梦……"

她的手臂环着他的脖子，呼吸着他脸上散发的气息，她闭上眼睛，小巧的鼻翼轻轻抽动：

"我有点重，阿尔多……放下我吧……"

"轻得像一只鸟……"

"阿尔多，你会一直爱我么？"

"你照例不愿意和我谈谈未来，亲爱的？"

"是，因为未来是可怕的……听我说，你闭上眼睛然后坦率地回答我，这是非常非常严肃的。当我老了之后，你还会爱我吗？"

"你忘了我们是会一起老的？……我们不是差不多年纪吗？"

"不，"她摇摇头说，"要是你能知道我是多么害怕老去……"

"亲爱的格拉迪斯，你还年轻而且漂亮。"

"不，不，这只是个假象。我是个老女人了。"她无声地说。

"此刻，亲爱的，你只是个不懂事的孩子。"

"一个女人的吸引力一直能保持到多少岁？"她突然问道。

"什么傻问题，亲爱的……只要她一直漂亮，有女人味，就一直保持吸引力……四十五岁，五十五岁……还有那么多年呢，格拉迪斯……一生呢……"

"是，一生。"格拉迪斯低声回应。

"如果你愿意听我的，那么到时候，我们就是一对老夫老妻了，我们俩都是满头白发。在一起，难道就真的那么可怕？"

"爱情就消失了吗？"

"当然不会，那是另一种感情，就这样。你说话像个孩子，格拉迪斯。"

"在我很年轻的时候，我就发誓，当我有一天感到自己老了，我就自杀。我会这么做的。"

她没在听他玩笑似的安慰话。她闭上眼睛，把自己紧绷的脸靠在他臂弯里，抽泣着大声说：

"哦！阿尔多，我是多么地不幸啊！"

"可是为什么呢？亲爱的，告诉我原因，我才能帮你。噢！你不信任我，我甚至连你的朋友都不是。"

她环住他，用一种看上去弱不禁风的女人少有的力气紧紧搂住他：

"不，不，不要做我的朋友！……你是我的情人，是我在这世界上所爱的一切！……别在意我刚才说的那些话！……我每天

伊莎贝尔

都会有一些可笑的烦恼事，一条做坏的裙子，一只丢了的手镯，我也不知道。"

"你被宠坏了，亲爱的，这世界上被宠坏的孩子太多了。"

"你在嘲笑我，可是，我有我的不幸。"她嘟哝道。

"你从没对我说起过。"

"那又有什么用呢，老天？阿尔多，今天我不让你走。"

他笑着耸耸肩笑说："如果这能让你开心点。"

当他终于睡着时，她躺在他身边，但怎么也睡不着。最后她只好悄悄爬起来，来到隔壁房间。现在她冷得直颤……无声地从一堵墙踱到另一堵墙："世上没有一个人，没有一个人……"她绝望地拧着手指，眼泪顺着脸颊淌下，低声喊道：

"狄克，狄克，为什么你就这样走了呢？"

但他已经走了，化作尘土很多年了。她想起马克，也死了……乔治·康宁，战死了……唯一活着的：柯罗德，而这小伙子，这陌生人是他们俩共同的孙辈。

她抽出一张纸开始写信，一边留意着隔壁房间蒙蒂的呼吸声：

"快来救救我吧……不要惊讶我向您求救……也许您早就忘了我？但我在这世界上没有任何人了……周围的人都死了。我孤独一人。有时我感到活生生地掉到一口深井里，掉到一座孤独的深渊……唯有您，还能记得我曾经是一个怎样的女人。我很羞愧，绝望地羞愧，但我鼓起勇气向您求救，只能向您，曾经爱过我的人……"然而她又绝望地想：

"他早已把我忘了……他现在也老了，而且早已解脱，心灵自由了，远离生活。我却还在地狱里受煎熬，而他呢，肯定安宁，超脱一切……他老了，老了……他怎么能理解这些呢？哦！我自找的要在地狱里燃烧到最后一天，我拒绝了安宁平和的老年。但我会弥补的，我要恳求这孩子的宽恕，我会为他做一切，做一个母亲能为孩子做到的一切，所有玛丽-特蕾莎会为他做到的一切，但希望他能守口如瓶，希望阿尔多什么都不知道！"

早上，她把信封好放到写字台的抽屉里，但她从来没有寄出这封信。

伊莎贝尔

十七

第二天，每隔一刻钟，电话铃就响一下。如果听见是女仆的声音，贝尔纳不说一句话就把电话挂了。最后格拉迪斯终于把电话抱到自己房间里，声音颤抖地回答：

"是我，贝尔纳。"

"喂！"那个她辨得出的声音问道，"是你吗？外婆？"

"我昨天刚给了你一千法郎，你就不能让我清净几天？"

"你以为这样就可以把账一笔勾销了？"那声音说。

"那你明确告诉我你到底想要什么？"

"在电话里说？"

"不，不，"格拉迪斯咕哝道，她听到隔壁房间里的响动，"我打电话给你……"

"不，你过来！"

"不！"

"随你的便。顺便问一句，你的未婚夫，我未来的外公，是蒙蒂伯爵吧？"

"听着，"格拉迪斯惊慌地说，"你在玩一个危险的游戏，这是讹诈。"

"你很清楚这是一种特殊的讹诈……"

但第二天，她还是去他那里了。他住在一间阴暗、不通风、天花板低矮、肮脏窒息的小房间里。水斗上大理石台盆有一条深深的裂缝，床上的床单发黄破旧，窗框上挂着粗糙的窗帘。

"多么寒酸的房间，"格拉迪斯嘟哝道，"如果你愿意的话，你可以随时离开这里，我的孩子……"

他微笑着看着她：

"不……我需要的这并不是这个……你不会理解的。我敢肯定你不会理解的……"

桌上摊开着几本书，地板上也堆满了书，一只装满橙子的盘子搁在床上。

"听着，"格拉迪斯说，"你要我做什么呢？我只能在力所能及的范围内，尽可能弥补过去，可是……"

她停下，等着他打断她，但他专注地看着她：

"接着说，夫人，我在听着呢，你不想坐下来？"

她机械地服从着他，发现自己的双手在不停颤抖，赶紧藏到裘皮大衣里：

"你为什么一心要制造丑闻呢？"

"可是，夫人，你并不理解我……你坚持认为我是要讨回我那些不存在的权利，我知道，因为我是一个非法出生的孩子。我关心的不是这件事，至少我现在还没来得及想这些，也许在你看来是很奇怪……我只是有一种想出现在你生活中的愿望，搅乱你那美好的宁静。在镜子里看看你自己吧……你现在和我昨天在路上看到的那个女人可大不一样了，仅仅是在昨天，你在路边那么优雅地接受一个陌生小伙子跟踪，你现在才露出了你的年纪，我亲爱的外婆……得，你不用恼火，不用否认，说到底，我是你的骨肉，嗯？是你曾经珍爱的女儿留下的唯一纪念。你对她的珍爱表现在你在尼斯公墓给她造了一座壮观的大理石陵墓。我见过那墓，也见过贡扎莱斯……有趣的见面，我是多么理解我母亲宁可死掉也不愿意在床头看见她……"

伊莎贝尔

"谁把你抚养大的？"格拉迪斯问，"让娜？"

"不，让娜又去找活干了，为了养活我，也为了养活她自己。她把我托付给她表姐，一个以前的厨娘，她和一个退休的管家，马夏尔·马丁一起生活……这是个愚蠢但是诚实的人，他愿意认养我，好让我有个身份，不算多么了不起，但至少令人尊敬……我很小的时候，他就死了。我就是由让娜的这个表姐，贝特·苏普罗斯抚养大的，贝特妈妈，我这样叫她……"

格拉迪斯双手捂住脸：

"是她们告诉你的？"

他耸耸肩没有回答。这两个女人永远都不会忘记他出生那天晚上哪怕是最微小的细节，她们几乎不讲别的事情，她们甚至都不去想别的事情，就像是卑微的证人见证了一场悲剧，而悲剧的主人公比她们更富有更强大。一开始，她们瞒着孩子偷偷说，而他用自己那种热切的、渴求的、耐心的智慧，从片言只语中，从她们的叹息中，从她们不经意的眼神中，串起了事情大概的真相。他出生那天晚上的记忆，玛丽-特蕾莎的死，格拉迪斯的态度，格拉迪斯的性格，他对这一切渐渐形成一种对待艺术作品那样的奇怪痴迷。晚上，当她们把他放到大床上，平常他就睡在贝特妈妈边上，她们就坐在起居室点着的蝾螈炉前，把毛线活放在膝盖上，又开始了同一个永不厌倦的话题。

透过半掩的房门，孩子看得到贝特佝偻的背，黑色披肩堆在肩膀上。长长的钢针插在无边软帽下花白的头发里，软帽已经皱巴巴了，但她还继续戴着。让娜折叠着贝尔纳的外套，绒布小短裤。孩子半睡半醒，他跟随让娜的讲述一直跟到梦里。有些句子每天晚上如此相似，贝尔纳都能背下来：

"作孽啊，在这座金子都满得出来的房子里，他生下来时甚至都没有一件小衣服可以穿在身上。那外婆花了战前的十万法郎修了小姐的墓地。可这孩子呢，也是她的骨肉啊，他差一点就死掉了，她都不想一下……"

贝尔纳使劲揉着眼睛驱赶瞌睡虫，努力醒着，贪婪地听着，在心中玩味和滋养着一种深沉彻底的仇恨，给他的生活注入一种过瘾的奇妙滋味。

此刻，他带着一种冷酷的好奇，注视着在他面前颤抖不止、僵直的格拉迪斯。

"你到底要我怎么样？"她重复道。

"我们下次再说，"他微笑地嘟哝，"今天我什么也不要求你，今天我就是想看看你和你说说话。"

"我不会再来了。"

"哦，会的，这是毫无疑问的。只要我发个信号，你肯定来……"

"不。"

"不？"他冷笑着重复，"你现在肯定在想着快点逃离吧？你会想：'我有钱，如果我愿，明天就可以去天涯海角。这穷小子没法跟着我的……'但一封信是很容易跟着蒙蒂伯爵的。"

她什么也没回答。她努力在他脸上搜寻一丝一毫的玛丽-特蕾莎的影子，但一点也找不到。贝尔纳的声音柔和，带点女性气，但他的笑容却很生硬。她叹口气：

"衰老在几年后，也许在几个月后就会来临，"她想，"那将是真正的衰老，安静的与世无争的老态。总有一天我会厌倦爱情，因为自然规律可不会有什么奇迹，既然我在世界上唯一的骨肉已

伊莎贝尔

经死了，为什么不要这一个呢？……我会有一个家，有一间我可以在那里彻底放松的房子……当然，我确实有罪过，然而……"

因为，面对自己的灵魂，谁没有经历过最终的审判？

"我那时太年轻，太漂亮，被生活宠坏，被男人们宠坏，被爱情，被这个世界宠坏……"

她想对他说这些，但眼前这张敏锐、苍白、丑陋的脸，他细小、明亮的眼睛中燃烧着聪慧的火焰，这些让她话到嘴边又咽了下去。她环视了一遍这间可怜的学生宿舍，脏兮兮的玻璃窗，露出了线头的地毯，桌上还有一张女人的相片。

"这是谁，你的情人？"

他没有回答。

"我并不是怕你的威胁才来的，贝尔纳。别这么认为。你没法理解的，如果你是个女人的话，你就能明白，人可以把一部分经历完全遗忘，感觉不到时间的流逝。我不是来这里做你的敌人的，我怎么可能呢？"

他打断她：

"你在想着逃跑，是不是？"

"是，但我也很清楚一封信会追到我情人手里。你看看，我并不争辩，我不否认什么，我只是想帮你。我有钱，我可以给你一种人人羡慕的生活。"

"但保持距离，是不是？"

她紧张地看着他：

"你这是什么意思？"

"你很愿意给我钱？但如果我想要的是其他东西呢？"

"我打算，"她心虚地说，"就像一个母亲那样去爱你。"

他发出一阵冷笑："谁向你要关爱了？谁还需要你？那些年轻的小白脸，无疑，这个蒙蒂应该也是个吃女人饭的吧？"

"蒙蒂是个正派男人。"她轻声说。

"那他和你一起生活，和一个六十岁的老女人？……要么，他对你不忠？"

"这有可能。"格拉迪斯嘟哝道，心头突然一阵剧痛。

"当然，这和我无关，还是说说我吧。除了给我钱，给我迟到的关爱之外，你看不到还有别的什么可以给我的吗？如果我很有野心呢？如果我不满足于你给我造成的目前的身份：被退休管家马夏尔·马丁收养的私生子？……"

"要补救这些已经太晚了。"

"你这么认为？应该要想到……"

他饶有兴味地想：

"她发抖了，这个老女人……可是，谁知道呢？"

但此刻他心头跳跃着的那股邪恶的微妙的快感，并非是因为看到了锦绣前程的希望，也不是复仇带来的快乐，而是因为在一场精彩的较量中他占了上风。

"这二十年来，你就一次都没想到过我，是吗？"

"没有。"

"我说不定就饿死了。"

"我对让娜说过让她来找我……"

"可是你走了，你离开了法国？"

"是，可我想着几个月后就会回来的，我发誓。"

"你把我忘了？"

"是。"

　　　　　　　伊莎贝尔

"就像忘记一条狗？"

"哦，我求求你，"她抱着双手说，"别再提过去的事了……你就这么看我……带着这么深的仇恨……"

"你愿意把我介绍给阿尔多·蒙蒂吗？"

"你疯了吗？为什么？"

"为什么不呢？"

"我做不到。"她嘟哝。

"你为我感到羞耻？"

"我为自己做的一切感到羞耻。"她说。本能地寻找谎言来安慰自己。

但他笑着摇摇头：

"就是这个原因吗？我宽恕你。谁会不明白你是为了掩饰女儿的过错？"

"就是因为这个原因，我做不到……这对我来说太难了，贝尔纳……"

她听见一阵冷笑，打住了话头。冷笑后接着一个柔和的声音：

"得了，别再演戏了。你忘了我认识让娜，对一个贴身女佣来说，是没有秘密的。你害怕承认你的年纪，这就是全部！"

格拉迪斯涨红了抹着脂粉的脸。她只是回答道：

"我爱我的情人胜过一切。"

"你的情人？就你这年纪？你好意思说得出口！"

"我爱他。我留住他并不是出于美德，也不是为了什么美好的感情。你还不懂这些，你还是个孩子。我留住他是因为我是个必须感到自己还年轻漂亮的女人，还能满足他的虚荣心。如果他知道我的年纪，特别是如果他知道我一直在撒谎，我会感到怎样的羞愧啊。而且衰老对我来说是一种怎样的不幸和惩罚啊，他会离开我的。如果他不离开，那就更糟，因为我会认为他是冲着我的钱财而来，我无法接受这个念头，我会为此而死。我需要有人爱我。"

"那么你打算怎么做呢？"

"我想你能明白你的切身利益。一桩丑闻不能给你带来任何好处。从法律上讲，我不欠你任何东西。根据法律，你有一个父亲的。当然，"她耸耸肩，用一种倦怠的神态说，"我对法律一窍不通。我愿意给你我唯一可以支配的东西，那就是钱。过一段时间，也许几年后，几个月后，也许我的情人会离开我……我随时都会变成一个老女人……事情历来如此。"她嘟哝着："那时，情况就不同了……但现在留给我的这些时间，我不会轻易放弃，不会为任何内疚或责任而放弃！"

他没有回答，站起来凑近她，用一种贪婪好奇的目光盯着他，最后他咕哝道：

"你可以走了，现在……"

她走了。

十八

格拉迪斯下楼，转过一条街，第一缕晨光透过秋天橙色的浓雾闪亮着。这里是大学区，这里每一座房子，每一条街道都属于青春。每一张雾气笼罩的脸都显得贫寒、苍白、营养不良，但却个个年轻，如此年轻……她恨恨地看着他们。贝尔纳的话又在耳边响起，她似乎都还听得见……"那么，他对你不忠？"……

他是用一种怎样直率甚至是天真的口气这么问道……他对你不忠？人家不可能爱你的，你，一个老女人！她以前从来没有感到过嫉妒：因为她是那么自信，自信她的魅力。而现在，生平第一次，她感到了这种担忧，这种失望，这种可怕的期待……

"他爱我吗？他爱过我吗？……为什么，为什么他不离开我呢？……他要的真的是婚姻吗？还是要钱？他专一吗？……为什么昨天他没有来？……他在哪？……和谁在一起？为什么？"

当他把她搂在怀里时，当他在她的抚摸下闭上眼睛时，是为了更好地享受快感还是为了不要看见她的脸？……这张脸，真的能带给他青春的幻觉？她当街停下，从包里掏出镜子，焦急地盯着自己的脸。她又想到五年前，仅仅是五年前，这样类似的动作，肯定会有男人微笑着对她说：

"哦，是的……很漂亮……"

没人看她。几个小伙子手挽着手走过。格拉迪斯迎面碰到一群女孩，穿得很寒酸，贝雷帽贴在耳朵上，拎着装得满满的书包。她听见一个胖胖的女孩朝她同伴大声说道：

"他们到意大利的那些湖泊去了！……"

她咬着"意……"这个音节，为了让人听出她语气中的嘲讽和惊讶，就好像在说："他们怎么会想出来去意大利的湖泊，太装模作样了！……"但尽管如此，她的声音里还是有一丝伤感和羡慕，格拉迪斯友善地看着这个可怜的胖姑娘，她，也有一些无法实现的梦想……

　　回家后，她感到心脏沉闷而痛苦地狂跳不止。夜里，她怎么也无法入睡。她烦躁地抚摸着自己的身体：

　　"可是我还很漂亮，很漂亮啊……到哪里去找一个更加美好身体？我没有六十岁，这不是真的！……这不可能！这是个极可怕的错误！……我为什么要去见这个男孩？……他活了二十年，我也没为此操心过！……我应该离开的，躲到世界的某个角落……但这样就会有封信寄到阿尔多手里？……阿尔多，他爱我吗？现在他在哪里呢？他会爱上另一个女人吗？……我又对他了解多少呢？我们对自己所爱的男人又能了解多少？也许他在嘲笑我呢？……也许……"

　　她想到了她的一个朋友，让妮娜·佩西耶，她最近老围着蒙蒂打转。

　　"如果他知道……知道事情的真相，他会和她一起嘲笑我，他永远都不会原谅我把他陷于可笑的境地……她会说：'可怜的格拉迪斯……你难道从来就没有起过疑心？女人是骗不了的，我一直觉得她要比人家认为的年纪大得多，哦，这件事，真是太好笑了！！！'"

　　她，格拉迪斯，可笑？……可憎，可以；有罪，也可以；但就是不能可笑！……她可以是个魔鬼，是个可怕东西，但就是不能：是外婆，是老女人，是陷入情网的女巫！

伊莎贝尔

她咬牙切齿地想：

"我要让他看看我还是受欢迎的，我只要一出现就可以！……贝尔纳，这小东西想用一种低级的诋毁来报复我……我是漂亮的。谁能猜得出我的年纪？"最后她又想："即使人家知道了，又怎么样呢？难道世上就没有五十岁甚至更老的女人了吗？……是，她们是这么想的，但别人却在嘲笑她们，可怜的倒霉鬼……如果她们知道人家背后是怎么嘲笑她们的！……哦，如果此刻阿尔多在的话，我就会忘了这些……人们是不会拿欲望演戏的！……要是他在就好了。"她烦躁地想着，从床上爬了起来。她恼怒地一把扯掉缠在脸上的羊毛绷带。"这是怎样的衰败啊！……这些护理，这些秘密，这些虚幻的青春活力，仅仅都是靠人工硬撑着！……这些晚霜，这些脂粉，这些腮红，这些夏天内衣下的隐形紧身衣……对那些从来没有过真正的、灿烂的耀眼美貌的女人来说，也许还能忍受这一切，但是对我呢？"她苦涩地想。她感到疯了似的想见阿尔多，她需要放下心来。

"我去他家里，他会以为我疯了，会讨厌我的，"她绝望地自言自语，"但我今天晚上不能一个人这样待着……我病了。如果我真的有死亡的危险，我应该去找他的。如果我这样痛苦到明天早晨，我真的会死去。"

她打开灯，凑近镜子，惊慌地看着镜子里一个和平常完全不同的形象，一个垮了的老女人的样子……

她穿上衣服走出去。蒙蒂住在离此地不远的一条安静街道的底楼。她一直步行到那里，指望急速行走能让狂跳不止的心脏稍稍安静。百叶窗的缝隙里，看不见一丝光亮："他睡了。"她上前轻轻拍打了一下窗户。没有任何动静。

"他睡得真死。"

她又轻轻喊了他几声。她以前也曾这样来找过他几次，但那时他是在等她的……还是没动静……她竖起耳朵，因为突然听到紧闭的百叶窗后面有沉闷的电话铃声传来，电话就在阿尔多的床头。但阿尔多没有接电话。他在哪儿呢？……除了她，谁还有权在早晨五点给他打电话？……而且他在哪里呢？……她疯狂地摇晃着铁制的护门板，然后又赶紧停手，生怕看门人或邻居会出来。她退到街角，坐在一条透着清晨寒气的冰冷长凳上。雾气从树枝坠落，有时凝成一滴水珠滚落，掉到她赤裸的头颈里。路灯摇曳了几下，然后灭了，天开始放亮，东方露出鱼肚白。一个男人路过一个醉醺醺、骂骂咧咧的酒鬼，走远了。在这条安静和富足的街上，那些窗户紧闭的房子有一种茫然和嘲讽的味道。她想：

"那会是谁呢？"

她因为绝望和愤怒而发抖。

"我是个大笨蛋！蠢货！愚蠢的动物！……他早就背叛了我！而我，我却什么也看不见，什么也不怀疑！那会是谁？我还是不要知道的好。"她垂头丧气地想。

但心里强烈的疑问还在：

"会是谁呢？"

"就像伤口要被人撕开，如果必须为此而死，我认了……"

"我就在这里守候一夜，"她狂怒地想，"我会搞清楚的，他不敢撒谎的……"

然后又有一种不可理喻的希望升起：

"也许我敲得还不够重……他睡得太死了，谁知道呢？但那电话铃声呢？我肯定是在做梦……谁会在半夜里给他打电

伊莎贝尔

话？……我一定是在做梦……"

她又冲到窗口，用痉挛乏力的双手抓住窗棂使劲摇晃、呼唤。但没有回应，只有一条狗警惕地吠叫起来。

她轻声唤道：

"是你吗？杰瑞？……杰瑞？……"

听出她的声音，那狗叫了几声，呻吟起来。她绝望地嘟哝道：

"你也是一个人吗？他也把你一人丢下？我可怜的杰瑞？……"

最后她看见空寂的街上有辆租车停在房子前。她能认出车窗后蒙蒂的轮廓，一个女人坐在他旁边，他正在帮她下车，那是让妮娜·佩西耶。她想起来让妮娜的丈夫出门有一个星期了，要到明天才回来。他们肯定在一起度过了一个节日晚会，他穿着礼服。她看见让妮娜没戴帽子。他们现在一起回阿尔多的家里，好圆满地结束整个晚会，就像她很多次经历的那样。

她想冲过去，但突然停下，想到：

"我的脸……"

在这样的一个夜晚之后，这张脸该有多么恐怖啊……她没有权利哭泣，让别人看见她的痛苦。泪水挂在脸上对年轻女人来说宛如雨滴洒到花上，是一件动人的事……让妮娜可以哭泣，她还不到三十岁，她……她的眼泪会打动蒙蒂。而她，格拉迪斯，她应该记得，她的泪水只能融化脸上的脂粉。

她看着他们走进屋子，在身后关上门。她长久地坐在凳子上，冻僵的赤裸的手捂着瑟瑟发抖的嘴唇。她看着那所房子，看着灯光从百叶窗漏出，然后熄灭了。她回家了。

十九

在随后的几个星期里，格拉迪斯去了贝尔纳那里好几次：在这间寒酸的房间里，她却感到一种奇怪的放松。这是地球上唯一一处她什么都不用害怕，什么都不用捏造的地方。只有在他那里，她终于可以表现成一个疲惫的老妇人，可以让背躬起来，可以让脖子缩下去，为了让戴着珍珠项链的脖子不露出松弛的横纹，脖子必须一直挺着。她曾要求见贝尔纳的情人，那是个年轻姑娘，有一张娇嫩但棱角分明的脸，褐色的头发，刘海披在额头。她笑的时候，专注深邃的眼睛里却没有笑意，显得忧郁而沉重。但另一些时候，在她自己忧伤和沉思的时候，那双眼睛里却会露出一丝嘲弄。她叫洛雷特·佩尔格兰。她全部的家当就是一套米色的羊毛套装，一顶贝雷帽和一件碎花平纹细布外套。那是在最冷的时候穿的，晚上洗了，第二天再穿。这是蒙帕纳斯那一带女孩子中的一个。人们很少知道她们的来历和真实姓名。她们似乎只靠羊角面包和咖啡过日子，没人对她们感兴趣，也许有一天她们就消失了，就像她们出现时那样。格拉迪斯马上明白贝尔纳到她那里要钱是为了给洛雷特。

这一天，格拉迪斯和他们在一起待了很久，看着雨水拍打着窗户，几乎没怎么说话。洛雷特咳嗽着，咳得非常厉害，几乎要咳出五脏六腑。

贝尔纳终于说：

"夫人，必须把这姑娘送到瑞士去……你能帮我们一下吗？……我会养活我自己的。"他低下头补充道。

"可是为什么呢？贝尔纳？……有我在呢，而且……"

伊莎贝尔

"我不是想要你的钱，"他恼火地说，"不是这个，你不明白吗？我要自己养活自己。"

"那，这不会是件很困难的事吧，我觉得？"她用一种富家女子才有的天真问道。

他冷笑：

"你这么以为，你？你生活在什么年代？你生活在什么梦里？你还沉睡在战前一直没有醒过来么？真是不可思议！……"

"我给你所需要的钱，贝尔纳，可剩下的，我能做什么呢？"

"你有一些朋友，一些关系……我知道你认识那个佩西耶，那个部长……"

"不，不，"格拉迪斯咕哝，"不要这样……这不可能……你就满足于我能给你提供的那些吧……"

她挺直身体，有些焦躁不安，忧心忡忡。夜色让她蠢蠢欲动，把她赶向蒙蒂，给她粉饰出依然年轻的幻觉。她往桌上扔下一张支票，走了。

"她会回来的。"洛雷特笑着说。

她凑近贝尔纳，用她特有的那种能洞穿人心的专注神情看着他，突然问：

"这个女人是你母亲吗？"

"为什么？她和我相像？"

"你们两个的眼睛里都有某种致命的东西，你知道吗？"她边说边习惯性地在空中画着她要说的那个词，她低声吟道：

"有着残酷的弗拉戈纳尔 ① 笔下那些女人的致命眼神……"

---

① 让·奥诺雷·弗拉戈纳尔（Jean Honore Fragonard, 1732—1806），法国洛可可风格画家。

"哦，不，洛尔①，不要这样子说话，"他温柔地看着她说，"就像是有文学修养的轻佻女人，没有比这更糟的了。"

"是，亲爱的。"她微笑着，没有听他的。

他猛地紧紧抱住她：

"你去那里，然后你会好起来的……"

她用纤细的手指温柔地抚摸着他的前额说：

"当然，我会回来的，我不会死的。你看，如果我现在死了，那我的生活应该是这样的，"她边说边用手指空中画着一个圆圈，"应该是一种必然的命运。但生活中，事情永远都不会如此，而是这样的，"说着她抬起手臂画了一条通向空中的斜线，"或者是这样的，"她又画了个问号……

"回来，只要你能回来，然后你看着，我要让这个女人偿还我，还到她最后一滴血……你想知道她的名字吗？她叫伊莎贝尔……你不理解吧，不过没关系……我也不理解。我对你一无所知，但是我爱你……我是多么地爱你啊，洛尔……等你回来后，我会给你买漂亮裙子、首饰，所有这些都用伊莎贝尔的钱。你看着，亲爱的，你看着……"

洛雷特走了，她半空的箱子里垫着几本书。和平时一样，没戴帽子，贝雷帽捏在手里，穿着那身米色的套装在寒风中瑟瑟发抖。她去了瑞士。在她之前，那地方已经留下了很多人。

---

① 洛雷特的昵称。

伊莎贝尔

二十

　　贝尔纳从瑞士收到过两封短信，用的都是些短句，给人一种气喘吁吁的感觉，然后就没有任何音讯了。他知道洛雷特活不长了，他每天都在等待她的死讯。他的悲痛也和他人相似：呛人的，阴郁的，充满怨恨。他牙疼难忍，不再刮脸，不再打开书本。他和衣扑到床上，直睡到天黑。夜色降临时他又醒过来，用一种令人绝望的快意咀嚼着巴黎黄昏的惶恐。他没有勇气离开这间可怜的房间，能上哪里去呢？……到哪里都是孤独，到哪里都是悲伤，忧虑加上深深的烦恼让他坐立不安……他看着煤气路灯喷出的火焰在黑暗的墙上映出百叶窗的轮廓。他呆呆地看着灯芯，有那么片刻，那柔和的绿色火苗仿佛夺走了他全部的思维，像一团凝膏在心底淌过。稠密而寒冷的雨下个不停。洛尔……他仿佛看到她已经死了……他想：这是个谨慎的，不起眼的，瘦弱的女孩，有一副美丽的身体……性情忧郁但思维活跃，有一种听天由命的慈悲……贝尔纳被一种强烈的绝望捕获，心里充满寒冷和无言的忧伤。夜里，他从一家酒吧游荡到另一家，当他喝酒的时候，可以暂时忘记他的情人，至少可以不带着那么残酷的专注去思念她……但即使喝得酩酊大醉，他依然强烈思念洛尔，有一种内心被掏空的感觉，一种饥渴愁苦的感觉，一种黑色的烦恼。

　　他躺在床上，瘦弱的身体在破得没法再补的粗毛线衫里颤抖，一只装满橙子的盘子搁在边上，他出神地看着雨水顺着窗子往下淌，不让自己去想死亡，不让自己沉浸在绝望中，他努力想着格拉迪斯，在心里唤醒着对她的仇恨。

她肯定不会再来了，这个女人……即使我死了，她都不会关心一下……然而，她却是我在这世界上唯一有血缘关系的人……

他低声喊道：

"洛尔……"

他有些羞愧地感到泪水涌上眼眶。他在床上辗转反侧，把头埋在发黄的枕头里，这枕头和这肮脏不堪的旅馆里的其他东西一样，散发着一股霉味：

"洛雷特……我可怜的姑娘，你完了，去吧……本来用伊莎贝尔的钱我可以给你买糖，买裙子……本来你可以过上几天好日子的，可怜的姑娘……可是，可是，连这点都没有……你甚至连这一点都没享受到……"

他为自己如此脆弱、如此深爱她感到羞愧，他竭力想：

"这是怎么了……我是无能为力的……我会有另一个姑娘的……"

但马上他又想：

"哦，但愿她能好起来，我要让伊莎贝尔把灵魂交出来，我要夺走她拥有的一切……我要折磨她，我要让她生不如死……"

他在心里把他的情人和他称为伊莎贝尔的人之间建立了一种奇怪的联系：

"一个二十岁的女孩子，在这个世界上从来没过上五分钟的好日子，正在死去，而这个老疯子女人，却戴着她的钻石，有脸说自己在爱着，在嫉妒着！……我发誓，这太讽刺了……我要把她杀了，有时他会这么想：人家能把我怎么样呢？……不能怎样！……陪审团的先生们！……这是我外婆。她抛弃我，撇下我，扔下不管。我是在复仇。可是她给你钱了，伙计！……"

"哦！我在发烧，"他嘟哝，"但愿我能得一场伤寒或像洛尔那样的肺痨，能让我去另一个好一点的世界找我母亲！……我肯定会让她有点不知所措，"他愉快地想，"可我是多么倒霉啊，一切都在和我作对！……我几乎该死过一千次了！……可是不，我还活着……虽然也算一种安慰，可是还不够！……不，上帝，这还不够！……"

圣诞节前夜，人家告诉了他洛雷特的死讯。他决定去通知她的父母。他是在洛尔留在抽屉的一些旧信件中找到地址的。

他看见一套安静、富裕的公寓，一个满头白发的干瘪老妇人穿着丧服，脖子里挂一串煤玉项链，接待了他。这是洛尔的母亲，他起先只告诉她洛尔病了，在雷赞 ① 治病。她哭着回答：

"我就知道会这样……您说她在雷赞？那里的费用可是高得惊人……儿女们可真是些忘恩负义的人……她离开了我，让我颜面丢尽……我还能做什么呢？"她拿出一块绣着黑花边的手绢擦擦眼睛，煤玉项链在胸前晃了几下。"我丈夫六个月前死了，没给我留下什么财产……请您转告洛尔，让她尽可能节俭……我了解我女儿：香水、脂粉、丝袜。让她多替我想想。我掏空口袋每月只能给她寄五百法郎。五年来不给她母亲一封信、一句口信，当然啦，一旦要钱的时候，才会想起家。我每月给她寄五百法郎，先生。"

"已经不需要了，"贝尔纳突然说，"寄一次钱就够她入葬了，她昨天死了。"

---

① 瑞士地名。

160

他走出来，外面下着雨。这是个浓雾笼罩的寒夜。他呆呆地往前走，脑子一片空白。他走进一家小酒馆，然后另一家。在码头对面的"军舰"水上咖啡馆，黑色的水波在夜色里闪烁……在圣-路易岛的一家小咖啡馆里，老旧的雕花横梁被煤气灯嘶嘶作响的火焰照亮着。在"里多"咖啡馆，到处是灰尘、煤渣和石灰……

然后他又回到蒙帕纳斯，又喝了一杯酒，对碰到的一个同学说：

"洛尔死了。"

"可怜的姑娘……她还不到二十岁……你来一杯吗？……"

他喝完酒马上出来，走到阴沉沉的大街上，酒馆红色的灯光投在路面的泥浆上，像染上了一层血。他来到圆顶咖啡馆的平台上，他想对全世界宣布他的情人死了。每个听说的人都表示：

"不可能！……"

又加上一句：

"她看上去是不太结实……"

有人问：

"她几岁了？……二十？还不到？……"

他们听到那个和自己年纪差不多的数字后，都沉默了。贝尔纳喝着酒，透过烟雾看到一张张熟悉的脸，心里有一股忧郁的愤怒。

他就这样很长时间从一家咖啡馆游荡到另一家咖啡馆。

他朝塞纳河的方向走去。他喝醉了，脑袋发热一片茫然。他听着雨水滴落石阶路上的声音。他朝树林，朝格拉迪斯住处的方向走去。他感到一种仇恨，但又强烈地想见到格拉迪斯。他念叨：

伊莎贝尔

"我该回去，嗯，该回去了……我要睡一会……"

尽管如此，他的双脚还是不由自主朝格拉迪斯那里挪去。

然后他又想到了洛尔的母亲，那个半截入土的老女人，她的眼镜、她的煤玉项链、她的提包、她的绣花靠垫，她抱着钱堆只为了再苟延残喘几年。

"这些可恶的老东西。"他握紧拳头想。

他把格拉迪斯和洛尔的母亲，以及所有霸占着地位、钱财、幸福，而只给自己的孩子留下绝望、贫穷和死亡的老家伙们混淆在同一种仇恨里。靠近奥特伊一带，咖啡馆更少更寒酸。有几个男人在玩纸牌，其中的一个久久地听着一个已经掉了几节音谱的点唱机。

他回忆起遇见洛尔的那一天，她坐在一只火盆前，火光映红了她的脸。她没戴帽子，一条红色的羊毛领带绕在脖子上，他仿佛又见到她那种苍白柔弱的模样，她的眼神。

"这女人身上有某种东西……某种我在她身上从来没有发现过，她自己也没有意识到的东西……某种诗意……"

他想起了自己的亲生母亲，他无法想象出她的脸。他忘了如果她活着的话也该有四十岁了。他感觉她就像是一个姐姐，和自己和洛尔一样年轻。

"可怜的姑娘们，你们都死了，在地底下，在黑暗中。"这一切在他心底翻滚着、嘲笑着。"我要抓住伊莎贝尔的肩膀使劲摇晃，摇晃，"他狂怒地想，"把她脸上厚厚的脂粉摇下来！……哦，我对她恨之入骨！……她是这一切的罪魁祸首！……可她还活着，真不公平！……我以后会怎样呢？……一千个同学，却没有一个朋友，没有一个亲人！……我想工作……不再读书了……

我受够了……除了翻书之外我的手不做任何别的事情，这让我难以忍受。干活……在地铁工地上，在阿勒区，随便哪里……可是在这经济大萧条的年头，你以为这很容易吗？老伙计？我应该做一个工人的……贝特妈妈不该把我培养成一个读书人……有时候我们忍不住抱怨整个世界，上帝原谅我吧。"他带着内疚和柔情这样想，"哦！我好渴……"

他走进河岸一角的一间咖啡馆，在雨里，在一顶不挡风雨被吹得哗哗作响的帐篷下喝着酒，冷得瑟瑟发抖。

"随便哪种卑微的职业都可以救我，哪怕只是在木板上敲钉子，然后晚上倒头就睡。过一年这样的日子，加上周末喝个酩酊大醉，我就可以忘了洛尔……不管怎样，我才二十岁，我不想被悲伤压垮……我不想。"他重复着，仿佛在向一个看不见的上帝发出无声的挑战，"是，但是……伊莎贝尔的钱呢……这些来得太容易的钱……这些女人腐蚀所有她们碰到的东西……"

整个晚上他就这么走着，雨水顺着脸颊往下淌，雨水的淅淅沥沥，雨水的轻抚，雨水担忧似的叹息，都落在一个仿佛空了的城市。雾气从石阶路上升腾起，他半闭着眼睛往前走，像一个瞎子在人行道上踉踉跄跄，他想：

"我要去告诉伊莎贝尔……哦！她会记住这个夜晚的！……让一个人忍受痛苦是一件多么快意的事情……她现在在干什么呢？……她是不是已经把我忘了？但我会让她马上记起我的！……她在哪儿呢？"

他看看公馆的窗子，紧闭着没有光亮。

"一个平安夜的夜晚，伊莎贝尔如果不是在家里做爱，肯定就是在什么地方跳舞……她跳舞作乐……这个老女人，这个幽灵，这个魔鬼！……哦，不，为什么我要这么说？她看上去还年轻。老女人，老女人，老巫婆，"他在一种忧郁的狂躁中不断重复，"今天夜里我要让她哭出来！我要看见她掉眼泪……"他站着，靠在大门的一个墙角，看着雨丝纷纷洒落。

二十一

而格拉迪斯这时却在弗洛朗斯家跳舞。他们一共四个人：佩西耶夫妇，蒙蒂和她。这个夜晚是她和让妮娜在某种程度上的"最后决战"。她无形中有一种预感，她会输了这场较量，蒙蒂更喜欢让妮娜一些。让妮娜像一只狡猾的贪得无厌的鸟，长着一只鹰钩鼻子，一双忧郁的大眼睛在浑圆苍白的眼睑下生动地扑闪扑闪。她直直的黑发乌光闪亮，像披了一层羽毛。她戴着这个季节非常流行的发饰，像一对凑得很近的鸟儿的翅膀，紧贴着头皮，仿佛戴了一副耳机。她猜到了格拉迪斯隐秘的致命伤，她的年纪。她爱蒙蒂，但尤其是能抢走格拉迪斯的情人，这让她有一种荣耀感。

她要压倒这个更弱小却比自己漂亮的对手，而格拉迪斯，脸色苍白、焦躁不安地接受了挑战。她看见让妮娜喝酒，她也喝；她看见让妮娜跳舞，她也跳，尽管几乎站不直身体。嫉妒吞噬着她的心脏。她拼死都要博得蒙蒂一笑，博得他一个充满欲望的眼神。当她看着让妮娜时，有一种几乎快意的痉挛，她想到刚买的手枪就在她包里，在她指尖。她说着，笑着，竭力展示着她的美貌，就像被人抽打着的一头筋疲力尽的牲口。蒙蒂享受着这种残酷的满足，轮流把两个颤抖的女人紧紧搂在怀里。

格拉迪斯很久没有这样跳舞了，一小时接一小时，不知疲倦地，在烟雾缭绕中，在她周围旋转着的那些面孔的阴影中，跳着。但她身体里的每一根骨头都在疼痛。

"勇往直前，"她狂怒地想，"跳舞，微笑！……要表现得无

165

忧无虑，年轻漂亮！……要有吸引力，更多吸引力……吸引所有这些男人。要让他看看，要让他嫉妒！……"

她，除了那串长长的珍珠项链，以前从来不戴别的首饰，今天却在手臂和脖子上戴满钻石，因为让妮娜没有这么漂亮的宝石。她要不惜代价吸引别人的目光，她的情人是不会细究为什么男人的目光会聚焦到她身上，不会去想他们欣赏的到底是她的珠宝还是她这个人。

一定要在早晨五点，在一群娇嫩的姑娘堆里保持美丽，一定不要让人家看到妆容后面的皱纹，看到涂了脂粉的老女人内心的死亡阴影。不能有片刻的放松和懈怠，不可以认输。跳舞、喝酒、再跳舞，逼着六十岁身体和六十岁的双腿不知病痛也不知疲倦。把涂过石膏粉、上过光的半裸背脊挺得直直的，然而每一块肌肉都像是撕裂的伤口在剧痛。不能在敞开的门窗间的穿堂寒风中发抖。

两个女人对峙着，微笑着：

"亲爱的，小心点……别着凉了……"

"什么话！……我从来不知道什么是生病，什么是疲倦……"

让妮娜轻轻说：

"哦，是吗？你不觉得我们是很有同情心的一代人吗？……"

格拉迪斯感到双膝发颤，她挺了挺身体，想：

"向前，我的身体，坚持，老骨头……听使唤啊……"

她微笑着同时又胆战心惊地听着胸腔里透不过气的喘息声。

然后，拼尽全力，她终于不但战胜了自己也战胜了让妮娜。她的双腿自如起来，找回了以前的韵律和节拍，她的呼吸平稳了。她现在跳着舞，有一种神奇的二十岁时的轻盈。她微笑着，

166

半张着迷人的双唇。她从镜子里看着自己身穿白裙的样子，染过的头发像以前一样编盘在头顶……

早上四点钟，五点钟……贝尔纳一直在雨中等待。格拉迪斯在跳舞。

这时一群年轻小伙子和姑娘进来了，喝得有点醉醺醺，嘻嘻哈哈。姑娘们的头发一缕一缕飘散开来，脸上的胭脂那么精美，仿佛和光滑鲜嫩的皮肤融为一体。于是格拉迪斯偷偷看了看镜子，她看见了脂粉掩盖之下饱受时间蹂躏的脸。但她还是站起来，继续跳舞，紧紧贴着蒙蒂。她的双眼越来越沉，眼皮打架，尽管硬撑着，终于还是闭上了。

让妮娜也开始露出疲态。尽管她年轻三十岁，但她的美貌却稍逊一筹。他们周围，大家说笑着，把一场较量看在眼里。

格拉迪斯显得很幸福，而且终于取胜。但她被一个顽固的念头折磨着，一切都让她想起自己的年龄，一切都把她的思绪带回往日的记忆。她在说话，在微笑，但内心深处，那挥之不去的念头像一条蛇在慢慢爬行。然而，她不放弃抗争，在一种神经质的焦虑下浑身发抖。这种神经质是那些生命冲动太强烈的人所特有：被击倒，奄奄一息，却不甘死去。格拉迪斯身上就有这种悲剧性的不肯服输。

外人只看见一个猜不出年纪的女人，就像巴黎所有过了四十岁的女人那样。在灯光下，借着妆容和首饰，她看上去非常漂亮，一种脆弱的、不安的、病态的美貌。而到了早上，日夜交替时，她就像是一个乔装改扮的老女人了……和别的老女人没什么两样……她所有的努力、所有的抗争、所有的焦虑和荣耀，到最后汇聚成一个年轻男人向另一个正在发动汽车的男人所问的轻飘飘的问题：

"格拉迪斯·埃塞纳切？……她看上去还不错……她还能上床吗？"

二十二

　　贝尔纳一直在等，似乎并没感觉到寒冷。他甚至带点快意地让刺骨的风吹在脸上。巴黎被潮湿的水汽和令人讨厌的沼泽般的气息包裹着。他什么都不想，他看着格拉迪斯黑魆魆的窗口和空荡荡的大街。

　　他终于看见了一辆汽车，车里亮着灯。他认出格拉迪斯那颗优雅的金色脑袋和她的鼬皮大衣。

　　她的出现唤醒了贝尔纳愤慨的情绪。

　　"她在笑，"他咬牙切齿地想，"她跳舞，她作乐……可是凭什么？……她已经老了啊，她，她已经没有任何权利了……。"

　　他拉开汽车门，然后马上躲到暗处。蒙蒂没看见他，或者以为是一个闲荡的流浪汉，在等一点小费。但格拉迪斯马上认出了他。贝尔纳看见她凑近她的情人，听见她在劝阻他下车，汽车又开走了。贝尔纳紧跟着格拉迪斯到门前，她看了他一会什么也没说，她也是一股仇恨涌上心头。

　　最后她终于喝道：

　　"请走开！"

　　"我要和你说话，让我进去！"

　　"你疯了，走开！"

　　这一股她拼命想压制的、拼命想隐藏在别的什么名义下的仇恨，又从心头升起，纯粹得不带一丝杂质。她厌恶贝尔纳的声音，厌恶他贪婪的眼神，厌恶他干巴巴的低声冷笑。她体验到一种只有对自己的血亲才会产生的彻彻底底、丧心病狂的仇恨。

伊莎贝尔

"我劝你还是让我进去。"他抓住她的手说。

"放开我,等一等!佣人们在……"

然而他还是跟着她进去了。门厅空荡荡的,贝尔纳看看上过漆的墙壁,一盏亮着的灯照着楼梯。他跟着格拉迪斯来到一间黑黑的房间。她坐下,双腿直打颤,她伸伸脖子,就像一匹马在长途奔跑后所做的那样。她感到一种体力大量消耗之后的全身僵直。

她打开梳妆台上方玫瑰色灯罩的灯,习惯性地竖起大衣领子,遮盖她一夜之后不堪目睹的脸。他有些迟疑地朝她挪挪身子,他感觉自己醉得几乎半睡了,仿佛沉浸在一场噩梦里。他们对视了片刻没有说话,两人都是高度紧张,充满仇恨,而且醉意和疲乏在他们两人身上形成某种模糊不清的东西,某种梦游般的迷离。最后她努力放缓声音,避免带有任何厌恶或担忧的语气,问:

"发生了什么事,我的孩子?你要我做什么呢?"

"我前天给你打过电话,昨天给你打过电话,我给你写过信。你好像不再怕我了,亲爱的外婆。"

又看见她脸色发白,身体僵直,就像被鞭子抽过一样,他感到一种快感。她害怕地看着他:

"你喝醉了。为什么要来折磨我?……我尽一切努力帮助你,我做了能做到的一切向你证明我的善意……"

"善意?"他耸耸肩膀说,"害怕,那倒是真的。再说,这样更好……我不需要你的善意。"

"我知道,"她带着特别的苦涩说,"你只需要我的钱。"

"你是在责备我需要温情的时候没有来找你?……这太让人

作呕了！……"

她疲倦地闭上了眼睛：

"你到底要我做什么？……说完了就赶紧走开！"她跺着地板重复道，伴随她身上这种少见的、突然出现的粗暴，她苍白迷茫的脸涨得通红，失去了理智，"要钱是吧，当然……？那么，说个数，然后走开！"

他摇摇头：

"我不再需要钱了，你以为只需扔给我一点施舍，我就会闭嘴，就会被收买，被糊弄？……人家说最不了解的就是自己的血亲，这话多有道理啊！……"

"那么，你到底要什么？"她嘟哝，"就是想来折磨我，我猜？……是这样吧，嗯？"

他们对视了很久，没有说话。

"是，"最后他终于不安地低声承认，眼睛看着别处，"听着，我不想再这么生活下去了。我要你利用你的关系、你的信誉和你的朋友，弥补一点你带给我的可怕的不公正。我不愿再做马夏尔·马丁的养子。我不是什么贝尔纳·马丁。或者，如果还保留这个名字的话，至少不是一个默默无闻的穷小子的名字。我知道我会很努力，我也有才能和智慧。听着，这就是我向你要的！……你马上给你的朋友佩西耶写封信，让我在他那里做个小抄写员，或者随便他怎么安排，我无所谓。我需要的是一块跳板，你明白吗？"

格拉迪斯看着他，慌乱得几乎失去理智：心脏狂跳的声音让她几乎没听清贝尔纳的最后几句话。佩西耶……让妮娜的丈夫……如果让妮娜知道了？我的上帝……

她说：

"不。"

"为什么？"

"我不能，不能是佩西耶。再说了，他也不会听我的。现在不是讲这些事情的时候，"她嘟哝，然后气急败坏地说，"我不能！"

"为什么？"

"这不可能！"

"你在拒绝我？"他喊道，他感觉她的抵抗中有某种难言之隐，某道他可以撕裂、鞭打、随意蹂躏的伤疤。

"贝尔纳，够了！走开！……我们明天再说！……"

"为什么？我等了你足够久，现在轮到你了。哦，也许你在等什么人吧？哈，想象一下这个有趣的碰面。有什么比这更妙的？比这更意想不到？比这更滑稽的？有什么？"他愤怒地说道，"门开了，情人进来问，夫人，这年轻人是谁啊？肯定是你的情人？哦不，不是她的情人，是她的外孙。啊，多么美妙的时刻……你的脸……到镜子里去照照你自己！哦！你现在看上去真像个外婆！……你没法再掩盖你的年纪了！看，看！"他边说便强行把一面镜子递到她面前，"看看你脂粉下的眼袋！老女人！老女人！老女人！"他发了疯似的乱叫，"我是多么憎恨你！"

她从他颤抖的手中接过镜子，久久看着自己的脸，绝望地睁大着眼睛：

"贝尔纳，有时我觉得比起我的过去，你似乎更憎恨我的现在，为什么？我是一个女人，我有一个情人，这对你有什么影响呢？"

"这让我恶心。"他嘟哝。

"为什么？贝尔纳。为什么？你还年轻，你爱你的情人。你怎么就不理解，我也在爱着，我用生命去换取被爱……你看着我的裙子、我的裘皮大衣、我的珠宝，你是想从我手里夺走去给洛雷特，我可以心甘情愿地送给她！如果你能知道我目前所忍受的痛苦！……我的情人……"

"闭嘴！……有些词语你是无权再用的！从你嘴里说出来太恐怖了，太违反自然规律。你六十岁了，你是个老女人……爱情、情人、幸福，这些不是给你的！老家伙们，你们就守着我们拿不走的那些东西好了。"他愤怒地说道，因为他想起了洛尔的母亲，"守着钱，守着地位，守着荣誉，但这些，至少是剩给我们的！是我们的财富，是我们的那一份！……你们有什么权利霸占着？你在爱着，你？……可怜的老疯子，"他冷笑着说，"那么，如果真是这样的话，如果你真有权利爱或被爱，为什么你和你的那些同类如此害怕人家知道你们的年纪？……即使你犯下一桩罪行，你都不会这样羞愧……如果能帮你掩盖年龄，你会很高兴看到我死去！……我憎恨你，因为你已经老了，我还年轻，因为你幸福着，而这幸福本来是只属于我的，因为我年轻！……你偷走了我的幸福！……还有，你也憎恨我！只是，你没有勇气对我说出来！你在称呼我'我的孩子'时……从恨不得咬我几口的嘴里，勉强挤出一点笑容！"

"为什么你要我爱你呢？"格拉迪斯低声说，"你对我意味着什么呢？又不是我把你生到这个世界上的……你不是我儿了。你有我的血缘，但对我来说没什么区别。那是男人们的想法，那些男人！我并不认识你，你对我来说就是一个陌生人。对我唯一重

173

要的事情，那就是我的情人！"

"真笑死人了。"贝尔纳说。

但她只管说下去："他对我就是这世界上的一切，因为如果他离开我，我生活中就再也没有什么人了。一个人生命中如果再也没有人爱你，再也没有人对你有欲望，那是一条熄灭了的僵硬的生命。一个老女人的生活，至少，在我眼里，还不如死了的好！"

"你居然还敢讲爱情？……女人的爱情？那么我呢，我，我是你的孩子……"

"我都在说些什么？"他绝望地想。但他还是觉得自己有理："你以为你战胜了衰老，它仍然在你身上。你可以展示仍然柔软的腰身和年轻女人般光滑的背脊，你可以染头发，跳舞。但是你的灵魂老了，甚至更糟，它已经腐烂了，散发着死亡的气息。"

"闭嘴！放开我！你疯了，你喝醉了。我对你做了什么，嗯？……我什么也没欠你的。造物主创造的每个人都想要他的那一份幸福。我做了什么坏事呢？我是自由的。我的生活……"

"你的生活……那又有什么重要呢，你的生活？你已经享用了你的那一份！……你拥有过所有幸福，而我……哦！我是多么想让你尝尝苦头……我为什么没有把你杀了！会不会有人来审判我？是，肯定，毫无疑问。我将是个杀害长辈的罪犯，但那是我可以声明你是我外婆的唯一机会！哦，不，不，还是直接把真相告诉你情人更好……"

"可是听我说！说出真相，你又能得到什么好处呢？什么好处？你这样是可以杀了我，这是真的。可你就再也没有帮助，没有钱了！"

"你的钱，我要你的钱来做什么呢？洛尔昨天死了。你的帮助，就像你说的，我很清楚你永远都不会给我的。那么，至少我可以满足于夺走你的幻觉，外婆！现在轮到你听好了，因为，我要告诉你将要发生的事。我会告诉你的情人，你是个老女人，你六十岁了。"他津津有味地说着这几个词，"他会留下的！他吞下一切！因为他爱的并不是你，而是你的钱……用这种方式，你就会明白了，可怜的老疯子……"

他打住话头，电话响了。他低声笑道："是他？……是那个疯子情人？……好极了，好戏开场了！"

"不要，贝尔纳！"

"要！做梦都得不到的好机会……'蒙蒂伯爵？贝尔纳·马丁。我情人家里有一个男人！……在这个时候？哦！刚刚算得上是男人，一个孩子，差一点就是你的孩子。那孩子……"

"贝尔纳！"

她扑向他，他用身体护着电话，用一种温柔的声音，一字一句陶醉地说："我是你情人的外孙，是漂亮的格拉迪斯·埃塞纳切的外孙！……"

"贝尔纳，放下电话！……别说话！我什么也没对你做过啊！……我……我请你原谅，贝尔纳！……对不起！……你看着，你会很富有，会幸福的，"她大声喊道，努力想盖过响个不停的电话铃声，贝尔纳抚摸着电话。"放下电话！"

他伸手去摘电话听筒。这时，她抓起了手枪，那把一个月来她每天晚上都在脑海想着的手枪。

他看着她，嘴唇哆嗦了一下，露出一丝轻蔑。她扣响了扳

175

机。电话从他手中滑落,他脸上的表情突然变得柔和惊讶。他摔倒在地,电话铃在地板上继续响着。

她看着他渐渐失去知觉,渐渐昏迷,死亡从他的脸上散开来。在大声叫喊,喊救命之前,在感到后悔和绝望之前,一种安详宁静的感觉充溢她的心头。电话铃终于不响了。